象岭之战

《格萨尔》藏译汉项目领导小组办公室

仁欠卓玛　翻译
次仁平措　译校
平　措　　编校

西藏藏文古籍出版社

图书在版编目（CIP）数据

象岭之战 / 仁欠卓玛编译． -- 拉萨：西藏藏文古籍出版社，2021.7
ISBN 978-7-5700-0554-3

Ⅰ．①象… Ⅱ．①仁… Ⅲ．①藏族－英雄史诗－中国 Ⅳ．① I222.74

中国版本图书馆 CIP 数据核字（2021）第 114603 号

象岭之战

译　　者	仁欠卓玛
责任编辑	曾　恒
装帧设计	刘　炜
策　　划	天利文化
出　　版	西藏藏文古籍出版社　邮政编码：850000
	打击盗版：0891-6930339
印　　刷	大厂回族自治县德诚印务有限公司
经　　销	全国新华书店
开　　本	16 开（710×1 000）
印　　张	31.5
印　　数	01—2,000 册
版　　次	2021 年 9 月第 1 版第 1 次印刷
标准书号	ISBN 978-7-5700-0554-3
定　　价	78.00 元

版权所有　翻印必究

《格萨尔》藏译汉项目领导小组

总顾问：洛桑江村

顾　问：白玛朗杰

组　长：陈　凡

副组长：索　林　　车明怀　　卢明秀　　降边嘉措
　　　　杨恩洪

成　员：诺布旺丹　　次仁平措　　许德存　　宁　梅
　　　　达　瓦　　黄　智　　蓝国华　　王彦杰
　　　　白玛扎西　　阴海燕

办公室：次仁平措（主　任）　　蓝国华（副主任）
　　　　王彦杰（副主任）　　裴洪霞　　尼玛仓决
　　　　白玛扎西　　阴海燕　　索朗扎西

专家组：巴桑旺堆　　格桑益西　　曼秀·仁青道吉
　　　　仁　增　　索朗格列

《〈格萨尔〉艺人桑珠说唱本》
汉译丛书编委会

总　编：索　　林
主　编：次仁平措
副主编：白玛扎西　　阴海燕
编　委：龙仁青　　平　措　　李连荣
　　　　蓝国华　　王彦杰　　刘红娟
　　　　方晓玲　　索朗扎西　达　琼
　　　　宋博瀚　　阿旺曲吉

目 录

总　序 1

内容梗概 1

一 1

二 31

三 72

四 114

五 290

六 362

七 428

八 454

整理者说明 467

译后记 468

总　序

白玛朗杰[1]

　　传承民族优秀传统文化是推动文化大发展大繁荣、建设社会主义文化强国、传承民族血脉、建设人民精神家园的必然要求。党的十八大提出，"建设社会主义文化强国，关键是增强全民族文化创造活力""建设优秀传统文化传承体系，弘扬中华民族优秀传统文化"。2015年，习近平总书记在中央第六次西藏工作座谈会上指出："加强民族团结，不断增进各族群众对伟大祖国、中华民族、中华文化、中国共产党、中国特色社会主义的认同。"为了把西藏建设成为中华民族特色文化保护地，我们亟需将藏民族史诗《格萨尔》推向全国乃至世界，以进一步丰富中华民族文化宝库。2013年6月，西藏自治区社会科学院向西藏自治区人民政府呈报了《关于启动自治区重大文化工程〈格萨尔〉史诗藏译汉项目的请示》。在洛桑江村主席的亲自关心下，2013年12月自治区重大文化工程《格萨尔》藏译汉项目得以立项。如今，30卷本的《〈格萨尔〉艺人桑珠说唱本》汉译丛书即将陆续与广大读者见面。这是党和政府大力关怀和支持的结果，是课题组的同志们辛勤努力的结果，也是中国《格萨尔》学界众多同仁通力协作的共同成果。

---

[1] 白玛朗杰：西藏自治区重大文化工程《格萨尔》藏译汉项目领导小组顾问，第十届政协西藏自治区党组副书记、副主席，西藏自治区社会科学院原院长。

一

人类的思想和文化是智慧的结晶、进步的阶梯、文明的象征。德谟克利特说:"智慧生出三种果实,即善于思想、善于说话、善于行动。"为了实现中华民族伟大复兴的中国梦,一方面,我们要立足时代,放眼全球,锐意进取,吸取现当代人类社会的一切优秀文明成果,创造无愧于时代、无愧于人民、无愧于历史的文化成果;另一方面,我们还要向历史和祖先学习,发扬中华民族优良传统,保护和传承优秀民族传统文化,从中挖掘有益成分,汲取营养和精华以丰润己身。

藏族是中华民族的重要成员,是一个有思想、善说唱、富有智慧的伟大民族。英雄史诗《格萨尔》是被公认为"藏族文学之冠"的名著,在千百年来的流传演变过程中,它以高度的人民性和强大的艺术生命力在藏族民间不断得以充实和发展。直到今天,《格萨尔》说唱艺人仍以他们非凡的聪明才智和辛勤的劳动创作活跃在民间,为史诗增光添彩。从全世界史诗的情况看,首先,《格萨尔》与《伊利亚特》《奥德赛》《罗摩衍那》《摩诃婆罗多》等相比,其最大的不同是仍以活的形态流传于世。早在1776年,俄国学者帕拉斯在《俄罗斯帝国各省旅行记》中就对《格萨尔王传》给予了极高的评价。众所周知,无论是《伊利亚特》《奥德赛》,还是《罗摩衍那》《摩诃婆罗多》等著名史诗,都早有定本传世,但早已没有创作性说唱艺人可寻。《格萨尔》史诗不仅至今尚未有最后之定本,而且各种抄本、刻本、说唱整理本仍在不断增加,《格萨尔》民间艺人的说唱活动从未停止,至今仍有百余位《格萨尔》说唱艺人活跃在民间。从根本上讲,众多活跃在民间的《格萨尔》说唱艺人的存在,是《格萨尔》史诗仍然以活的形态传唱的现实基础。其次,《格萨尔》是一部结构宏伟、内容丰富、卷帙浩繁的史诗巨制。据研究人员不完全统计,《格萨尔》全传至少有 226 部,累计 100 多万诗行,这要比之前常说的世界最长史诗《摩诃婆罗多》的 20 多万诗行还要长。较早研究《格萨尔》的王沂暖(1907—1998)教授,曾经填写《凤凰台上忆吹箫·格萨尔颂》[1]一词,把千年史诗《格萨尔》的神采风华歌颂得淋漓尽致。

中华文化是中华各民族成员在长期的生产、生活中积累形成的,是一笔宝贵的精神财富。《格萨尔》是中华文化中闪烁着熠熠光彩的魅力瑰宝,它集中代表了古代藏族文学的最高成就,是一部涉及古代藏族社会生活、民族历史、经济文化、阶级关系、民族交往、意识形态、道德观念、风俗习惯、宗教信仰的百科全书。自 20 世纪 30 年代始,任乃强、李安宅、谢国安、刘立千、马长寿、何剑薰、谭英华、陈宗祥、彭公侯等一批学者就对其作了详细述介和研究。中华人民共和国成立后,在马克思主义理论指导下,中国民族民间文化的发展迎来了新的春天,《格萨尔》也受到了前所未有的重视。著名文学家茅盾、周扬和老舍等人较早对《格萨尔》给予了关注。1956 年在北京召开的中国作协第二次理事会上,老舍做了关于少数民族文学创作和发展的报告,其中提及《格萨尔》并首次将其定性为"史诗"。1958 年,中央政府有史以来第一次在青海、西藏、甘肃、四川、云南等广大藏族同胞聚居地有计划、有组织地搜集、整理、抢救《格萨尔》,并取得了显著成绩。十一届三中全会后,随着国家对文学发掘和研究的深入,《格萨尔》的搜集、整理与研究在国内出现了无比繁荣的局面。1980—1981 年,全国七省区召开"格萨尔工作会议",之后有关省区相继建立了"格萨尔"工作组及专门机构[2]积极从事《格萨尔》的抢救、搜集、整理、翻译、研究

---

[1] 这首词的全部内容为:世界绝无,人间仅有,说来话粲莲花。似空中虹彩,天外奇霞。难尽无边才艺,何须借铁板红牙,只面对云山雪岭,传唱千家。堪夸,英雄儿女,有梵王神子,度母仙娃。任东西南北,雨露风沙。战罢天魔五百,让玉宇无限清嘉。舒放眼,泱泱万里,诗国中华。

[2] 参阅《记〈格萨尔〉工作座谈会》(载《民间文学》1980 年第 8 期)、《藏族英雄史诗〈格萨尔〉第二次工作会议纪要》(载《民族文学研究》1981 年第 1-2 期)、《西藏成立抢救、整理〈格萨尔王传〉领导小组》(载《西藏日报》1980 年 6 月 25 日)等。

和出版工作。随着国内相关科研院所、高等学校格萨尔研究机构的纷纷成立，尤其是中国社科院《格萨尔》研究中心的成立，国内集中出现了一大批主要从事《格萨尔》研究的学者，成就斐然[1]。20世纪90年代，中国学术界已经鲜明地提出建立"《格萨尔》学"[2]，这是中国现代藏学繁荣发展的重要表现。2001年10月，在法国巴黎召开的联合国教科文组织第31届大会上，参会人员一致通过将我国"《格萨（斯）尔》千年纪念活动"列入该组织参与的周年纪念活动之中，这是迄今我国政府向该组织唯一申报成功的一项周年纪念活动。2009年9月，在阿联酋首都阿布扎比召开的联合国教科文组织保护非物质文化遗产政府间委员会第四次会议上，我国的《格萨（斯）尔》被批准列入《人类非物质文化遗产代表作名录》。

二

人民群众是历史的创造者，是一切文艺创作的源头活水。《格萨尔》史诗是一部以抑强扶弱、除暴安民为主线的宏伟史诗，反映了人民群众与社会丑恶势力作斗争，消除青藏高原一切不平等和灾难，用自己的劳动和汗水缔造幸福生活的美好愿望。也正是因为如此，在"政教合一"的封建农奴制度下，统治阶级最害怕听到说唱《格萨尔》，最害怕听到这一歌颂

---

1 从1989年开始，中国政府主导开展了七次《格萨尔》国际学术研讨会，时间分别为1989年11月（成都）、1991年8月（拉萨）、1993年（锡林浩特）、1996年7月（兰州）、2002年7月（西宁）、2006年7月（玛曲）、2015年7月（成都）。
2 王兴先：《关于建立"格萨尔学"科学体系的初步构想》，载《西北民族学院学报》1993年第2期；王兴先：《〈格萨尔〉与"格萨尔学"》，载《甘肃科技》2003年第12期；扎西东珠：《"格萨尔学"学科之我见》，载《中国藏学》2002年第4期。王兴先在《〈格萨尔〉与"格萨尔学"的发展历史》中提到："《格萨尔》研究之所以能够逐渐形成为一门独立的学科，就是因为既有《格萨尔》史诗本体提供的形成一门学科的基本要素和它所富有的历史文化之魅力，又有它的研究者们的创新思维和开拓性研究之功以及二者的有机结合。"

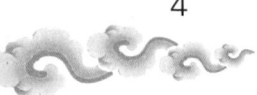

人民的力量以及呼唤自由、平等和幸福的乐章。旧西藏地方政府利用统治农奴的各种手段，禁止《格萨尔》史诗的说唱和传播，把它当作"下等人"的"俗言俚语"，称其为"乞丐的喧嚣"，称民间艺人为"下贱的乞丐"。广大民间说唱艺人过着以乞讨为生的流浪生活。

　　西藏和平解放后，党和政府投入大量人力、物力和财力到西藏《格萨尔》的抢救、整理、出版、翻译等工作中，在党和政府的领导、关心、支持下，该项工作有了快速的发展。1980年4月，国家批准成立西藏自治区《格萨尔》领导小组及抢救办公室，指定自治区党委宣传部、自治区社会科学院、自治区文联、自治区出版局的负责同志分别担任抢救领导小组正副组长，自治区文联代管抢救办公室。财政下拨抢救专项经费，建立了西藏有史以来第一个《格萨尔》抢救领导小组和抢救办事机构——西藏自治区《格萨尔》抢救办公室，核定编制为15人。同时，在西藏师范学院（西藏大学前身）成立了《格萨尔》民间说唱艺人扎巴抢救小组，当时受到中央有关部委的表扬，并成为七省（区）的榜样。1984年，西藏自治区《格萨尔》抢救办公室正式划归西藏社会科学院管理，成为社科院下设县级部门，编制10人，专项经费每年10万元。1987年机构改革时，《格萨尔》办公室降级合并到西藏社科院原语言文学研究所，并取消了专项经费。1997年机构改革时，随着原语言文学研究所和民族研究所的合并，《格萨尔》办公室划归民族研究所管理，成为民族研究所的一个内设室，对外亦称自治区《格萨尔》研究中心。

　　西藏《格萨尔》抢救办公室成立之初，国家投入大量人力、财力和物力，为史诗的抢救、保护、整理、出版和研究工作奠定了良好的基础。30多年来，《格萨尔》抢救办公室做了大量工作：

　　一是20世纪80年代开展大面积的艺人普查工作，对西藏范围内的重点说唱艺人及其唱本进行了录音、整理和出版。了解和掌握艺人的现状，记录艺人口头说唱本是《格萨尔》抢救工作的重中之重，在当时是一项非常急迫的工作。20世纪80年代初，自治区人民政府投入大量资金，先后20余次派人到《格萨尔》史诗流传比较广泛的地区，进行了大规模的民间艺人普查，《格萨尔》史诗旧版本搜集以及有关传说、实物等抢救工作。经过这一阶段的工作，工作组先后共寻访到能说唱10部以上《格萨尔》史诗的民间艺人57名。根据"择优择缺"原则，按照"优先为老艺人录音"的指导思想，《格萨尔》抢救办公室进行了深入细致的录音整理工作。目前，西藏社会科学院已完成录制100多部《格萨尔》艺人说唱本，整理磁带5000多盘，笔录成文90部，《格萨尔》抢救工作的进度和质量均走在了全国各省（区）前列。

二是《格萨尔》旧版本及实物的登记和抢救取得历史性突破。过去，与《格萨尔》史诗相关的实物及旧版本零散地保存在民间，这些资料不仅从来无人问津，还极易损坏和丢失。在普查寻访艺人的同时，抢救办公室对这些有关《格萨尔》史诗的实物进行全面普查和鉴定，对其中具有一定历史价值和艺术价值的珍贵文物进行抢救和保护。这是《格萨尔》抢救工作的重要组成部分，对于史诗的全面研究具有不可替代的重要作用。随着工作的深入开展，西藏全区先后搜集和发现50多种与《格萨尔》史诗有关的民间人物传说和10件实物，搜集到74部55种《格萨尔》史诗旧版本和旧手抄本，整理出版《格萨尔》旧版本32部。

三是2000年之后启动了抢救、整理、编辑和出版《〈格萨尔〉艺人桑珠说唱本》的文化工程。桑珠（1922—2011）是杰出的《格萨尔》说唱艺人，也是一位被人津津乐道的奇人，他目不识丁，却能说唱50万诗行。这是藏民族独有的一个文化现象，"桑珠现象"可以说在全世界都绝无仅有。桑珠是西藏丁青县人，他在旧西藏和其他很多说唱艺人一样云游四方，以说唱《格萨尔》史诗为生，过着牛马般的乞丐生活。西藏和平解放后，他和百万农奴一起翻身获得新生，在拉萨市墨竹工卡县尼玛江热乡定居落户，建立了自己的家庭。1984年，桑珠和其他十余名民间艺人一起受聘于西藏社会科学院，并与他们合作抢救说唱故事。桑珠艺人极富说唱天赋，说唱从不人云亦云，对《格萨尔》史诗有着自己透彻的认识和独特的见解。1991年，他被国家民委、文化部、中国文联、中国社会科学院四部委联合授予"《格萨尔》说唱家"称号。而后，他又被授予"国家级非物质文化遗产项目代表性传承人"，并被学术界誉为"语言大师"和"国宝级人才"。目前，藏文本的《〈格萨尔〉艺人桑珠说唱本》丛书45部（48本）经整理、编校人员的艰辛劳动，现已基本整理和出版完毕。这套丛书的问世，不仅创造了世界史诗领域个体艺人说唱史诗最长的记录，而且填补了迄今还没有整理和出版过单个艺人全套《格萨尔》说唱本的历史空白。若按平均每部（本）10000多诗行计算，这套丛书的诗行总数将超过520000，大大超过了《摩诃婆罗多》的207000诗行，创造了世界史诗文本新的吉尼斯纪录。2011年2月16日，桑珠老人不幸去世，这是《格萨尔》抢救保护工作的重大损失。我们只有加倍地努力，继续做好这项工作，才不辜负老人的期望，不辜负人民的期望。

三

翻译是语际交流和沟通的桥梁，是传播民族文化、促进文化交流的重要途径。历史上，西藏地方通过翻译佛教、医药、天文历算等书籍[1]与祖国

---

[1] 松赞干布时，从古印度翻译《十二缘起》《六日轮转》等卜理算书籍；又如《松赞干布遗教》说，"法王松赞干布在位之时，从印度迎请鸠摩罗大师，由吞弥·桑布扎为他担任翻译，译出《阿毗达摩藏》的广、中、略三种写本；又迎请尼泊尔的锡拉曼殊大师，由尼泊尔妃赤尊公主担任翻译，译出《经藏》《华严经》《观世音菩萨经咒》等；又迎请印度的婆罗门夏迦罗，由阿札惹达摩郭夏担任翻译，译出《律藏》《迦陵迦光明律》《止雅经咒》等；又从汉地迎请和尚摩诃衍那大师，由汉妃公主和拉隆多吉贝担任翻译，译出众多汉地历算及医药之书籍"。赤德祖赞时，汉族人格谢哇翻译了《金光明经》《业缘智慧经》，比吉赞巴锡拉翻译了许多医药书籍。赤松德赞时，有所谓"译师六试人"出现，他们是努布·南喀宁布、孜·嘉哇洛追、如贡·比雅热扎、突厥吾比夏、朗·贝吉僧格、杰·古古热扎，他们翻译了许多密咒部的经续。达仓宗巴·班觉桑布著，陈庆英译：《汉藏史集》，西藏人民出版社，1986年，第87、89、95、99页。

内地及周边国家和地区保持了密切的文化联系[1]，丰富了西藏地方文化的结构体系和内容，也为藏文化的翻译积累了历史经验。《格萨尔》史诗是当今世界第一长诗，尽快完成从口头文学到文字文学的转化，尽快完成藏文本到汉译本及其他文字译本的转化，是一件功在当代、利在千秋的大好事，是中华民族对世界文化宝库所作出的重要贡献之一，推动了中华文化走向世界，同时也是我们有力回击和反驳达赖分裂主义集团和西方敌对势力长期恶毒攻击"西藏传统文化毁灭论"的现实需要。因此，实施《格萨尔》史诗系列丛书的翻译工程任务十分紧迫，做好这项工作具有重大的现实意义和深远的历史意义。

第一，形成丰硕的《格萨尔》翻译成果，有利于用事实说话，有力驳斥达赖集团的"西藏传统文化毁灭论"。西藏和平解放后，西藏虽然摆脱了帝国主义势力的羁绊，但1959年达赖集团叛逃以后，在西方敌对势力的支持下，长期在国内外从事针对西藏的分裂破坏活动。从国际大形势看，西方反华势力和达赖集团在西藏历史问题上一直歪曲事实，制造谎言，尤其是在文化上鼓吹"西藏传统文化毁灭论"，蒙蔽世界舆论，欺骗了不少不明真相的人士。在文化工作上，我们需要与其展开针锋相对的斗争，开展重大文化工程，以文化保护与创造成果的事实揭示谎言，廓清迷雾，以正本清源。从这种意义上讲，我们开展《格萨尔》藏译汉工程的任务就显得刻不容缓。《〈格萨尔〉艺人桑珠说唱本》汉译丛书的出版，不仅有助于鼓舞西藏人民推动文化大发展大繁荣的巨大热情，而且还将进一步促进

---

1 元代中央政府集合官员及西藏、北庭、汉地和印度僧人对汉藏佛教经典进行勘同、分类、纠误和拾遗，最后编写出了一部藏汉对勘的佛教大藏经目录——《至元法宝勘同总录》。（苏晋仁：《藏汉佛教学者团结合作的盛举——纪念佛经对勘七百周年》，载《西藏研究》1985年第4期，第37—47页。）自元以来，《大藏经》曾被译成蒙文、汉文、满文等多种文字，促进了佛教文化的传播和交流。如，元大德（1297—1307）年间，在萨迦派喇嘛法光的主持下，由西藏、蒙古、回鹘和汉地僧众将藏文《大藏经》译为蒙文，在西藏地区雕造刷印。又如，金代民间劝募的《赵城金藏》，1959年9月在西藏萨迦寺北寺图书馆发现31种、559卷卷轴式装帧木刻印本佛经，其编次和《赵城金藏》完全一致，从版式、字体和刻工等方面判断，基本上可以肯定是《赵城金藏》输版入燕京后的补雕印本。

民族文化的传播与交流，有力地粉碎达赖集团和西方反华势力鼓吹"西藏传统文化毁灭论"的无耻谎言，在国际视听中匡正言论，维护西藏地方之于中国的无可争辩的主权，维护西藏社会稳定和民族团结，是一项具有重要政治意义的文化工程。

第二，开展《格萨尔》汉译工程，有利于弘扬西藏优秀传统文化的传承体系，建设好中华民族特色文化保护地，促进西藏的文化认同。2014年9月，习近平总书记在中央民族工作会议上特别强调："繁荣发展各民族文化，要在增强对中华文化认同的基础上来做，对本民族历史坚持正确的观点，不能本末倒置。"这对于我们开展《格萨尔》藏译汉项目、繁荣和发展西藏优秀传统文化，提供了正确的工作方向和有力的理论指导。习近平总书记还讲到："加强中华民族大团结，长远和根本的是增强文化认同，建设各民族共有精神家园，积极培育中华民族共同体意识。文化认同是最深层次的认同，是民族团结之根、民族和睦之魂。文化认同解决了，对伟大祖国、对中华民族、对中国特色社会主义道路的认同才能巩固。"[1] 2015年8月，习近平总书记在中央第六次西藏工作座谈会上指出："必须全面正确贯彻党的民族政策和宗教政策，加强民族团结，不断增进各族群众对伟大祖国、中华民族、中华文化、中国共产党、中国特色社会主义的认同。"要想把《格萨尔》变成中华民族共同的精神财富，进而成为全人类的共同财富，就需要通过翻译，而做好汉译本的翻译，是至关重要的。可以说，开展《格萨尔》藏译汉项目，有利于将藏民族千百年来世代传唱的英雄史诗翻译成国家通用语言文字，使之传播于全国乃至全世界，有助于增强西藏各族人民对于中华民族的文化认同，进而增强各族群众对伟大祖国、中华民族、中华文化、中国共产党、中国特色社会主义的认同。

第三，开展《格萨尔》汉译工程，有利于推动西藏文化大发展大繁荣，

---

[1] 习近平：《在中央民族工作会议上的讲话》，2014年9月28日。

促进西藏哲学社会科学和藏学研究事业。作为民间文学，特别是具有世界级重要成果的《格萨尔》是藏学研究的重要领域之一，对其进行系统整理和翻译，对于繁荣发展我国哲学社会科学和藏学研究事业将发挥积极作用。藏学的故乡在中国，西藏是藏学研究的发祥地，藏学的旗帜理应由我们高高举起。然而，长期以来在藏学研究上"西强我弱"的被动局面始终没有被根本扭转，给我们的涉藏外事外宣工作带来了诸多麻烦。西方反华势力和达赖分裂主义集团企图长期把国际藏学研究当成阻止中国前进步伐的工具，现行的国际藏学学术研讨会，时常由国外研究机构操作，反华势力幕后插手，明确设置我国参会人员的资格、论文评定等学术"门槛"，企图把持我国涉藏外宣在国际舆论舞台上的话语权。积极主动改变这种不利的被动局面，已成为当前藏学工作迫在眉睫、势在必行的大事。我们开展《格萨尔》翻译工作，即是瞄准这一方向的有益文化工程。有一次，时任中央外宣办副主任的崔玉英同志曾与我交流涉藏外宣问题，她鼓励我们将来把藏族英雄史诗《格萨尔》翻译成外文，将其拿到国际藏学研讨会上和涉藏外宣活动中，这是对我们继续开展好《格萨尔》传承工作的莫大鼓励和鞭策。

第四，我们有能力、有信心、也有勇气做好《格萨尔》翻译工程。中华人民共和国成立后，党和政府高度重视《格萨尔》史诗的抢救、整理、保护、出版和翻译等工作，经过30多年的艰苦努力，该项工作取得了令人振奋的丰硕成果。然而，整理出版的《格萨尔》文本绝大多数是藏文书籍，能够阅读原文的人很少，更不必说概知其全貌。与此同时，现实中的《格萨尔》译本屈指可数，根本不能反映全传的完整面貌，让这部世界级的民族史诗埋没于世实在可惜。这种严酷的现实告诉我们，必须下大决心攻坚克难，及时启动《格萨尔》史诗的翻译工程。经过几年的努力翻译，我们这套《〈格萨尔〉艺人桑珠说唱本》汉译丛书即将与世人见面，可以使全国各族群众都有机会了解《格萨尔》史诗，实现了我国政府向联合国教科文组织申报世界遗产时许下的"要在几年内让《格萨尔》工作取得显著成效"的承诺，又能以此丰富中华民族的文化宝库，为实现中华民族伟大复兴的中国梦提供文化智力支持。

四

翻译工程必须遵循翻译标准，实施精品战略。中国的翻译理论和实践在世界上有显著的地位。《格萨尔》藏译汉项目是西藏自治区重大文化工程，为了保证翻译工程的质量，项目领导小组办公室专门制定了《翻译要则》，统一了名词术语。在项目开展中，要求项目参与人员树立精品意识，实施精品战略，将"科学本"与"文学本"相统一，力求达到艺术翻译的高度，使《格萨尔》汉译本成为经得起时间和实践的检验、经得起人民群众的检验、经得起国内外专家学者的检验的典范之作。在质量上，译文总体上遵守"信、达、雅"相统一的原则，以信为本，遵实崇本，雅不背信，辞尚体要。同时，忠实于原作的内容、形式和风格，保持译文的真实性、文学性和文化性，充分展现《格萨尔》史诗所蕴含的文化内容和民族地域特色。在技术上，译文总体上遵守原则性和灵活性相统一的原则，韵散结合，直译与意译相结合，坚持真实性，把握文学性，体现时代性和文化性及民族、地域特色。

当然，《格萨尔》史诗是一门内容丰富的学科，它包罗万象，错综复杂，涉及政治、军事、历史、地理、民俗、宗教、语言（方言、词汇）、文化等各个方面，在研究和翻译过程中也会遇到各种各样的困难。可以说，系统地翻译一整套《格萨尔》史诗丛书，我们没有可供借鉴的有用经验，只能摸着石头过河，慢慢地去研究和探索。对于我们自身而言，整部地翻译《格萨尔》史诗故事，要求译者既要专精，又要博通，而事实上对于每部史诗故事的翻译，又必须经历一个初译、译校、编校、再校的反复过程，一个人很难独立完成全部的工作内容。尽管如此，我们并不回避这些困难，有些时候还将课题组的参与人员集中起来进行统稿和研讨，尽量达成基本统一的意见，诸如《〈格萨尔〉藏译汉项目规范术语》（样本）就是这样反复琢磨出来的。我们付出了艰辛的努力，这项工程基本已经完成了，然而我们却越来越感到翻译工作的艰难，项目开展中有许多问题还值得深入研究和完善解决。即使丛书得以出版，其中依然会存在这样或那样的不足甚至错误，希望广大读者和专家批评指正，以便我们以后有机会进一步修改、补充、完善和提高。

在《〈格萨尔〉艺人桑珠说唱本》汉译丛书即将出版之际，我们衷心感谢自治区党委政府对这项重大文化工程的高度重视以及在财力、物力等方面给予的大力支持和关心。同时，还要感谢自治区社科院几届领导，长期从事《格萨尔》抢救、录音、整理的科研人员的大力支持和辛勤劳动，感谢中国社会科学院民族文学研究所及全国《格萨尔》工作领导小组办公室、西藏大学、自治区档案馆、自治区电视台、布达拉宫管理处、西北民族大学《格萨尔》研究院、青海省文联等相关部门专家学者的鼎力帮助。正是在多部门的专家学者的通力合作下，才如期圆满地完成了这项文化工程。

2015 年 12 月

于拉萨

内容梗概

　　位于南瞻部洲北部的象雄国国王扎巴伦珠麾下有六十名虎威勇士，并拥有一支强大的军队。象雄国一直信奉外道，不尊佛法，在汉地和象雄之间运送各种货品，进行大宗商品交易，从中牟取暴利。土马年，象雄国王委派四名商人和二百名伙计到汉地经商，这支商队途中路经白岭达戎部落夏季牧场，商队强暴了四名达戎少女，达戎部得知后袭击商队，杀了其领队和伙计，劫去所有货物。

　　两年半后，象雄国王看到商队还未回国，命卦师辛拉沃噶问卜，卦象显示象雄商队已在白岭达戎部遭遇劫难。象雄国王即刻命四位大臣率领两百人马去追索，他们摧毁了达戎十八部落的营地，男女老少皆被砍杀，掠去所有牲口和财物。

　　达戎部将此事禀告格萨尔王，此时大王收到天神预言，降伏象雄国时机已成熟。大王率着白岭麾下十多个联盟部落的军队，赶赴象雄。两国军队在曲日国和象雄国交界处大战三年，最后象雄国王扎巴伦珠被杀，六十名虎威勇士亦被岭国勇士斩杀，象雄国珍宝归于岭国，象雄全境归属于岭国。格萨尔王消灭了象雄外道邪教，让百姓皈依佛法，立曲日国噶伦曲珠和象雄勇士达姆赤赞二人为象雄国首领后，率领军队班师回岭。

唵嘛呢呗咪吽！

南瞻部洲利乐的神韵，

前世业缘智慧灿威光，

世界雄狮大王格萨尔，

宗教传奇笃实自性明。

一

向怙主上师本尊菩萨勇士空行、护法战神格萨尔祈祷！向天神、念神、龙神、阳神、战神、守舍神、食神、地祇、生神和地方神祈祷！岭国雄狮大王格萨尔神圣传奇，通过天然生成的意识讲述，犹如智慧之镜，清晰可见，从天界、人界、年界、龙界、地狱界等六道轮回间，以及有形和无形的所有魑魅、非人等生灵，通过传奇能够分辨黑白真假。

在南瞻部洲北部有外道黑白苯教，与佛法教义背道而驰的黑苯教上师誓青噶饶央珠、雍仲南卡坚参、雍仲白玛扎巴、雍仲丹巴塔杰、喇嘛塔杰扎布、扎赞多杰饶旦、贡赛弥隆益西等人，在阳光普照的大地之上，布满了邪术和恶咒；从三十三重天界，到十八层地狱间，所有轮回众生信仰着邪教。尤其象雄国国王扎巴伦珠有鬼魅、赞神和泰让神的护佑。他供养的天神和护法神通慧明显，他具有强大法力和咒术，麾下还有六十位勇士。他们傲慢无礼、残忍无道，妄想将蓝天当衣服穿、将大地当坐垫踏、将白云当成腰带系，自认为手揸乾坤、口衔日月，能将凶猛火焰用咒术扑灭、天降的暴雨用口气吹散。他们不遵循上部印度的佛法、不遵守下部汉地的律法、不尊重黑头藏人的伦理。象雄国拥有无尽的财富和珍宝，国君威名如青龙般享誉天地之间。他们把印度的绸缎、红花、香料，汉地的金银、绸缎和茶叶等货物运至藏地，从中获取丰厚的利润。

　　在土马年，象雄国王的大客商诺布多丹、旺杰扎巴、白玛格桑、雍仲多布庆等人带着二百多名伙计，赶着五百匹骡马驮畜，带着金银、绸缎、香料等货物从卫藏走到岭国达戎部落的夏季牧场。驮队卸货扎营，准备在达戎部落的牧场过夜。达戎部落的噶日尼玛扎巴、达戎超嘉威玛、多杰坚参等人所属部众中有二十多家牧户，其中赛巴家的女儿拉宗、达戎白玛、斯戎尼措、塔隆玉珍四位姑娘在牧场放牧时，被象雄商人旺杰扎巴、诺布多丹、白玛格桑、雍仲多布庆四人掳去，用残暴野蛮的手段强奸，如囚犯般困在营帐之中。这时达戎游牧部落的大户雍仲培杰、小户丹巴饶杰、贝玛牧户诺布拉杰顿珠听到四位姑娘被象雄商队掳去的消息后，立马遣人向部落首领报告此事。以达戎部首领超同、聂查阿旦、阿旦之子冬赞、赞培之子达杰、扎郭之子多布丹、贡巴之子查嘉、赛巴之子伦珠等人为首，率领达戎十八部落的勇士们骑着骏马、身穿盔甲、佩戴军械，聚集在达戎部落的营帐中。他们说"达戎部落从未主动挑衅过敌人，却被无赖路人践踏草原、污染河流，现在草原到处是恶臭的驴马粪便。尚不知那偌大的营帐到底是印度、汉地、尼泊尔、拉达克、卫藏四茹、蒙古、于阗还是大食国人，但他们对达戎部落的所作所为，犹如在岩石山腰凿路，大鸟吞噬人马；布谷鸟鸣赛龙啸，天未降雨草木绿。那过路的强敌，让牲畜吃我草山、饮我江水。如今草地已变成断岩、沼泽已成为枯沟。不只如此，这伙强人还把赛巴拉宗、达戎白玛、斯戎尼措、塔隆玉珍四位姑娘强行掳去。听放牧的人说这伙强盗的营帐中有数百名男子，其中年轻男子就有五十多名，他们肆意游走在草地山谷间，射杀无数野生动物，还强行带走了我达戎部落四位如花的姑娘。"于是决定急速派遣使者，向赛巴、贡巴、噶巴等各村落送去口信，立即出兵营救。财物被盗要抢回、杀死亲人要讨债。大山背后的公鹿，是归山神和地方神祇所有。追索被掳女子的重任，落在叔父兄弟和勇士的肩上。

如此商议之时，叔王超同愤怒难耐、气血直冲大脑、双目中喷着愤怒的火焰、咬牙切齿地说："哦呀！众叔父兄弟和勇士们，各部落首领和将军齐聚这里，是要抢回被掳去的姑娘。我儿聂查阿旦、达戎阿奴冬赞、塔尔潘图格东布、贡巴查嘉、贡巴巴沃玉杰、赛巴额郭隆仁、赛擦冬典赤托，你等还坐在这里，不觉得脸红吗？"于是用猛虎食肉之调唱道：

  唵嘛呢呗咪吽！

  口诵三次吽字的咒语，

  唤称誓字的密咒之歌。

  拥有强大法力的天神，

  切勿散逸今日保佑我；

  在雅隆那扎山谷之中，

  住着忿怒龙妖赞玛神，

  助我制伏外来的强敌；

  在高山茂密的丛林中，

  盘踞斑纹灿烂的猛虎，

  切莫散逸前来协助我；

  三重天界雍仲神殿中，

  有火焰之神达拉美巴，

有天神雍仲次旺仁增，
有苯教上师喇嘛贡嘎，
有黄色袈裟白玛旺秋，
有天神雍仲扎拉托赞，
皆为达戎家族的业神，
伟大天神马头明王尊，
时常眷顾协助达戎王。

在达戎部落夏季牧场，
土地潮湿鲜草长势好，
鲜花盛开犹如彩虹照，
若想购买价值无法估。
如今来路不明的盗匪，
践踏草地已成了断崖，
清澈河流浑浊成泥潭。
不知从何而来的商队，
如今来到家门口挑衅，
自古达戎部落无对手，
远途客商从不敢经停。
无道贪婪庞大之商队，
未经达戎部落的允许，

私自让牲畜吃草饮水。
如黑鸟不可栖息岩石，
发芽的鲜草不可缩回，
游走山间的野生动物，
即使吃草饮水懂节制。
听闻那隆卓隆和玛隆，
三条山谷满是马和骡。
还有更加骇人的消息，
听闻达戎部落的牧人，
赛巴拉宗和达戎白玛，
斯戎尼措和塔隆玉珍，
四位年轻姑娘也被劫。
以上均是牧人的传言，
是否真实还需要观待。

那么在座英雄豪杰们，
盗匪大营如火焰凶猛，
倘若不用河水来剿灭，
有着火烧山梁的危险；
山谷洪水激流成水灾，
倘若不修堤坝来堵截，

险些成为崎岖的狭路；
贪婪盗匪已到家门口，
倘若不问由来和目的，
有着遭遇欺凌的危险。
开满鲜花的绿茵草山，
是黑白牛羊聚集之地；
倘若不去保护草山地，
游牧之地唯恐变荒野。
如今该做如何的打算，
请诸位智者仔细思量。

今日之前达戎无茶道，
如今开辟茶道来挑衅，
犹如岩山之腰凿道路；
询问盗匪来历和目的，
试问汉地印度尼泊尔，
蒙古于阗吐谷浑等国，
到底来自哪一个国家，
速派侦查人员去探问。
要论说话做事懂分寸，
唯塔尔潘最佳之人选，

速速带领一千精骑兵，

后日中午前去探敌情。

如此安排可否众大臣，

听懂歌曲请谨记于心。

达戎王超同下达命令后，塔尔潘从虎皮垫上起身说道："哦呀！凡事都有原因。冬夏时机的天气，要看五行之力；傲慢无礼的心气，要看说话的言辞。未见强敌便口出狂言，未到时机则策马奔驰，皆是鲁莽的行为。刚才叔王所言甚是，听说那群盗匪在十五名牧人之中单单掳去四个年轻的姑娘。此番勘查我定会查个究竟来。"说完便派三名骑兵挨家挨户询问情况。太阳落山之时，三名骑兵返回营中，说四位姑娘确实被那伙来路不明的商队掳去，到现在还未归来。次日天亮之时，达戎部落各部首领齐聚夏季牧场的军帐之内，部落叔父、各部大臣、勇士等人依次入座。右席虎皮坐垫之上的塔尔潘起身向众勇士说："达戎部落的各位王爷和大臣们，如今我们已无法安稳度日。别说盗匪吃草饮水之事，人黄金矿藏般的身躯，无论谁都不可践踏，此番不为钱财只为无价的生命。那群盗匪不但随意践踏我达戎部落的草地，饮我江河之水，还肆意凌辱我部少女，此等耻辱实在无法忍受。今日召集大家前来，商讨如何对付这群贼人。"于是将这首英雄之歌用青龙雷鸣之曲唱道：

唵嘛呢呗咪吽！

鲁阿拉是歌曲的要义，

塔拉是唱词的停顿法，

是那胜义佛法的催促。

倘若不供奉上师佛祖，
很难拥有怙主和祖护；
倘若不供奉战神阳神，
很难拥有助伴和护佑；
若不供奉财神伏藏主，
财富物资很难得满足；
天神念神鲁神三界神，
白岭天神部落的业神，
今日到此协助护佑我。

达戎英雄部落之军队，
佩带军械切勿太匆忙，
嘶吼满天行走山谷间，
惊扰野狼随处乱窜动，
白财绵羊难逃有活路，
即使恐吓喊叫也无用。
古人谚语说得非常好：
战争之时军心要稳定，
倘若急躁只能射帽子，
懒惰迟到只能见死尸，
力气过猛宝刀会断裂；

脚步急促羚羊滚落山，
上师诵声过高嗓子哑，
军士急躁不利于战事。

今日老朽我安排如下，
明天日出东山之时起，
法师要诵咒语施巫术，
隐身木如风轮在旋转；
叔王超同和尼玛旺秋，
塔玛拉奔和玛尼噶热，
四位叔父及麾下部众，
乔装成做买卖的商人，
要用花言巧语去诱骗，
不然恶言粗语会坏事。
若想制伏强敌救族人，
假扮商人前去谈生意，
携带绸缎酥油和牛肉，
以及金银珠宝等财物，
探看如天女般的牧女，
还要与她们搭话问询，
必须分辨清事实真假，

> 倘若众姑娘真被掳去，
>
> 达戎部落集三百骑兵，
>
> 我和噶热冬赞囊都等，
>
> 倘若叔父超同不在场，
>
> 也需咒术法力来助威；
>
> 威玛超嘉拉杰率部队，
>
> 作为后援切莫要懈怠。

> 歌之要义是否听明白，
>
> 倘若听懂请谨记心间。

唱罢，在座的众叔父勇士一致认为塔尔潘所言甚是。但是叔王超同是个大麻烦，他胆小如鼠，从来只让亲者痛仇者快，又贪婪无耻，关键时刻总会出卖亲友，除此之外别无所长。此番战事凶险无法预料，倘若盲目行事，定会酿成大祸。好大喜功者，祸事连年不断；无端相互厮杀，只会徒增亡魂。倘若达戎王率领大军去袭击过往的商队，恐怕会臭名远扬，会有损我白岭天神之国的威名。于是诸勇士依照塔尔潘所言，决定次日清晨先由叔王超同带领几个随从去打探来者为何人。第二天，叔王超同穿着圆通长坎肩，发髻垂肩披散着，只在发梢松散编织，整个人看起来威武高大、十分威风。随身男儿们各个眉清目秀，双目明亮，面带笑容，从容不迫地骑着骏马朝商队的营帐走去。这时商人诺布多丹、旺杰扎巴、白玛格桑、雍仲多布庆，在各自帐篷中摆放着牛肉、酥油、酪糕、蜂蜜、糖果、水果等美食，与四位达戎姑娘正在欢乐享用着。看到此景，叔王超同愤怒难耐，气血沸腾，咬牙切齿，满脸横肉瞬时颤抖了起来。但是叔王控制住自己的情绪，拿出些货物，与他们做了交换，回去便告知众人，牧人所言皆为实话，并商讨应对之策。这时香伦楚普从右席的虎皮垫上起身，当众立下军令状，誓死血洗商队大营，抢来所有金银珠宝和绫罗绸缎作为几日以来的水草费。并用江河缓流之调唱道：

    唵嘛呢呗咪吽！

    阿拉作为歌曲的起首，

    塔拉表示诸事的结果。

    倘若未得大乐解脱道，

    混浊轮回尘世是苦难；

    倘若衣食住行不满足，

    浑似动物犹如活死人；

    倘若未能成就大事业，

    即使心胸宽阔也无用；

    倘若不能行走远途路，

    骏马无需饲料来精养；

    倘若不能白头终偕老，

    即使伴侣俊美也无用；

    倘若衣食生活不丰富，

    即使吝啬财物也无用。

    健壮肥膘的骏马良驹，

    倘若不能奔驰原野中，

即使鞍子华美也无益；
掌握大法的红衣上师，
倘若不懂来世利生事，
荐亡祈福斋食是毒物；
勇猛无敌的青年男儿，
战时倘若不懂得收敛，
遇到强敌最终丢性命；
年轻貌美的妙龄少女，
倘若心胸狭隘无智慧，
美貌犹如太阳照雪山；
拥有权势财富的大官，
倘若不懂分辨真和假，
劣迹犹如雷声当空响。

如此达戎部落叔父们，
骑马之前缰绳要抓稳，
说话之前仔细来思量，
谈情说爱之时心要诚，
祈求灌顶誓言要坚定，
不然死后灵魂坠地狱。
倘若明日要与敌人战，

断断不可怯战来退兵。

协助达戎部落之援军，

上岭部落调遣一百人，

中岭部落调遣一百人，

百人马匹脚劲要一致，

作战之时且听螺号声，

退兵之时看白色旗帜，

冲到敌营打起精神来，

若无把握战胜则撤退，

若丢性命只叹命不济，

牛马驮畜等所有财宝，

一个不剩尽数抢过来，

所遇敌人要格杀勿论，

必定要弄得横尸遍野，

战事细则由老朽部署。

倘若有错意请您谅解，

若觉得是空话我忏悔，

达戎叔父请铭记于心。

众人异口同声地赞许香伦楚普所言，并回到各自营帐中，长枪淬火，磨亮利刃，磨尖箭镞、更换甲绳和弓弦。四百位骑兵气势宛如天降冰雹、火烧山梁、青龙腾跃，以斩杀阎王罗刹之姿，向象雄商队的营帐走去。大军从四面围困商队大营，塔尔潘和楚普二人指挥。象雄国四位商人因为前半夜纵欲过度，对达戎大军动向无任何察觉。天亮时，达戎军队从西面八方嘶吼着，以排山倒海之势向大营奔袭而来。天地间充满了厮杀声、马蹄声和刀剑声。商队伙计诺布扎西、桑木丹顿丹、丹巴饶杰、吾理玛、姆迪维噶等带领着商队伙计进行反抗，有人持枪、有人射箭、有人挥刀，与达戎军队激战了两顷茶的时间，营地已横尸遍野。商人诺布多丹、旺杰扎巴、白玛格桑、雍仲多布庆四人穿戴盔甲，策马来到达戎王超同前。叔王骑着一匹黑色骏马如狐狸般窜逃而去。这时诺布多丹险遇塔尔潘，便持枪对着塔尔潘用赤色邪风之调唱道：

　　唵嘛呢呗咪吽！

　　北方沙漠被风卷起时，

　　瑟瑟声响充满天地间，

　　山沟满是野草和落叶；

　　云雾缭绕大地腾湿气，

　　雷鸣电闪天降暴风雨，

　　打散金黄五谷满田地。

　　向天神辛拉沃嘎祈祷，

　　向雍仲次旺仁增祈祷，

　　向护法达拉美巴祈祷，

　　向苯教众护法神祈祷，

　　请以雷霆之怒灭妖魔。

倘若不识这里啥地方，
魔域中部阿曲之地域，
岩石山峦草地被血浸，
山顶死尸衣物如经幡，
深谷洼地遍及死尸地。

倘若不识我是何许人，
北方沙漠丘陵之西边，
象雄国王的座上之客，
人称大商人诺布多丹，
虽非重臣乃显贵之人，
武功勇气享誉象雄国。
前年商队走到拉达克，
里域和喀什米尔等国，
购买无数财宝和绸缎，
一部分人到南方门隅，
购买鹿茸麝香和牛鞭，
六种良药昆虫及野花，
以及各种药材一百驮，
今年准备运汉地西宁，
想与南赤国王做生意。

我等此番就要去汉地，
你这贪婪无耻的强盗，
非但不做买卖还杀人，
你我有何新仇和旧恨，
请不要隐瞒如实告知，
你等是哪里来的强盗。
吃食血肉的凶残饿狼，
彻夜行走荒漠也无碍；
雄鹰无法驻足岩山峰，
翱翔苍穹只为赛疾风；
贪婪小偷无法安分过，
偷盗他人钱财才舒心；
放荡任性无赖之男儿，
只做杀人越货的勾当；
薄情多嘴放浪的女子，
制造流言村落起纠纷，
破坏法度死尸满山野。
纠纷诉讼比大山还高，
调解时日比河流还长；
原本和平安宁的世界，
被那贪婪劫匪来搅乱，

无怨阻挡过往的商队，
无端抢劫财富和吃食，
无辜生命顿时成死尸。
对这等残酷屠杀行为，
倘若不把血债血来偿，
犹如荒野行走的动物，
残酷射杀进献护法神；
天下众人的财富宝物，
盗匪劫掠还奴役商人，
此等事宜实在无天理。

这位骑黑马的黑面人，
来自何处父亲是何人？
你又姓甚名谁何职位？
请勿隐瞒如实告诉我。
倘若我未能追讨索赔，
定当视死如归豁性命。

听懂歌曲是耳的供养，
未听懂歌曲不再重复，
黑面人如此铭记于心。

塔尔潘听后心想：雄鹰翱翔于天空，鱼儿游走在河中，都是因为天性。对此人的欺瞒手段，我自然能分辨清楚。这人实在贪婪可恶，杀我族人还索要命价，实在太无理。前些时日，无端射杀山中的野生动物，随意践踏草地，弄浊河流，无故掳去我部落四位年轻的姑娘，这些账我还没算，他倒是反咬一口，追究起我的责任来了。象雄国王信奉外道苯教，与黑暗妖魔无异。今年没得到天神授记、也未面见雄狮大王、更无行军打仗之意，是否要降伏象雄国，仿佛哑巴病重，无法道明。但如今看来象雄与岭国之间的一场大战无法避免。于是唱起这首伪善撺掇的邪恶之曲：

　　唵嘛呢呗咪吽！

　　阿拉作为歌曲的供养，

　　塔拉表示歌曲的结果，

　　歌唱咏调和诵吟三种，

　　乃是佛法兴盛的标志。

　　在头顶正法的宫殿中，

　　请战神年达玛布明鉴，

　　他是驻满周身的阳神；

　　在心中佛法的宫殿内，

　　解救来世之上师明鉴，

　　倘若信仰坚定誓言明，

　　定在阳世存活过百年。

　　上界天神的加持护佑，

实关自身的信仰供奉。

倘若不识这里啥地方，
吉祥富庶宛如莲花状，
东山草地开满了鲜花，
满山牛羊牲畜肥又壮。
西山红土长满了草药，
骏马良驹奔跑原野中。
岩石草地是幸福之地，
三座山宛如骰子排列，
高山如巨人立天地间，
广阔草原无边又无际。
宛如天神富足宝库中，
饥渴饿鬼伸出双手来，
鬼哭狼嚎阴森之声起；
自然天成大乐神殿中，
厉鬼妖魔哭嚎凄惨声，
天地充满邪气和污秽；
在富庶广阔的牧场中，
贪婪无耻之人随意抢，
滥杀无辜横尸遍野间，

我们是岭国达戎部落,
这片广阔无边的草原,
达戎部落生存之根本,
牛羊牲畜栖居之乐园,
急速东流奔腾之江河,
是人畜共饮的母亲河,
唯有达戎部落可使用。
从不借道给汉地茶商,
若要强留得交水草费;
从未让路下行的商队,
若要扎营就敬献哈达,
否则此地绝无容身处。
肥美水草和金黄庄稼,
并非无人照看随意长,
下淌河水并非无人饮,
主人乃是达戎之部落。

古人谚语说得非常好:
黑头藏人齐聚之高原,
平坦草地和屹立人群,
黑白牲畜等三种存在,

乃万物繁衍根本所在。

山谷河流东南西北方，

按律分配各部落所有，

国家法度的黑白分辨，

是按照各自风俗习惯。

汉人遵循汉地的律法，

藏人遵守藏地的佛法，

犹如黄金沙子堆一起，

倘若不在风口扬起来，

无法辨别二者的轻重；

老人青年一起赴法会，

倘若不分内外和教派，

佛法戒律永远不纯净；

汉藏万里边界互相连，

倘若河流山谷划不清，

争执纠纷连年不会断。

达戎父辈相传的草原，

若被贪婪的外人占去，

犹如官位被别人夺取，

恰如伴侣被他人谋杀。

你这贪婪无耻的盗贼，

恶贯满盈如实做交代，

若到汉地经商做买卖，

贩卖少女生意怎么样。

抢劫无辜路人为其一，

横行欺压良善为其二，

抢掠无知少女为其三，

犯下三宗滔天的大罪。

人种犹如黄金的宝库，

杀人好比抢去了金矿，

达戎部落的男儿叔父，

并非天性好斗杀无辜，

是来解救宠爱的少女。

吃食血肉的残酷野狼，

捕杀羔羊还对牧人嚎；

搅乱村落的泼皮无赖，

抢夺财富还怨恨他人；

恬不知耻的无道官员，

破坏法度还诉苦无奈；

风流成性的无耻女子，

抛弃亲夫陪着野汉睡；

四处游走的强盗小偷，

　　　　远走他乡随心所欲来，

　　　　破坏汉藏两地的法度，

　　　　所遇之人皆被遭抢夺，

　　　　试问此等行径属何种？

　　　　若懂分辨请仔细思量，

　　　　杀我族人还讨要命价，

　　　　破我营帐还逍遥快活，

　　　　倘若此番不能斩杀你，

　　　　达戎部落以死来谢罪。

　　　　听懂歌曲是耳的供养，

　　　　　若未听懂也不再重复。

　　诺布多丹也是武艺超强、视死如归之人。他认为无论生死，如今已是阎王殿前之人，于是手持长枪，朝着塔尔潘纵马奔去，向他连刺三下。但是，塔尔潘是岭国三十位勇士中的翘楚，是天神上师的弟子，是众比丘的法师，众叔父的首领。他身穿格萨尔大王钦赐的法衣，拥有千佛之发、轮回七世的肌肉，所以刀枪不入。接着塔尔潘举枪刺去，枪头穿过诺布多丹的胸腔，从后背探出。塔尔潘带着其首级，走上前去，遇见多布庆等人正纵马窜逃，达戎拉郭奔鲁策马尾随着。到扎隆央热时人马疲累，多布庆无法继续逃亡，于是勒马转身，拔起宝刀，唱了这首恶言短歌：

　　　　唵嘛呢呗咪吽！

　　　　向天界邪恶龙神祈祷，

向天神达拉美巴祈祷，
向雍仲诺布拉赞祈祷，
切勿减弱祖护加持我。

倘若不识这里啥地方，
三条山谷汇合交界处。
听着骑红马的赤面人，
倘若不识我是何许人，
北方巍峨大山的脚下，
象雄国王座下之小臣，
诺布多丹和多庆扎巴，
无论生死犹如连体人，
生死共赴单独不苟活。

就在昨夜三更天时刻，
本无冤仇却无端厮杀，
此番商队驮货去汉地，
购买汉地货物贩北方，
安分守己世代在经商。
弱小商户扎营的地方，
强势盗贼无故来滋事，

掠夺财物驱赶了骡马，
屠杀无数商人和伙计，
横尸遍野鲜血染大地。

古人谚语说得非常好：
损失财富若不去追赔，
犹如带着纺锤的男子；
残害人命若不去报仇，
男儿没有血性似婆娘；
江河断流干枯的河川，
鱼儿和水獭绝不留恋；
被大火侵蚀过的森林，
斑斓猛虎从此不出入；
被太阳融化过的雪山，
绿鬃雄狮不可再傲立。
白岭达戎部落领地内，
弱小象雄王国的商队，
举步维艰遭遇此刁难，
两国绝无新仇和旧怨，
何故杀我人马劫我财？
我等虽弱绝不怕生死，

今日用你鲜血祭宝刀，

否则妄称男儿非好汉。

赤面男儿如此铭记心，

若未听懂不再重复唱。

多布庆唱完，便拔出宝刀，等着对方作答复。此时，拉郭取下枪套说："呀呀！阁下所言非常有理。通常流浪坊间的小偷，自称是在位的官员；贪吃羊肉的饿狼，嚎叫之声布满山谷；搅乱村落的泼皮无赖，往往听信敌人的谗言，如此实在可恶。雪山脚下的邪恶外道，根本没有天理；没有首领的乌合之众，绝不可能活着离开。"便唱道：

唵嘛呢呗咪吽！

在那鲜艳盔旗的顶端，

住着战神阳神和业神，

犹如身影般时常伴随；

青龙腾空呼啸喷火焰，

向战神玛杰奔热祈祷。

倘若不识这里啥地方，

是达戎图隆邦热那唐。

倘若不识我是何许人，

在那纯白雪山的下方，

若无岩石何以成雪山；

乌云腾跃密布的天空，
焰翅青龙当空在飞跃，
若无乌云青龙又何在；
蔚蓝无边大海的深处，
巨蟹鳄鱼水族浪里跳，
若无海水巨蟹又何在；
植被茂密的丛林深处，
有着凶猛的斑斓猛虎，
若无森林虎何处栖身。
世界雄狮大王格萨尔，
权势威望与日月并齐，
声誉威名如天空雷鸣。
吾乃达戎之子拉郭矣，
是格萨尔王的堂兄弟，
是岭六大部落的宠儿，
是十五少年中的拔尖。
并非夸下海口是真话，
胯下如旋风的小马驹，
脚步轻盈极速如野马，
征战远行万里也无碍；
手持生铁铸造的大刀，

锋利堪比阎罗的法杖，
斩断敌人首级无障碍；
幻化神奇如镜的绳索，
犹如划破长空的闪电，
紧勒强敌脖颈不放松。

话说在昨天二十七日，
富足达戎部落走出的，
四位如花似玉的姑娘，
人在何处请速速说出，
否则我不留一个活口。
古人谚语说得非常好：
贪婪盗匪狂妄又自大，
抢劫掠夺他人之财物，
拆散家庭骨肉生分离；
荒野饿狼残暴又凶狠，
袭击羊群翻越过九岭，
哀怨嚎叫之声满山谷；
盘旋高空的秃鹫老鹰，
啄完人畜死尸炫翼力，
且待活人也成口中餐；

惯吃信财贪婪之上师，

不断收纳亡人回向礼，

贪欲未足注视着库房；

无道官员执法用酷刑，

有理难辨无辜受重判，

还与他人争权又夺位。

尔等乃如此行径之人，

倘若今日不交岭国人，

严令我军要格杀勿论。

岭国首领四母超同他，

精通法术和施咒之术，

能够使役天神和鬼魅，

黑咒巫术能破碎河山，

商队休想携财而逃跑。

你这黑色妖魔且听清。

　　唱毕，拉郭便挥刀向多布庆砍去，对方的头部和衣裳顿时被鲜血浸染，大刀从他的肩膀劈下，当场落马而亡。兵士拾起盔甲，剁取手脚后，牵着马匹来到象雄商队扎营处，营地血迹斑斑，横尸遍野，骡马因无人照料早已分散在各处。达戎部落和赛巴部落的人马收缴了商队的所有财物。此刻，被劫的达戎部落四位姑娘赤身裸体地四处奔跑着，双脚被木刺和乱石扎出了鲜血，她们疼痛难忍，无处投身，痛苦哀嚎之声响彻草原山谷间。最后，她们不顾羞耻，来到了达戎和塞巴军队前，有的被士兵抱着，有的被士兵背着，带去安身之处。

当夜，岭军扎营在阿热杂滩，第二天赶到达戎牧场。劫来的财物一半分给塞巴部落，一半归达戎部落所有。他们嘉奖英雄，羞辱四位姑娘，要求部落众人从此不可以笑脸对她们四人，不可抬头行走。她们虽为女儿身，却是众女之耻辱。信奉外道的妖魔象雄，从未听说有天神佛法、廉耻誓言、善恶因果和公正的法律，无人明示来世的去路。黑苯教的上师，善于施咒，是天神茹扎那布的后裔。在饮光佛时代，因持邪见，投靠妖魔，如今已成了拥有血肉之躯的妖魔。邪恶外道，不可传到白岭部落，不然则会祸乱岭国。达戎部落会污秽中邪，天降灾害，疾病流行，流言四起，人们饥饿难耐，心生恐惧，会遭遇无法预测的祸事，只能唉声叹气。那四位姑娘，是应天神之命令和命运时机的安排，从天界降临人间投身为人的，她们的身体无法排除污秽邪气，和象雄魔族之人发生了肉体关系后，赛巴部落的拉宗姑娘双目失明，达戎家的白玛姑娘手足残废像线团，塔隆部落的玉珍姑娘双耳失聪，斯戎部落的尼措姑娘也双目失明。达戎家的牲口也死了半数以上。

过了一年多，岭国未发现象雄国的军队前来报仇雪恨，被岭人掠去的金银财宝也无人来讨要，仿佛象雄国未曾听闻此事。不过岭国人未敢放松懈怠，他们向周边派兵侦查，准备随时应战。大约过了一年半之久，象雄国王未见商队归来，派兵遣使去打探商队的消息。命令使者探查象雄商队去汉地经商已过一年之多，至今尚未归来的原因，使者想着活要见人，死要见尸，无论如何都要给象雄王带回关于他们的消息。

二

　　马月即八月十八日，象雄国在草原戈壁欢度盛夏。那戈壁滩草原上花草稀松，草甸红土之间，野驴和野牦牛在自由穿行。那天，男女老少齐聚戈壁草原，赛马射箭，唱歌跳舞，正在享受盛夏的欢乐时刻，象雄国王扎巴伦珠吩咐大臣阿纳顿普拉嘎，到法师跟前卜卦，询问去年前往汉地的商队何时能归，途中是否遇到了不测，吉凶如何。阿纳顿普拉嘎带着国王赏赐的绸缎和金银财宝，去到法师的府邸，进献丰厚的卦资，向上师转交国王的书信后，说道："商队去汉地经商已有一年六个月之久，目前仍无消息，请喇嘛卜个卦，算个吉凶。"那外道喇嘛将天界、人间、地狱三界的天、人、鬼魅、阿修罗等各路生灵请来询问，过了片刻将解释卦象的预言之歌用阎王断命之调唱道：

　　　　唵嘛呢呗咪吽！

　　　　敬向苯波龙神来祈祷，

　　　　向天神珠拉南松祈祷，

　　　　向女神赤面罗刹祈祷，

　　　　向妖神雅夏达迷祈祷，

　　　　向阿誓措吉喇嘛祈祷，

　　　　向天神达拉美巴祈祷，

　　　　请求预言未知的事情，

敬请有成就上师明鉴。

在去年冬春交替之际,
我象雄商人旺杰扎巴,
诺布多丹和白玛格桑,
还有雍仲多布庆等人,
他们带两百人去汉地。
酷热难忍寄望于天空,
不知云层雾层的薄厚,
期盼降下甘霖解酷暑,
云被风吹散落没奈何!
大地上耸立巍峨高山,
寒冬冰雪封下高山顶,
雪狮幼崽满心地欢喜,
骄傲立在狂风暴雪中,
但当酷暑盛夏到来时,
冰川融化逐渐成清水,
无奈幼狮心中苦不断,
绿色鬃毛停滞不再长!
深蓝辽阔大海的中央,
力大无穷的凶恶鲨鱼,

吞食鱼虾等水族众类，
妄想纵横于大海千里，
不料弱小的海螺小群，
前来阻挡鲨鱼的去路！

对我象雄宝藏之大国，
福厚无需做善恶祈祷，
祈求只达成目的即可。
不是祈愿得力去行恶，
象雄大国的上师君臣，
实乃是大宝藏的主人。
威望权势宝物和财富，
享誉四周各地邻邦间，
东方汉地霍尔和藏地，
北方突厥蒙古各部中，
均无人能抵御我象雄。
权势齐天的象雄国王，
懂得诵咒还会施大法；
象雄大国外道的上师，
通慧自成无挡无盛衰，
各术解救众生无障碍。

我是何许人你应识得，

我乃守护苯教教法者，

我乃守卫象雄国土者，

我乃茹扎那布的子孙，

无人匹敌称霸大英雄。

通慧预言敬请来明示，

镇压南瞻部洲象雄者，

他身为众生之公敌也，

亦是莽莽草寇之首领，

花草树木茂密相宜处，

一座红色丑陋城堡中，

有一如此长相丑陋人，

他赤红面庞如阎罗王，

胡须长长如山羊粗毛，

他乃供养马头明王者，

是为花岭部落的败类，

名叫制造祸端的超同。

象雄财宝货物皆被夺，

如五彩斑斓灿烂霞光，

虽美却不可用手去抓；

如密布虚空之阴晖云，

若不下雨将被大风吹；

如根深植大地之花草，

倘若遇到气候不温暖，

将险被秋末寒霜打败。

象雄国君臣还有百姓，

若不主动去寻找盗贼，

将反被强盗找上门来。

此乃祈求天神之神谕，

请将此悉数禀告大王，

象雄掌握国政的君臣。

如若明了大臣请切记，

如若不明谨当成预言。

降神谕听毕，阿纳顿普带着法师的神谕回到国王座前，敬对着大王，悉数禀告法师的神谕。象雄王听到此言，心里想：前世之命运，今世之业缘，犹如额头的皱纹一般，无法清除。岭国的地势地貌显现在眼前，他顿时变得如被刺扎着的毒蛇、被扔到沙漠中的鱼一样，坐立难安，于是向四方派去信使，命令各地大臣和首领不日到王宫参加会议，商讨对策。象雄国四方将帅首领们接到国王的手谕后，带着各自人马，马不停蹄、日夜兼程地赶到象雄国的夏季牧场会师。营帐之内国王的宝座设在中央，左右、前后依次排序设有各位大臣和首领座位。众人入座后，开始尽情享用茶酒、瓜果、肉、蜂蜜和糖果等美食。此刻，坐在红珍珠宝座上的象雄王扎巴伦珠理了理胡须，用力清了清嗓子，唱起了这首大地骤起狂风暴雨之歌：

唵嘛呢呗咪吽！

天神珠拉念波请明鉴，

请赐予我勇气和胆识；

财神赞巴拉敬请明鉴，

请赐予我食物和财富；

苯神贡赛益西请明鉴，

请赐明净无垢的预言！

若问此处是何许地方，

此乃象雄琼塘壤姆也，

此乃国事商议之地矣，

此乃英雄豪迈之地矣，

此乃智者辩论之地矣。

对面足智多谋的群臣，

我是何人大家自然知。

家中父母子女欢聚时，

如若不给食物是无赖；

尊敬上师弟子相聚时，

须得崇敬颂扬护法神；
尊敬君王大臣相聚时，
大家通过法律断国事！
回想前生投胎转世时，
尔等心中当时做何想，
是祈祷天神或做鬼魅，
是爱戴亲人或爱敌人，
是信奉内道或是外道，
这些请你们仔细思考！
我作为外道大国之君，
是茹扎纳布之转世身，
定做释迦佛法之敌人，
誓不遵从佛陀与天神。

地方官员违法的言辞，
百姓部众一定难遵从；
四处乞讨度日的乞丐，
口出狂言一定无人信；
匮乏才智漂亮的女子，
行为不端一定伤父母。
奔跑疾走荒原的野驴，

远出之日一定不能骑!

无耻小人黑头格萨尔,
虽然人称世界之大王,
那是穷山恶水之刁民,
实乃是吃鼠肉的觉如;
属下搬弄是非的手鼓,
如狐狸狡猾四母超同;
还有半死不活总管王,
犹如死尸喘气称智者。
很多非天非鬼非人类,
盗贼群中首领称英雄,
听到这些名称惹人气。

就在那前头八日之前,
象雄上师穆达辛拉他,
对我大军来灌顶洗礼,
收获预言称大战在即;
大王派赞玛阿纳顿普,
向尊敬上师问卦占卜。
因我象雄商队的首领,

还有精选四位勇士们,

加上两百英勇的伙计,

驮队骡马五百匹之多,

去年前去赴汉地经商,

但是如今不知在何方,

结果活不见人死无尸,

飞天遁地寻找无从知,

或许人畜已经遭不测。

在那百花盛开的山谷,

有着植被茂盛的山峦,

高耸山峰全年终积雪,

山腰险峻滚落岩石多,

山脚树林中松柏茂密,

此地人称为祖穆阳噶,

里头有座城堡如虎头。

大概听闻城堡的主人,

长相面色赤红如猴子,

他的额头凸出鼻梁塌,

下巴尖长胡须浓茂密,

赤发蓬松朝着天上扎,

还会口诵咒语施妖术，

天天供养马头明王尊，

就是人称四母超同王。

象雄商队经路到此地，

不幸遭遇强大的盗贼，

不仅财宝货物被劫去，

宝贵生命也丢失在此。

此等血海之深仇大恨，

财要追索命债要偿还。

商讨如何行军派几人，

大军将领谁来担任等，

先派遣何人去探敌情，

敬请诸将一道做商议。

大家明了乃是君王令，

如若不明之言请斟酌，

在座众位敬请切记心！

　　国王唱罢，扎拉托松、穆杰拉赞、森隆森格扎巴、本图南卡多布丹、修钦奥纳米郭、勇士琼纳巴瓦、猛士热沃邦克等大臣，咬牙切齿地商讨着："象雄商队去汉地已过一年多，若不是遭遇不测，怎么可能耽误这么长时间。"这时，大臣扎拉郭瑱阴沉着脸，拿出别在腰间半丈长的旱烟杆，从烟袋中抓一簇烟叶放入斗内，敲击燧石点燃烟叶，深吸一口，嘴里吐着青烟，便唱起这首排兵布阵之歌：

唵嘛呢呗咪吽！

行走于雪源高山之人，

向天神珠拉南杰祈祷；

居住恒久不变天空中，

天神达拉美巴请护佑；

端坐中间热扎本康中，

向苯神辛拉沃噶祈祷；

犹如身影紧随我左右。

倘若不知此处是何地，

乃是象雄国纳尼琼塘，

乃是君臣商议国事地，

乃是英雄男儿豪迈地，

乃是富豪追索失物地。

倘若不知我是何许人，

乃是千人部落之首领。

翅膀苍劲有力的雄鹰，

凌空展翅翱翔于苍穹；

赤羽青龙腾跃长空中，
积水云雾瞬间被吹散；
外皮菱纹巨型的鳄鱼，
纵横大海宛如蛟龙腾；
乃象雄大臣扎拉郭瑱，
满腹经纶智慧无人敌，
有我象雄举国可平安。

见多识广的众位君臣，
有何计策请畅所欲言。
依我老臣浅陋之见地，
清晨骏马不可过速跑，
待到傍晚大汗淋周身；
年少青春之时莫挥霍，
待到迟暮之年成乞丐；
敌对两军狭路相逢时，
稍有不慎鲜血染沙场；
雄鹰盘旋云端折双翼，
恶汉大口吞食噎嗓子，
言语啰嗦众人耳朵疼。
众位象雄君臣和勇士，

切莫着急杀敌逞英雄，

不然则成刀下之亡魂；

首次经商货物莫要多，

否则有招惹盗贼之险；

妙龄少女莫要涂浓妆，

否则过分艳丽如娼妇。

依照我老臣愚钝之见，

赞都拉美邦仁和奥纳，

拉赞扎巴南卡托松等，

派遣四位勇猛的将领，

率领两百名精锐骑兵，

去岭国达戎部落营地，

将部落众人斩尽杀绝，

将所积财物洗劫一空。

如此是否可行请思量，

不知在座君臣何感想，

若能意会乃是真英雄。

听明歌曲君臣允诺之，

未明不再浪费那口舌。

象岭之战

　　众君臣听后进行仔细商议，决定依照扎拉郭瑱所言，派四位将领率二百名骑兵，突袭达戎部落。大家举行七天的宴会，为出征的将士们饯行。接着，象雄大臣赞都拉美邦仁，秀钦赞都沃纳，雍仲拉赞扎巴，珠嘉南卡托松等四人，率二百名骑兵日夜兼程地朝着岭国达戎部落赶去。

　　行军第十三天终于到达达戎部落。那草原百花竞相绽放，水草肥美茂盛，百鸟争鸣，牛羊成群，马壮膘肥，俨然一处繁茂富庶之地。恰巧那一天，达戎部落首领拉郭奔鲁和玛尼噶热二人，率领部落勇士去射猎，达戎姑娘春木吉和美朵班巴带着七个男仆和九位女仆，正将转场驮来的器具财物放进帐篷之内。突然象雄军队闯入营地，如野狼冲进羊群般，肆意斩杀，追赶牛羊，片刻间，彻底烧毁达戎部落的营地。此番，他们杀死三十人，砍伤无数，有些女人头发被剪，绿松石、珊瑚、玛瑙、珍珠等珍宝被抢夺。达戎部落的两位首领率部众围猎回来时看到那惨状，便迅速策马追赶而去，发现象雄军队驻扎在杂隆沟和纳隆沟中间。这时，戎子拉郭奔鲁、首领玛尼噶热、达擦玛赖、色擦赤赞、塔擦沃鲁巴沃玉杰、珠拉达玛等如狂风席卷、滚石落山般，狂奔到象雄军营前。此刻，拉赞扎巴看到达戎人火速奔来，便穿上盔甲，佩带军械，跨上枣红宝马，朝着拉郭唱了这首英雄威武之歌：

　　　　唵嘛呢呗咪吽！

　　　　天神珠拉念波请护佑，

　　　　象雄阳神业神请护佑，

　　　　苯神达拉美巴请护佑，

　　　　赞神鲁都奥噶请护佑，

　　　　禅师阿旺喇嘛请护佑，

　　　　以天神辛拉沃噶为主，

恭请苯教护法加持我!

倘若不识此处是何地,
之前虽未踏足有耳闻,
像是小偷劫匪出没地。
达戎父子胆小如狐狸,
十人共战一敌难取胜。
他是盗贼劫匪之首领,
巧舌如簧心肠如蛇蝎,
搬弄是非黑白也颠倒。
达戎首领四母超同他,
叔侄兄弟内讧的根源。
早前觉如还未出生前,
郭岭交战鲜血染河谷,
郭氏所属十八个部落,
被你岭国铁骑所歼灭,
当时战争起因在超同,
从中挑拨制造起祸端。
自那煞星觉如出生后,
征战四方狼烟遍地起,
强敌横行瘟疫又肆虐,

民不聊生水深火热中，
壮丁良马皆用于战争，
贪婪无耻抢夺他人财，
行军他国犹如神行者，
世间女子皆被他调戏，
屠杀无数生命罪孽深。
去年象雄商队去汉地，
携带藏地货物去经商，
汉藏之间原本就通商，
此乃本是世间之常规。
但是岭国的达戎部落，
犹如疾走荒漠的野狼，
遇见路人定要喝其血；
犹如崎岖狭路的刺儿，
不甚扎身疼痛难以忍；
犹如妖龙扩散的麻风，
所有疾病瘟疫的根源。
杀我象雄商队的首领，
抢我汉地购买的货物；
如今听闻象雄国之中，
四处皆是岭国的奸细。

如今打算进犯象雄国，

边地乞丐口中如此说。

听着骑着黑马的白人，

你是何方胆小的狐狸，

切勿藏掖告诉我实话。

拉赞扎巴唱完，他未动用任何兵器，等着对方回话。这时，戎子拉郭奔鲁骑在一匹黑驹上，右手取箭，左手持弓，搭上弓弦说："你说得非常准确，吃肉的野狼无法分出好赖。"并唱起了这首箭歌：

唵嘛呢呗咪吽！

唱阿拉做歌曲的供养。

广阔无垠天空之中央，

身披白色绸缎的衣裳，

拥有十万天兵和天将，

请白梵天王护佑拉郭；

在阿尼玛卿雪山之巅，

发髻犹如赤红的龙须，

骑着斑斓猛虎的念神，

年王格祖请护佑拉郭；

蔚蓝深邃大海之中央，

骑着鳄鱼穿行于海底，

十万龙妖兵将簇拥着，
龙王米郭嘎布请护佑。

倘若不识此处是何地，
是达戎白玛雅齐草原。
倘若不识我是何许人，
岭国格萨尔王的兄弟，
人称英雄拉郭奔鲁也，
是斩断强敌头颅之人，
是排座右边虎垫之人，
是部落军队核心之人。

昨日中午赤日炎炎时，
东部的达孜玉龙山谷，
南边的白玛斯隆山谷，
西山的拉唐雅噶隘口，
拉宁达隆让穆山谷等，
扎营多达十五部落兵，
百姓被杀炉灶被捣毁，
辛苦积累财富洗劫空，
焚烧营地烟灰风中撒。

象雄众将且听我之言，

没有国王庇佑的百姓，

被强盗小偷任意肆虐；

没有父母爱护的孤儿，

常被歹人辱骂和殴打；

没有主人放养的野畜，

成为射发利箭的靶子；

没有廉耻之心的姑娘，

常被流氓欺辱和调戏；

没有修筑堤坝的地方，

洪水泛滥四处任意流；

没有道路的岩石山峰，

是鸟雀筑巢最佳之地。

你等胸无胆识如婆娘，

斩杀女子又算何英雄；

狐狸毛虽美不及虎皮，

农区驴马不能走羌塘。

屠杀我达戎十五部落，

大言不惭到此来叫嚣。

请看我手中所持利箭，

象岭之战

乃是击碎岩石的雷电，

今日用它来射杀野鬼；

请看佩戴腰间的宝刀，

今日用它来斩妖屠魔。

败法乱纪的乌合之众，

尔等似有数百人之多，

如不怕死与我五人战，

倘若在日落西山之前，

未能做到鲜血染山谷，

拉郭绝非好汉是孬种。

黑马男儿心中请切记，

不明不再枉费我口舌。

　　拉郭歌毕，便将搭在弓弦上的箭向雍仲拉赞扎巴射去，虽射中胸膛，但拉赞的内衣口袋里装有苯教法师加持过的圣物，未能射穿他，于是拉郭拔刀冲杀过去。二人举刀厮杀，但难分胜负。拉郭忽然挥刀刺向雍仲拉赞扎巴的战马脖颈，战马随即倒地。雍仲拉赞扎巴徒步逃去，跑到达戎马群中套住一匹黑马，迅速跨马逃窜。

　　这时，赞都奥纳持刀向拉郭奔来，拉郭举刀砍下他的右手手指，奥纳慌忙逃跑。达戎部落的五个将领，乘胜追赶象雄军队，象雄士兵四处逃命，哭救之声响彻草原。这时，象雄珠嘉南卡托松持刀向他们跑来，一刀砍中达擦玛莱的头部，达擦玛莱从马背上掉落下来，当场丧命，拉郭和玛尼噶热立刻举刀齐砍而来，珠嘉无法抵抗掉头就跑。象雄军队死伤惨重，拉郭等四人趁胜从象雄马群中截赶一群马匹过来，从被象雄盗取的马群中夺回了十七匹。死里逃生的象雄士兵们马不停蹄地往象雄方向逃去，他们从盗来的达戎马群中套来脚力好的马匹，背上放鞍垫，与自己的马匹轮换骑行，赶了两天的路程，回到象雄琼日南宗草原，当晚就在此地扎营了。话说，当日达戎部落两位英雄和七位仆从来到普如娘宗城堡时，达戎王超同心慌意乱，食不知味，夜不安眠。遣仆人顿珠尼玛到城堡外探看，那仆人走出城堡，遇到两位英雄和众仆归来，将他们引到城堡内。两位王子走到父亲前，详实禀告达戎部落此前遭遇。超同王说道："我部将少兵寡，即使去追索也无必胜之把握，只可惜那达擦玛莱，竟如此枉送了性命。我等速去岭部幼系文巴氏族，到狮龙宫殿向格萨尔大王求救。"

此刻，格萨尔大王在狮龙宫殿中，为解救苦难众生正在闭关修行。当夜天神南曼杰姆骑着白色雄狮，右手持檀木手鼓，左手端着水晶宝瓶，在十万空行母簇拥下，从云端来到格萨尔的寝殿前，将这首预言之歌用空行六变神韵之曲唱道：

唵嘛呢呗咪吽！

歌唱阿拉敬请做供养。

在那头顶太阳坛城中，

恩重根本上师请明鉴，

请护佑勇士白色盔旗；

在那正念法性宫殿中，

智慧空行众母请明鉴，

请护佑预言明了无碍。

倘若不识这里啥地方，
是虚空中幻化的殿宇，
是祥瑞云雾飘荡之路，
是五色彩虹照耀之地。
白岭部落通瓦贡曼地，
雄伟狮龙达孜城堡内，
世界雄狮大王格萨尔，
誓言不渝如金刚上师，
辨认天神妖魔无障碍，
在寝殿莲花宝座之上，
闪耀集谛智慧之光芒，
天神护法终日守其身。

倘若不识我是何许人，
来自东方妙喜之世界，
从前称我郭江噶姆姑，
如今是藏域的护法神。
在清澈美朗寄魂湖畔，
有着南曼杰姆的城堡。
用桑烟和酒水做供养，
为六道众生指明道路。

倘若没有要紧之事宜，
空行母何必亲临此地；
盛夏季节尚未到来时，
门隅杜鹃鸟儿到藏地，
飞上柏树枝头在鸣叫，
预示雨季将至草木盛；
南部温润戎地的黄鸭，
春暖花开之时到藏北，
南木措湖上空绕右飞，
预示冰面融化湖水显；
姑母我从美朗湖畔来，
花岭部落上空呼喊着，
并非炫耀口舌多伶俐，
预言降魔时机已成熟。

神子格萨尔且听我言，
去年达戎部落营地中，
北方象雄商队来扎营，
制造事端兴兵起战事。
藏家古来有如此谚语：
不攀越高山难抵平原，

象岭之战

不品尝苦味难辨甜食，
没穿戴粗布难识绸缎。
象雄部落四位大将领，
带领两百精锐之骑兵，
袭击达戎营地根基绝，
屠杀平民财物被掠夺，
断送戎擦玛莱的性命。

神子格萨尔且听我言，
早在贤劫饮光佛时期，
象雄鬼蜮妖魔持邪见，
活鬼相伴死鬼常附身，
鬼蜮黑暗妖魔之根本。
邪恶的象雄国王伦珠，
是那妖魔五国之首领，
蒙古国王突厥丹扎王，
还有尼泊尔国王坚参，
卡其图杰王和木雅王，
均是象雄国王追随者，
如今已到降伏之时刻。
扎达托三位象雄大臣，

再不降伏恐难有机会，
倘若耽误时机再延迟，
不仅岭国君臣遭祸殃，
汉地印度南瞻部洲众，
六道众生遭遇大灾难，
天人共赴难以胜强敌，
最终妖魔飞升达天界，
善战阿修罗也难抵御。

象雄魔国要灭岭部落，
佛之三身宛如彩虹逝，
显密佛法彻底被消灭，
男儿供养的战神衰弱，
女人祭祀食神已离去，
天神念神龙神被污染，
从天降落赤色的血雨，
从地冒出黑色的毒液，
魑魅魍魉充斥着人间，
那时权重者只为鬼煞，
威高者乃自在天王神，
三十三重天将被毁灭。

象岭之战

妖魔降伏时机已成熟,

切勿耽搁速调集军队。

姑母预言从未有错处,

请国王如此铭记于心。

歌毕,姑母南曼杰母在鼓声、海螺声和唢呐声的伴奏下,踏着彩虹渐渐消失在宫殿上空。此刻,格萨尔王心想:若不能降伏妖魔,佛法就无法昌盛;若不能宣扬佛法,无人遵因果轮回。上师若不能弘法,地狱冤魂无人度。官员法度不公正,百姓疾苦谁来管。财富食物不囤积,如何扎根过生活。那象雄国王虽未曾亲眼见过,但早年间有所耳闻,人称外道辛拉沃噶,座下有三位凶残的大臣,现如今已到了降伏时候。望窗外,已到了清晨戌时,他摇一摇金刚铃,玉杰、汤泽、米琼等仆人端着金碗银碗恭顺地走进屋来,将盛满美酒和奶茶的碗端放在大王座前,弓着腰等候大王发话。格萨尔王亲自书写指令,要求岭长中幼三系、噶、珠、德格、贡觉、芒康、扎雅、昌都、日吾齐三系等众部落,以及魔、霍尔、门、姜等属国,以及拉达克、嘉绒、比热、阿扎、其日等诸部在十天之内带领各部将领和军队会师玛域通瓦滚门。十天后,岭国大军在玛域通瓦滚门屯兵扎营,大小帐篷扎满草原,大的如高山,小的似擦擦。岭董氏族的可容千人白帐搭建在中央,内部排列着九十九个座位。当月二十五日,总管王戎擦查根和雄狮大王格萨尔来到大帐,坐在中央的王座上后,众英雄按照各自的官位依次入座。接着,坐在格萨尔王旁边红色珍珠镶嵌宝座上的头发雪白如羊羔皮,佝偻的身躯犹如枯萎的芭蕉,双手粗糙如鸟禽的双爪,双目黯淡如泥潭中阴泉般的总管戎擦查根,双唇颤抖着,环顾四周,用缓慢长调之曲唱道:

唵嘛呢呗咪吽！

吟唱犹如碧蓝高空歌，

曲调顺畅如日月运行；

歌唱塔拉在大乐世界，

欢乐和平善良常相随。

宛如母亲的轮回众生，

在无知轮回游荡之时，

因无明错乱恶运之故，

杀生背誓破戒等恶业，

业果成熟坠入地狱时，

请从寒暑极苦地超度。

三十三重天神宫殿中，

住着肌肤白皙如海螺，

右手持白色水晶宝剑，

左手端着如意聚宝盆，

今日前来助我斩妖魔。

倘若不识这里啥地方，

是岭国玛域通瓦贡曼。

此处山顶积雪终不化，

雄狮栖息雪山之深处，

狮崽凶猛健硕炫绿鬃；

山腰皆是片石草坡山，

岩羊野鹿羚羊和黄羊，

野生动物欢乐栖息地；

山下花草茂盛的草原，

遍地牛羊马匹如宝库。

沮洳滩是骏马驰骋地，

荒漠原是野驴行走地，

密林谷是熊豹栖息地。

玛拉达拉杂拉三座山，

恰似人工雕琢的佛像；

玛隆达隆杂隆三条沟，

犹如敞开的三大山门；

神门年门龙门三大门，

宛如天然矿藏之库门；

玛曲达曲杂曲三大江，

神似姑娘黝黑的发辫；

玛滩达滩杂滩三大滩，

恰如平铺的巨大毛毡；

上师官员叔父等上人，

体态高大伟岸如天神。

玛域第雅滩四座宝山，
高低略微不同有原因，
当年镇压妖魔的时候，
四大天王削来众山顶，
镇压肆虐百姓的小鬼，
从此四山高低不均匀。

在这容纳万物神帐内，
我乃何许之人自然知。
紫面董氏族人的先祖，
智者曲潘那布的长子，
期颐之年如江河山岳，
才识智慧渊博与天齐。

在座天神部落请听我，
最近三年世道虽未变，
亦是时机成熟奉天命。
降伏四面八方之妖魔，
镇压外道苯教之咒师，
降伏大妖神以自在天，
阻止天神阿修罗之战，

毁灭佛教正法之公敌，

威胁岭国社稷之私仇，

如今众敌逐一被击败。

耳闻古人谚语如此道：

从北向南迁徙野牦牛，

暂与南部黄牛群激斗；

南部丛林斑斓之猛虎，

北方荒野野驴相较量；

东部汉地的大红茶叶，

唯有带到藏地能出售；

位于四方八面的魔军，

唯有格萨尔王未称霸。

今年出征北方象雄国，

天神授记终须谨记心，

听闻象雄与苏驰毗邻，

疆域辽阔权势比天高，

稀有珍珠矿藏的主人，

外道阿贡上师的高徒，

供养辛拉沃噶做护法，

国王座下有三位大臣，

均是黑暗妖魔寄魂子,

有些是蓝色水妖之子,

犹如龙妖青蛙跳跃走;

有些是赞神幻化之子,

赞神急速闪电雷鸣般;

有些是天宫煞星之子,

宛如青龙盘绕乌云腾;

还有那外道象雄国君,

如今降伏时机已成熟。

富足花岭天神部落中,

召集所有兵马去参战,

阿扎其日霍尔大食等,

各国召集多数军队来,

嘉绒姜国门国岗嘎等,

调集精锐部队来参战,

其余所属大小部落中,

按自力量强弱派士兵。

倘若歌有错意请谅解,

若觉得是空话我忏悔,

在座君臣铭记于心间。

听毕，岭国众君臣异口同声称赞总管王之言。这时，端坐在右席翡翠宝座上的勇士丹玛强查起身，给格萨尔王和总管王为首的在座勇士每人进献一条白哈达后，便唱起这首排兵布阵之歌：

　　唵嘛呢呗咪吽！
　　歌唱阿拉阿拉是阿拉，
　　塔拉乃是歌曲演唱法。
　　银河划分天空成两际，
　　江河分隔大地为两岸，
　　上师指明前世今生路，
　　君王掌控百姓的疾苦。

　　向命神五种姓佛祈祷，
　　向战神威玛神做祈祷，
　　向各路地方神祇祈祷，
　　向伏藏主财神做祈祷，
　　向天神念神鲁神祈祷。

　　倘若不识这是啥地方，
　　乃是福禄寿聚集之地，
　　乃是兄弟互助谦让地，
　　乃是官员百姓和睦地。
　　水草肥美之地动物多，

戒律严明之寺僧侣多，
岭部落通瓦贡曼之地，
乃是整个藏域之核心。
两国接壤的要塞之处，
汉藏犹如身躯和头颅，
世界雄狮大王格萨尔，
怙恃世间众生无分别，
花岭福禄天下无能敌，
父辈长寿男儿多勇猛，
岭国王系源自于天神，
报仇雪恨乃是其天命。

古人谚语说得非常好：
避忌杀生莫要当屠夫，
畏惧死尸莫要当上师，
贪生怕死莫要充英雄。

在座花岭天神的部落，
男儿身怀六艺皆英雄，
众人皆晓我是何许人，
来自丹热拉康让姆内，

是格萨尔大王的近臣，
圣者热萨哈巴的化身，
称英雄男儿丹玛强查，
英雄威名享誉天地间。

今日丹玛强查有话说：
能闻其声不见踪影者，
是那腾跃半空的青龙；
唯见其色不可触碰者，
是那高空悬挂的彩虹。
前年那北方魔国象雄，
两百多人的强大商队，
在岭达戎部落营地中，
肆意妄为践踏那草地，
强夺四位姑娘遭蹂躏。
今年初夏象雄又犯境，
砍杀百姓牛羊被劫掠，
如此奇耻大辱怎可忍？

上座天神授记为其一，
大王智慧正见为其二，

岭国君臣使命为其三，

三因汇聚时机已成熟。

进军象雄做如下安排，

按照戎擦查根的命令，

达戎财物已洗劫一空，

此番行军所用之粮草，

均从部落国库之中出。

噶珠赛巴等三个部落，

调集三千位精锐勇士；

丹玛和上下曲拉部落，

调集三千个精锐部队；

董氏文巴中支部落中，

也要调集三千位勇士；

董氏幼系木姜四部中，

调集两千五百位勇士；

董氏长系赛巴部落中，

调集四千五百位勇士；

达戎部落调集一千五，

黑白黄三色琼布部落，

调集三千五百个士兵，

姜国调集两千三百人，
阿扎调集一千个人马，
曲日部落调集两千人，
霍尔调集七千六百人，
魔国要调集三千精兵，
北方拉达克随时待命，
擦戎调集一千个人马。

设立五户十户百户长，
十户长立一顶大帐篷，
百户长立十顶大帐篷，
如此千户万户立帐篷。
行军途中要遵守法纪，
不可侵占百姓的牛羊，
兵马军械各自准备好，
杀敌保命二者要兼顾。
本月二十九日吉祥天，
清点兵马做行军准备，
煨桑祭祀祈祷护法神。

从今日起十九天之内，

饲养军马长枪要淬火，

宝剑磨亮大刀成利器，

甲绳换新弓箭齐准备，

全军要随时整装待命，

一声令下莫要怕生死。

行军需走高山峡谷间，

难知强敌埋伏于何处，

探听侦查事宜要做好。

不可侵占沿途的小国，

不可欺辱百姓生事端，

不可恶言谩骂辱他人，

不可索要一针和一线。

此等法令并非岭怯懦，

无端生事恐难成大业，

谦和温婉方能诸事顺。

土匪盗贼小偷不轻饶，

除此之外不可树敌人。

如此可否白岭天神部，

听闻歌曲是耳的供养，

歌曲未懂可以重新唱，

在座君臣铭记于心间。

丹玛强查唱毕，众人称赞所言甚是。六月十九日那天，岭国军队准时从米朗达塘壤姆出发，途中经过大食、阿扎和北方鲁赤国等，这些属国的军队也随军出征。军队走到鲁赤国一片旷阔的湿地后安寨扎营，等待达戎军队前来会师。这时达戎部落首领四母超同、贝茹尼玛坚参、噶茹塔巴坚参、纳茹多布庆扎杰、贝茹达拉多杰、恰戎玉郭托杰等人聚集赞隆塔雅南茹贡，命令达戎所辖各部落首领三天之内必须抵达。众首领聚集之日，首领超同在紫檀宝座上斜着身子，铩胡须以粗短叫嚣之调唱道：

唵嘛呢呗咪吽！

三唱粗短叫嚣之歌曲，

阵轰叫呐之声满乾坤。

蔚蓝如靛的天穹之下，

青龙腾跃之声轰隆隆，

若无闪电雷鸣又何故；

万木葱茏南部森林中，

斑斓猛虎阵阵长啸声，

若未觅得肉食又何故；

三谷交汇的谷口之中，

激流河水大浪在滔天，

若无狂风暴雨又何因；

草木茂盛的大山下腰，
火势凶猛熊熊燃烧着，
若无疾风助威又何因；
在这卫茹扎西塔滩上，
偌大赤红帐篷的中央，
达戎首领歌声响彻天，
若无要事又何必歌唱。
天神雍仲拉赞请明鉴，
护法达拉美巴请明鉴，
苯神次旺仁增请明鉴，
忿怒马头明王请明鉴，
尽以敌者血肉做供养。

达戎牛羊去年被匪劫，
今年派遣军队去追击，
斩断强敌头颅饮其血。
扎雅部落的丹真扎巴，
多杰旺扎听超同之歌，
曲戎部首领扎西雍仲，
勇猛者拉嘉诺布达孜，
嘉绒多布丹扎巴三人，
切勿散逸听达戎超同。

象岭之战

象雄商队前年到达戎，
达戎军队今年重回击，
去年象雄军队又反击，
达戎十五个游牧部落，
犹如干枯劲草遇大火，
屠杀百姓财物被劫掠，
男女三十多人被斩杀，
尤其牺牲了达擦玛莱。
天神之子诺布占堆他，
为报仇调集岭国军队，
已向各部落城堡下令，
白岭部落勇猛的神兵，
不久将抵日羌卡邦山。
在座诸位达戎部勇士，
也要做好行军的部署。
玛康部首领尼宗拉普，
调集一千位精锐勇士，
扎雅十三部落的军队，
驻守高山峡谷做防御，
不丹调集一千位勇士，
曲绒贝茹洛达三部落，

各部调集一千名勇士,

达戎调集两千名勇士,

念措格杰共集一千人。

本月二十三日吉祥日,

大军会师达姆东日山。

派遣达伦协噶丹巴等,

达戎部落的九位勇士,

带着达戎首领的信函,

到大食部落调集军队,

共集一千五百位勇士,

再到蒙古调集两千人。

拼杀之时莫要惜性命,

傍晚齐聚西边扎西滩。

听懂歌曲请铭记于心,

未懂不再重唱费口舌。

达戎首领超同作了以上部署后,芒康、扎雅、昌都、洛绒、日乌其、贝茹、噶茹、纳茹、色茹以及格尔、仲巴、萧巴等各部落调集五千名精锐勇士,农历二月二十三日同达戎军队到格萨尔王大军驻扎的营地,与岭国主力部队会合。

三

此刻，象雄大臣赞都拉美邦仁、秀钦赞都沃纳、雍仲拉赞扎巴、珠嘉南卡托松四人带着残兵，驱赶着从达戎部抢来的牛羊，踉踉跄跄地赶到了象雄国。四人来到象雄王宫里，吃饱喝足后，赞都拉美邦仁吟唱这样一曲禀报外出事宜之歌：

唵嘛呢呗咪吽！
向天神珠拉念波祈祷，
向象雄阳神命神祈祷，
向天神达拉美巴祈祷，
向赞日鲁都扎纳祈祷，
向苯神辛拉沃噶祈祷，
切勿散逸今日来助我。

倘若不识这里啥地方，
乃君臣商议国事之地，
乃智者显露智慧之地，
乃勇士夸耀英武之地，
乃容纳万千帐篷之地。

倘若不识我乃何许人，
我乃象雄国君之大臣，
赞都拉美邦仁乃我名，
我乃万户部落之首领。

时常操持公事担责任，
无奈家计私事常遗漏，
今年遵循王命到岭国，
袭击达戎部落的营地，
如今只剩灶灰和废物，
黑白畜群驱赶到象雄。
我等袭击达戎营地时，
恰巧部落男子去射猎，
仆人厨子男丁共十五，
外加那三十二位女人，
犹如收割麦子均被杀，
斩杀勇士达擦玛莱将，
洗劫达戎全族之财物，
八位勇士途中已牺牲，
二十马匹反被达戎劫，
除此我象雄大获全胜。

象岭之战

　　　　所有劫获畜群和财物，

　　　　悉数进献我王请笑纳，

　　　　如何分配由大王定夺。

　　　　听懂请大王铭记心间，

　　　　未听请恕不再费唇舌。

　　赞都拉美唱毕，象雄王龙颜大悦，心里想：整个南瞻部洲唯我座下才有这样勇猛智慧的大臣，如此贤臣便可完全信任。他难抑心中傲慢，便侧了一下身子得意地环顾着众臣。这时，名叫西庆尼玛沃丹的大臣，刚从贡布苯教神山转山回到象雄，携带着神笔等各种礼品来到国王前，向大王和群臣悉述朝圣途中诸事。他听到象雄军队袭击达戎部落营地，屠杀众多无辜百姓，抢劫畜群财物之事后，顿时心中深感不妙。心想：大事不好，这次我象雄惹了大祸。青蛙虽从泥中捞，终归黑色龙妖管；岩顶虽被天雷击，终是坚硬的磐石；虽劫达戎的财物，终惹岭王格萨尔。于是说道："在座君臣，且莫过早兴奋，依老朽之见，此事多有不妥，请诸位听我一言，若有错处还请诸位谅解。"并用大海缓旋之曲歌唱道：

　　　　唵嘛呢呗咪吽！

　　　　歌唱君臣共商之大计，

　　　　常年演说训话得经验，

　　　　贪食美味佳肴味蕾锐，

　　　　身着锦缎丝绸肌肤润，

　　　　百姓安居乐业江山固；

　　　　能够自谋生计是好汉，

能走陡峭下坡是良驹。

天神珠拉念波请明鉴，
今日突然大祸降临头，
灾殃邪恶业风紧随身。

倘若不识这里啥地方，
乃是上围纳日琼宗地，
乃是千顶帐篷扎营地，
乃是众人欢乐相聚地，
乃是商议国家大事地，
乃是君臣聚首之重地。

今生虽未欠债借高利，
前世冤孽果报得偿还；
洁身自好从不结冤仇，
不料天降顽石砸其身。

诸位悉知我乃何许人，
初始身穿虎皮之英雄，
久经沙场无人能匹敌，

遵循律法又保卫家园，
英雄美名享誉四方地；
壮年成为大王的臣下，
对君王妃子与众百姓，
犹如父母子女般呵护。
每日朝阳初升至黄昏，
从未办理私事念私心，
赤心护卫吾佛之法脉，
如今年老额头满皱纹，
犹如风前残烛随时灭，
垂暮之年为寻求苯法，
我与九位仆人转神山。
巍峨贡布苯教之神山，
山顶积雪宛如白水晶，
日月光照之时亮晶晶；
山腰森林密布云雾漫，
沛雨甘霖时刻连绵绵；
山下神木竹林叶茂繁，
鸟禽啼鸣之声不绝耳。
神山形状如轮王七宝，
今年有幸朝圣那神山。

圣湖之中有无数龙族，

绝非耳闻实乃真目睹，

幸福吉祥之地是绒域。

在座众君臣听我之言，

贡布神木所制的竹笔，

乃是敬献大王的礼物。

臣下欲想直言且莫怪，

过分乘骑马膘会瘦减，

盘旋持久岩雕恐折翼，

作恶甚多江山难稳固；

前世业缘谁也不可躲，

垂暮之纹谁也不能消，

命定强敌岭国格萨尔，

乃是奉天承运之君王，

大成就者八十位勇士，

乃是十八大宗镇压者。

岭国雄狮大王格萨尔，

乃是菩萨三怙主化身；

白岭部落八十位勇士，

血肉躯体实乃虹化身；

象岭之战

岭国三十匹骏马良驹，
食草牲口实乃真飞禽。

古人谚语说得非常好：
打铁须在红白相间处，
淬火须在紫红相容处，
处事须得适可而制止。
吾王权势财物非贫弱，
四方强敌势力日益壮，
何故贪婪他人之财富。
切莫与那岭部落为敌，
达戎财物如数奉还之，
如此君臣安宁民可活。
老朽不才愿与岭调停，
是否如此大王请明鉴。

龙妖搅拌大海乃天命，
日月旋转宇宙乃规律，
与世界匹敌者乃岭国。
若在北域布满军队时，
即使低头称臣也无用；

格萨尔乃天神之上师，

今生前世轮回之主人。

如此君臣铭记于心间，

倘若有错意请您谅解，

如觉得是空话我忏悔，

老朽所唱歌曲乃如此。

西庆尼玛沃丹唱毕。国王扎巴伦珠听到西庆尼玛沃丹如此夸耀格萨尔王和岭国八十位勇士，心中顿感愤怒，气血沸腾。他赤红着双眼说道："你这老臣如此谨言慎行也难怪，毕竟年老，胆小怕事也是正常。"国王根本听不进老臣的劝解，并安排信使到象雄各部调集所有勇士前来议计。紧接着用英武天雷鸣之调唱道：

唵嘛呢呗咪吽！

向居于头顶阳神祈祷，

向天神达拉美巴祈祷，

向天神珠拉念波祈祷，

向大鹏诺日平措祈祷，

向赞日夏散扎杰祈祷，

向象雄众护法神祈祷。

太阳围绕着四方前行，

青龙出海腾空雷声鸣，

象岭之战

乌云密布雨水降大地，
象岭利益纷争终要息。

古人谚语说得非常好：
少妇馈食不易过三天，
君子报仇九年亦不晚，
杀父之痛昼夜难忘记，
钳子难以拔出心头刺。
吃地鼠肉的黑子觉如，
与我象雄王伦珠二人，
乍看相似实际不可比；
狮鬃油光狗毛带脏泥，
虎纹斑斓狐狸毛色黯，
金鱼游水前行青蛙跳。

败类超同觊觎象雄财，
派遣劫匪拦路杀吾人，
一生积累财富被洗空，
两百伙计五百头骡马，
仿佛被风吹散于空中。
仇怨未报已过两年后，

四位将领带二百勇士,
突袭达戎营地开杀戒,
冤仇得以相报心欢喜。

藏家古来有如此谚语:
吃食没有回馈成丧筵,
谩骂不懂回音是哑巴,
冤仇不得相报是懦夫。
白岭象雄成败乃相当,
国力财富贫弱乃相当,
军士兵马强弱乃相当,
岭国三十位强盗无赖,
象雄六十名虎威勇士,
均为父母所生血肉体。
长在北国象雄的男儿,
一生戎马征战于四方,
积累衣食财物增富贵。

古人谚语说得非常好:
常在高山灌木丛中走,
未曾惧怕乃荆棘木刺;

象岭之战

久经沙场的英勇战士，
兵临城下之时无畏惧。
蔚蓝天空欲当衣穿身，
无奈日月不可做衣领；
无垠大地欲当毛毡铺，
可惜印度汉地非吾臣。
但那岭国觉如有何惧，
在这南瞻部洲大地上，
谁也不可越过君王去，
所属臣民百姓的寡多，
乃是国家强弱的标志。
若论容颜俊丑和贵贱，
我象雄国王扎巴伦珠，
虽非独秀但英武超群。
大食象雄和达赤部落，
喀什米尔等北方四国，
唯我象雄国力最强盛。

天神上师以通慧预言，
我与苯神辛拉沃噶尊，
心意相通如常人对话，

即使再过去一百余年，
犹如掌纹不可有变化。
岭国妖魔公敌觉如他，
号称镇压强敌的英雄，
实则染指无数弱小国，
破坏法度的混世魔王，
置百姓于水深火热中，
狼烟四起哀嚎遍野鸣，
不恋故土行走于他乡，
不敬妻子爱慕那情妇，
不食乡味非吃劫来食，
血溅南瞻部洲的恶人，
无需惧怕在座之群臣，
君王戏言一言能九鼎，
还有六十位虎威勇士，
十九之日到日措多卡，
驻守关卡隘口做防卫，
部落村寨要派人巡逻。

世人称觉如的食鼠人，
是达戎部的背后靠山。

追讨被劫财物为其一，

报得仇怨血债为其二，

象雄国小势弱为其三，

岭国欺我象雄实太甚。

在座众臣务必要警惕，

时刻派人巡逻查敌人，

立刻调集兵马做准备，

每位勇士调集三千人，

喂养军马盔甲要新造，

号令之时齐步赴战场，

征战之际齐肩杀外敌，

违者按律格杀绝勿论。

泄密造谣两面三刀者，

按情斩杀或割去五官，

国王命令不可有违背，

尔等臣子铭记于心间。

歌毕，象雄国王着实感觉自己将蓝天作为衣裳穿在身，大地铺成毛毡踩在脚下，傲慢无比地坐在宝座上。大臣西庆尼玛沃丹发现大王根本听不进他的劝诫，多说怕伤了君臣和气，也就没再作声。各部落将领们，依照大王命令调集各部兵马，并往象雄十八部落派遣使者，要求七日之内带领各部兵马聚集王城，准备攻打岭国。这时，岭国的七支军队已走到北方其日和象雄边界上安营扎寨。象雄大臣扎拉郭瑱对同僚们说道："诸位，我昨夜梦见岭国军队已到达我象雄边界上，我前去巡逻侦查，你们也要提高警惕。"说完变化成一只大雕飞到高空俯瞰时，见到岭国大军已在羌拉唐查姆腹地安营扎寨，一眼望去看不到尽头。大雕在高空中盘旋三圈后落到岭国军营中。

这时岭国人正安排军营部署，超同说："暂时先不要扎营，我先去探查一番再作打算。"总管王说："昨晚梦境不祥，倘若派探子定要身强力壮之人，要在明日清晨前赶到高山后头"。这时丹玛说："我可以去探查，你等莫要像胆小的狐狸一般在此叫唤。"说完带着五个随从走到山顶，看到象雄军队已扎营排列，便速回岭营向格萨尔王禀报。大王发现扎拉郭瑱化身大雕落在岭营之事，于是用威光征服大众之调唱起提高岭国勇士士气的歌曲：

  唵嘛呢呗咪吽！

  歌唱阿拉塔拉和塔拉，

  阿拉是歌曲演唱之法，

  塔拉乃要义分辨之法。

  向上端白梵天王祈祷，

  向中部格拉格祖祈祷，

  向下方宝顶龙王祈祷，

  切勿散逸指引我歌唱。

  倘若不识这是啥地方，

  虽未目睹早已有耳闻，

象岭之战

乃是象雄和其日边界。
倘若不识我乃何许人，
端坐上部九重天宫内，
大天神白梵天王之子，
神子俊巴噶瓦便是我。

那么在座岭国叔父们，
抵达象雄本土境内时，
崇山峻岭奔流江河边，
切勿散逸时刻要提防。
军队强弱依前世业缘，
懦夫攻敌不先发制人，
无法摘得强敌的心脏；
驱赶骏马倘若不挥鞭，
难以疾驰万里疆场上；
经商买卖倘若无利润，
安身立命之本自何来。
远行之时马匹要健壮，
共伴一生之人要大气，
行军打仗之时要机灵。

今早确定巡逻侦查人，
倘若探子胆小又怕事，
乃是耽误要事的前兆，
是否如此叔父超同王？

白岭大臣王子众军士，
倘若尽数被敌人斩杀，
无论如何后悔也无益。
我军尚未越过阿威山，
象雄大臣扎拉郭瑱他，
化成大雕已到军营中，
此事是否感知众叔父？

明日黎明要占阿威山，
如不以死相拼难取胜，
此乃象雄战事之要塞，
若不越过难以破强敌，
此前皆不可卸甲嗜睡；
不可以聚众摆宴吃喝，
定要不惧险阻攻山头。

象岭之战

听懂歌曲请谨记于心，

绝无错处无需做分辨，

此乃吾意勇士铭记心。

歌罢，岭国众勇士异口同声地称赞大王所言，说道："小人所到之处是非多，多吃腐烂食物坏肠胃；娶妻不可娶恶毒之人，远行不可骑瘦弱马匹，杀敌不可派胆怯懦夫，此乃人生遭殃之根本"。众人口出恶言谩骂超同王。当晚，众军士连夜赶路，向阿威山方向走去。此刻，象雄大臣扎拉郭瑱回到自己的军营中，悉述岭营中听来的消息，扬言要坚守阿威山，不让岭国军队越山而来。他立下军令状并就此番战事作了如此部署：

唵嘛呢呗咪吽！

歌唱蔚蓝天空的中央，

高空无垠日月轨迹平；

歌唱积水云雾降甘霖，

山川河流油光如涂油；

歌唱精锐勇士打胜仗，

智慧勇猛男儿自取胜。

天神珠拉维色请明鉴，

今日引导我郭瑱之歌。

倘若不识这里啥地方，

乃是中部纳尼琼塘地，

乃是帐篷米布顿布中。

尔等当知我乃何许人，
父系源自罗刹岩石间，
母系来自清水江河中，
四大元素构成的躯体，
驾驭自然幻化成就高，
大臣扎拉郭瑱乃是我。

象雄国王麾下之大臣，
治理国政的噶伦囊伦，
主管军事要务之将军，
一身集于三职之重臣。
今晨化身大雕去巡逻，
岭国军队已抵达象雄，
超同总管王和格萨尔，
率领大军阿威山扎营，
军队犹如翻江倒海来，
兵马恰似江河细沙流。
今夜不可安睡做准备，
挡住阿威山下之去路，
岭军越山而来不可抵。
岭国勇士在外名声大，

觉如威猛超同咒术高，
总管狡猾万事能善终。
今夜我率七千余人马，
前去堵截阿威山垭口，
短则十天多则一个月，
击败岭军营地化成灰。

古人谚语说得非常好：
送命羔羊走到狼穴前，
羚羊山羊走到豺狼前。
岭国军队来到象雄国，
要塞垭口皆已被堵截，
斩杀岭人抛尸荒野中，
勇士隆拉姜木雍仲一，
勇士珠拉普叶泽杰二，
二人作我的后方援军。

大山背靠巍峨的峻岭，
江河源自极寒的雪山，
勇士依靠大军的诸位。
成王败寇之争明日论，

能在午时之前定胜负，

请大王坐镇军帐之内，

统辖军马指挥全军事，

无需亲赴沙场斩敌将，

除非六十勇士皆牺牲。

在座诸位听懂铭于心，

若未听懂不会再重唱。

扎拉郭瑱唱完这首战事部署之歌后，众人欣喜如狂，就慢慢品尝酒肉，餐食欢快。次日，象雄军人身穿铠甲，佩带军械，骑兵步兵依次排列，犹如狂风暴雨般乘着夜色向阿威山方向走去。这时岭国军队中，由外臣玉拉、曲珠、阿扎尼玛、尼玛扎巴、阿达鲁姆、辛巴梅乳孜等人率领的军队，加上巴拉塔杰僧达、嘎德曲君贝纳、丹玛强查、姜子玉赤贡杰、赛巴尼奔达雅、赛子尼玛珠嘉、珠米噶柳乌桑珠、噶米久曲吉旺秋等几位勇士带领各部所属将领，在黎明之前占领了阿威山。一盏茶的工夫，象雄军队也从山前方的草原上奔袭而来。这时，姜子玉拉和赛巴尼奔达雅率领队伍走到前方，赛巴策马奔去，玉拉和达戎等人也紧随其后。象雄扎拉郭瑱向赛巴部队连射十二支箭，中箭之人随即落马。郭瑱迎尼奔而来，尼奔称扎拉像野狗狂吠，跑来是自己讨打。他在马背上立了立身，用雄狮威武食生肉之调唱道：

唵嘛呢呗咪吽！

吟曲无际天般阿拉歌，

日月星辰运行甚顺畅；

无际高天风云交加际，

正是雨水普降大地时；
吟曲毫无疑惑塔拉歌，
宛若青龙腾空一般吟，
暴风骤雨密布高空中，
阵阵天雷之声响彻地；
仇敌相逢阎罗狭道间，
懦夫胆怯率先动手来，
勇士之忿彻底被激起，
丝毫不畏迎面战敌人，
此曲乃是白岭英雄歌。
骑在骏马背上无畏惧，
精于兵法亦谙熟战事，
勇士威猛智慧难言表。

倘若不识这里啥地方，
虽未目睹早已有耳闻，
阿扎其日象雄鲁赤四，
北方四国交界之地矣，
乃是巍峨阿威山脚下。

倘若不识我乃何许人，

在白岭玛域贡曼之地，
董氏长中幼三系氏族，
来自长系赛巴氏族中。
岭人阿杰尼玛让夏他，
娶妻赛氏门氏和文氏，
三妻膝下各生三男儿，
我乃赛氏尼奔达雅儿。
腾跃无垠高空的青龙，
乌云常伴定有雷雨下；
遨游蔚蓝海洋的巨鲨，
力大无穷大海翻滚浪；
花岭天神部落队伍中，
视死如归之士莫过吾。

听着昼伏夜出猫头鹰，
虽未目睹却依据耳闻，
北方象雄无赖泼皮多，
六十部落首领勇士们，
犹如雄狮不在雪山间，
走到山下鬃毛陷泥潭；
宛如长着焰翅的青龙，

稍有不慎疾风吹双翼；
宛如茂密深林的猛虎，
如有不慎木刺扎虎皮。
象雄国勇士扎拉郭瑱，
拥有幻化驾驭四行者，
犹如盛夏雷鸣的青龙，
血肉躯体粉碎之时日，
除了大海无处能容身；
禽类之王大鹏顶宝鸟，
展翅翱翔高空赛疾风，
险成贪婪毒蛇的口食。
扎拉郭瑱今日堵岭军，
性情急躁率先动起手，
虽射杀赛巴部落勇士，
但我白岭天神之部落，
即损百千也有数万众，
尔等鼠辈绝非吾对手。

就在去年六月夏季时，
达戎十五部落被剿灭，
达擦玛莱和十七仆人，
被象雄匪人无情斩杀，

劫掠无数牛羊和马匹。

今日报仇雪恨为其一，

追讨索要财物为其二，

倘若白岭未能报此仇，

岂不象雄占尽了便宜。

今日你我英雄论胜负，

尼奔达雅手中的利箭，

虽不能响彻高空之中，

但也绝非是草箭纸箭，

发射之力能与天雷齐，

自己所造罪孽应知晓，

胆怯懦夫可怜的行径，

今日成就尼奔之功勋，

助我射穿郭瑱的心脏。

　　歌罢，尼奔随之射出搭在弓弦上的利箭，那箭中在郭瑱胸前的铜镜上。那郭瑱有苯教护法神的庇佑，加上死期尚未到，只是铜镜被射成三块，郭瑱本人却毫发无伤。他拿起长枪向尼奔刺了三下，那尼奔是神子转世，身带千佛发丝、空行母圣水，穿着格萨尔加持过的衣裳，长枪只刺断了他的铠甲的甲绳，本人丝毫未伤。二人打斗许久，仍不见胜负，郭瑱勒马转身逃去，尼奔连射数箭，未能射中郭瑱，射杀了三十几个象雄兵勇。两军相互冲杀，象雄兵勇死伤数百人，扎拉击鼓退兵，但太过分散，只能撤回一千五百多人。达戎和姜部落也斩杀了三百多象雄兵勇，岭军大获全胜。

象岭之战

　　黄昏时候，逃散各处的象雄士兵好不容易聚集一处，安营扎寨稍作休息。发现隆拉姜木雍仲和珠拉普叶泽杰二人不见踪影，方知被岭军斩杀。扎拉郭瑱说："此地不宜久留，我迅速赶去王宫，你等定要坚守此地，且不可让岭人攻取。"半夜带着十五个随从，赶到王宫向大王悉数告知实情。象雄扎巴伦珠听闻后，感觉心头扎了根刺一般疼痛，便用母虎食肉之调唱道：

　　唵嘛呢呗咪吽！

　　鲁阿雅乃歌曲演唱法，

　　歌曲犹如高空天雷鸣。

　　高空的天神珠拉念波，

　　道道赤色闪电划天际，

　　阵阵雷电冰雹从天降；

　　向杀生索命阳神祈祷，

　　在永恒不变的天宫中，

　　犹如赤面阎王的天神，

　　赤色尊容喷洒着毒液，

　　饮血食肉怒吼声声响，

　　赤翼划过之声飕飕响，

　　鸣叫之声伴着邪风散，

　　倘若今日护佑乃真神。

　　吃食鼠肉的野种觉如，

　　定要如草堆烧成灰烬，

如沙堆被河水冲般毁，

如寒霜被阳光蒸发毁，

若不如此难消心头恨。

倘若不识这里啥地方，

乃是中部纳尼姜塘地，

右边乃是岩石中隆山，

这顶大帐篷米布顿雄，

乃君臣商议国事之地，

乃能断天下要事之所。

我乃权势齐天之君王，

所辖二十五个万户部，

划破天空分际之勇士，

唯有力大无穷的罗睺，

若有日月照耀更心喜；

巍峨水晶雪山之精华，

唯有绿鬃毛密的兽王，

狂风暴雪之中更勇猛；

南部高山峡谷密林间，

皮纹斑斓璀璨的猛虎，

膘肥之时纹路更清晰；

蔚蓝深邃大海的中央，

巨鳄鲨鱼犹如海中王，

遨游深海之时更威猛；

犹如魔鬼阎罗的大王，

麾下无数勇猛的大将，

已到展露英武的时刻。

父辈多年积攒的财富，

饥荒闹灾之时可以用；

尽心喂养的骏马良驹，

远途行走之时方可用；

洁白乳汁喂养的海螺；

鲨鱼袭击之时方可用；

长着火焰翅膀的青龙，

天降冰雹之日雷声鸣；

坐镇象雄军中的将领，

身怀六技之虎胆勇士，

两军交战之日赴沙场，

贪生怕死也无处躲藏。

古人谚语说得非常好：

搭在弯弓之上的利箭，

倘若不能射杀野公鹿，
箭羽如何艳丽也无用；
盛装浓饰的出嫁姑娘，
倘若未在夫家立足根，
即使容貌俊俏也无益；
慈亲甘乳喂养的男儿，
倘若年老之时不孝顺，
何须甘甜食物来喂养；
骏马背罩饲养在马圈，
倘若路遥之时脚力差，
即用雨罩遮背也无果。

象雄国王座下三大臣，
人称英勇无比三大臣，
亦叫智慧渊博三大臣，
皆是御前的心腹大臣。
前些时日臣扎拉郭瑱，
首先率领军队去出征，
犹如整日饲养的骏马，
远行奔跑之时肌腱抖；
常年吃蜜食甜的男子，

自立门户之时腹不果。
是否如此狼狈不确定,
但此番出征未能取胜,
凶猛勇士未能当英雄,
遇到岭人已溃不成军。
白岭贱母野种觉如他,
麾下军队如江河细沙,
在我国阿威山之垭口,
犹如夜空繁星布满地,
恰如花草树木不可计,
老将郭瑱未能抵挡住,
两位搭档勇士已牺牲,
倘若不能报得此仇恨,
男儿无法立足天地间。

古人谚语说得非常好:
身带三械的勇士男儿,
倘若未能应战杀强敌,
与那守灶老妇有何异;
精心饲养的骏马良驹,
倘若赛跑未能赢锦缎,

与那守圈蠢驴无区别；
象雄国之虎威勇士们，
与白岭乞丐交锋之日，
将那待宰羔羊被绳捆，
以屠夫高举大刀之势，
斩尽杀绝不可留活口。
尤其违背誓言者觉如，
喜搅乱的胆小者超同，
喘气的活死人总管王，
青面无光的丹玛玉杰，
四人乃是盲众之双目，
胜似人体胸腔之脏器，
犹如人体项上之头颅，
岭国政事之核心人物，
一个不剩尽数要斩杀。

俘获觉如用智慧套索，
那老奸巨猾的总管王，
犹如坟场之中的白骨，
恰似水中浸泡的芭蕉，
八十位勇士实为无赖，

无须惧怕心中生恐念。

在座诸位各部首领们,

迅速调集人马做准备,

各部集结三千名勇士,

各部首领亲自来带兵,

定要视死如归莫撤退。

听懂歌曲群臣铭记心。

歌罢,象雄国王伦珠身穿铠甲,跨上一匹黑旋风般的马驹,全副武装地准备赴前线打仗。此刻,大臣西庆尼玛沃丹从右边上座中起身,唱起这首挽留国王之歌:

唵嘛呢呗咪吽!

用高亢的歌曲做供养。

从头顶日月宝座之上,

苯神雍仲扎巴请明鉴,

天神珠拉维色请明鉴;

请庇佑英雄降伏敌手,

请安抚大王平心静气;

本尊护法犹如火焰烈,

狂风骤起一般击强敌,

扰乱妖魔岭国之军心。

倘若不识此地是何处，
乃象雄纳尼琼塘壤姆，
也是帐篷米布顿雄中。
倘若不识我乃何许人，
乃大臣西庆尼玛沃丹。
父系赞神母系乃龙族，
乃是鲁赞萨都捶之子，
忠诚君王又仁爱百姓。
母亲施食子孙心满足，
君王下令众臣心安宁，
上师教诲徒儿收益深，
如此你我君臣无分别。

去年岭国无赖超同王，
屠杀象雄商队劫财物；
今年我军追讨报血仇，
劫来无数牲口和财宝。
去年丢失今朝重得手，
摧毁达戎十五个部落，

象岭之战

斩杀十七位男女妇孺,
劫获牛马羊畜数不尽,
仇怨如此得报该知足。
老臣所言大王未听取,
兵马强壮之时易自负,
群臣自负之时易轻敌,
乱搅舌根之时易生事,
骏马未跑母马已踏足。
此前勇士不可去追索,
如今大祸临头不可避。
尔等今日不可去讨岭,
所劫达戎牲口和财物,
悉数尽还亡者赔命价,
且不可与格萨尔为敌,
亦不能与岭勇士为敌。
不然搬起石块砸自己,
点燃篝火不慎烧眉毛,
弄巧成拙悔之已晚矣。

象雄白岭可停战和解,
老朽去岭营见格萨尔,

为象雄白岭停战说和,
为百姓免受战争之苦,
为牲畜财物免遭损失,
为免生损人不利之事,
如此皆大欢喜之美事,
即便无果也要尽力争。
倘若未能得到好结局,
大王且不可御驾亲征,
坐镇军帐统领众将士,
亲赴沙场生命有危险。

古人谚语说得非常好:
骏马钉掌前夕脚力好,
商人亏本前夕头脑轻,
姑娘离婚前夕心浮躁,
君王退位前夕无智慧,
僧人破戒前夕怒声多。
明日清晨诸将探军情,
珠拉南杰赞布为其一,
托郭南拉美巴为其二,
萨都顿纳雅美为其三,

巴沃扎拉郭瑱为其四，
四位率领大军的忠臣；
达郭旺赞和达姆赤赞，
米郭沃玛和米郭修钦，
南拉顿都雅美为其五，
珠拉巴沃顿君为其六，
象雄国十位虎威勇士，
亲自率领十万个军队，
布防山谷达隆壤姆间，
贪婪无耻的岭国劫匪，
按捺不住定赴首府来。
为保卫雍仲拉孜宫殿，
即议事大帐米波顿匈，
国王近侍内臣之安全，
请法师米达辛拉沃噶，
与阿旺楚吉法师二人，
修君王权威殊胜教诫，
只要大王长寿国运兴，
何愁杀敌时日不待人。

亏损一次买卖不足败，

兵家一次败阵不可悔；

君子报仇九年亦不晚，

主妇回请岂可拖三日。

大王王妃公主众随从，

切勿急躁绝望心担忧，

定能挡住敌军守疆土，

人若喜极头脑易混乱，

骏马下坡疾驰会俯伏，

上师急躁教诲不谨慎，

官员心浮气躁误正事，

男儿慌张生意多亏损，

好比如此请慎重思考。

听懂歌曲君臣铭记心，

若未听懂不会再重唱。

　　听到如此恳请，象雄王仍像一头愤怒的公牛，一心只想争出个胜负。珠拉南杰、雍仲拉赞扎巴、修钦赞都纳布、赞钦日沃巴增、珠嘉南卡托松等众臣也根本听不进老臣的劝解，他们商议次日清晨一同出征。

　　此刻，岭国军营中正在嘉奖尼奔、玉拉二人为首的众将领。黎明时刻，雄狮大王格萨尔在修行入定中，天神南曼杰姆骑着白色雄狮，青龙腾跃在前方，右手持着檀木鼗鼓，左手握着白银铃铛，携带空行秘籍，腰间系着通明三界的宝镜，通过五色彩虹之桥来到大王的神帐之顶，用空行无变生命之调向格萨尔王唱起这首歌：

象岭之战

唵嘛呢呗咪吽!
阿拉乃是歌曲的供养,
佛光普照加持如甘霖,
如母众生引渡大乐境。
战神威尔玛与护法神,
请速来庇佑白岭部落。

倘若不识这里啥地方,
巍峨岩石群山耸立处,
乃阿扎中部岩石小径,
乃杂玛雅隆谷之江河。

倘若不识我乃何许人,
来自远方美朗湖中央,
不明之事预言相告者,
去路无明引渡指明者,
世界雄狮大王的姑母,
人称天神南曼杰姆尊。

大王不可贪睡快起身,
嗜睡男儿心中无智慧,

大江奔流河床难结冰,
捂着顽石睡觉身更冷,
天神上师嗜睡法事误,
首领官员贪睡法度衰,
父辈叔伯嗜睡误计谋,
男儿勇士贪睡强敌猛,
不可贪睡已到起身时。

就在昨日清晨之时刻,
赛巴部勇士尼奔达雅,
与同伴帮手玉拉曲珠,
英雄携手制伏了强敌,
首战象雄军队遭重创,
鸟眼扎拉郭瑱非英雄,
即使暴怒威武莫如此。
牲口财物虽然被劫去,
来日方可去追讨索要。
富户人家的牲口财物,
不可让可怜仆人占有,
不懂节制花销无度则,
未过一年半载成乞丐;

犹如金车轭般的法度，
不可让狡猾无赖掌控，
倘若不懂得依法执行，
部落百姓成四分五裂；
无道上师假装成就者，
不思修行毫无慈悲心，
超度亡灵之事无可能。
明日白岭天神之队伍，
全军聚集杂米隆山口，
全军要覆盖整个山顶，
垭口要塞设卡派兵驻，
黑暗妖魔象雄国兵马，
直奔狮泉河欲堵渡口，
中间的达热玉宗山谷，
欲搬巨型滚石来添堵，
山顶要塞均将被占领，
岭国神兵不可留此地。
公鹿未跑利箭射出去，
鱼儿未游鱼钩下水中，
绵羊未走饿狼到山顶，
白岭勇士继续要前行，

没有懈怠散漫的时间。

倘若听懂请国王铭记，

倘若未听歌也无错意。

歌毕，姑母便消失在空中。大王拿起桌上的铃铛摇了三下，司膳司寝等人接连走了进来，静听大王训话。大王命令他们击鼓吹号摇旗，米琼、塘泽、琼昂、玉杰四个一人击鼓、一人摇旗、一人吹号、一人击钹，太阳照到山顶时，岭国叔父兄弟，勇士首领众人齐聚大帐之内。雄狮大王格萨尔将天神预言之事用威光征服大众之调唱道：

唵嘛呢呗咪吽！

阿拉乃是歌曲的供养，

在头顶日月宝座之上，

天神法身报身和化身，

祈请密宗事部三怙主；

在心口佛法宫殿之内，

恩重根本上师请明鉴，

手举颅骨向您做祈祷，

千手千目观音菩萨尊，

向您祈祷请加持于我。

倘若不识这里啥地方，

乃是阿威岩石山脚下，

象岭之战

乃是沼泽地岗雄冬州,

乃是措钦昂姆湖之畔,

乃是象雄国王的故乡。

我乃何人尔等自然知,

乃是岭国军队的核心,

乃是超度来生的上师,

乃是解救百姓的国王,

乃降魔者军王格萨尔。

昨夜三更天之睡梦中,

姑母天神南曼杰姆她,

预言军队不可驻此地,

象雄军队已满阿威山,

若不趁早越过那垭口,

定有全军覆没之危险。

预言明日曙光照山前,

大军堵住垭口和要塞,

营地扎在白玛雍仲滩。

册封统兵大将乃要事,

此番噶伦曲珠当统帅,

副将玉拉和顿君二位,

玉赤贡杰三人率四部，

丹玛巴拉紧随于其后，

尼奔木姜塔鲁等勇士，

率领噶珠赛各部军队，

以翻江倒海之势前行，

混战厮杀之时莫顾虑。

如汉商驮队进藏之势，

如鲜花烂漫草原之姿，

如大雁北回高飞之态，

视死如归勇敢赴沙场，

切勿留在此处误时日，

天神姑母授记乃如此。

倘若歌有错意请谅解，

若觉这般空话我忏悔，

在座叔父兄弟铭记心！

　　格萨尔王唱罢，岭国大将和首领们当场起身召集各部军队，越过大山垭口。天亮之时，依照姑母授记，已将大营扎在白玛雍仲滩上。军营四周派重兵把守，那阵势磅礴浩荡，即使是蚂蚁也不敢出穴行走、鸟雀无法飞近，敌人看着顿时能吓破胆。

四

  此刻，扎拉郭瑱、鲁沃托赞、达郭旺赞三位将领，在纳尼琼塘地检阅十七万象雄大军，并严令众将：若像狐狸般逃逸则以军法处置，若如猛虎般杀敌则锦缎褒奖。当晚，象雄军队在拉钦措卡贡玛扎寨。次日清晨，鲁沃托赞骑在一匹戴有金脸罩的黄骠骏马上，赤红着脸，手持黑生铁威光大刀，率领五千精兵向岭军大营方向奔袭而去。

  岭国军营中，曲日部噶伦曲珠、姜王子玉拉托杰、顿君达拉赤噶、姜子玉赤贡杰、霍尔辛巴梅乳孜、阿达鲁姆、巴拉塔杰桑达、丹玛强查、嘎德米钦色布、王储扎拉泽杰、达戎十八部落将领拉贵奔鲁、超嘉威玛，以及副将达擦尼玛扎巴、色擦阿尔郭邦仁等勇士守着大营四方。鲁沃托赞从营北方向袭来，姜王子玉拉托杰迎面而去，二人交锋片刻也难分输赢，于是，鲁沃托赞冲进姜国军队中，乱刀左右砍杀，杀死十多名姜国兵勇后直捣中军。姜王子玉拉托杰看到此状怒火中烧，便辱骂对方说道："你这狗崽子，何故破我军营。看你只会背后动手，定是胆小之人，有何能耐现在可亮出来。"并策马挡了过去，鲁沃托赞将沾满鲜血的大刀在马鬃上来回擦了擦，便唱这首风吹骄傲愤怒野蛮之歌：

    唵嘛呢呗咪吽！

    歌唱北方荒漠的草原，

    天降暴雨只能淋湿走，

    行走荒芜无奈孤独行，

    兵临城下壮胆当英雄。

天神珠拉念波请明鉴，

天神达拉美巴请明鉴，

苯神辛拉沃噶请明鉴，

禽王赞郭叶布请明鉴，

敬请饮鲜血食用生肉。

倘若不识这里啥地方，

乃圣湖神山的吉祥地，

营中帐篷犹如繁星多。

水草肥美之地那姆塘，

五颜六色花朵如彩虹。

倘若不知我是何许人，

吾乃象雄大军之统帅，

犹如天降雷电岩山碎，

江河翻腾沙丘被淘尽，

火烧山梁森林化成灰，

乃是我鲁沃托赞美巴。

吾乃象雄国王的内臣，

单枪匹马杀敌的英雄，

犹如雷电的赞都雅美,
宛如猛虎的尊庆巴郭,
恰如猎豹的奴觉载钦,
胜似滚石的日沃多智,
此四人乃是吾之副将。

胆小如狐的岭国军队,
摧毁营地灰烬撒风中,
江河干枯河床成砂砾,
战争之后横尸遍原野,
圣湖四周终须成坟场;
勇士鲁沃威武豪气中,
从来无人生还能逃脱;
黑色生铁大刀起落处,
无人能够可直立行走,
风翅红色骏马奔跑后,
追赶疾风乃是真徒劳。
吾所持黑铁威光宝刀,
起初源自三十三重天。
上部神界巍峨宫殿中,
天神噶饶旺秋铸三刀,

各刀使用材质尽相异。

斩念威光火焰三宝刀，

三名技艺精湛的铁匠，

使用幻化之术来铸造。

二十九个昼夜未间断，

故称宝刀斩念光照耀。

黑暗夜色浓重时打造，

故称宝刀黑威光照耀。

黎明破晓罗刹血淬火，

故而称宝刀美巴佑确。

今日用砍杀蓝面之人，

倘若用神器未能斩杀，

说明你乃不死金刚身，

倘若鲁沃未能制伏你，

说明你有幻化之虹身。

遇到我乃是败北之因，

喝烈酒乃是醉倒之因，

如此之势我乃无人敌。

骑着蓝马的蓝面男儿，

鱼儿游荡蔚蓝湖水中，

倘若未被渔网勾了去，

渔夫再无食用的机会；

展翅高飞的灰色大鹰，

倘若未能翱翔于苍穹，

说明大鹰翼力不可炫；

在这大平原的湖水畔，

若未让敌人横尸遍野，

说明男儿无英雄气概。

即刻前来应战蓝面人，

若是儒夫卸甲叩谢罪，

若是英雄拔刀来拼杀。

歌毕，鲁沃举起黑色威光宝刀，向玉拉连砍三遍。但那玉拉乃是蓝文殊阎王的化身，格萨尔王的法臣、八十位勇士之首、姜国主人、名震三界的勇士，拥有刀枪不入的虹身。此刻，姜王子玉拉托杰手持长枪说："春日漫长，可行走亦可停留，野牦牛之肉可煮熟亦可冷却，勇士之间可以对决亦可逃跑。今日你我要决出胜负，与其如狐狸逃窜至洞内，还不如战死沙场。"便持枪向对方奔去，二人厮杀良久，未能分出胜负。鲁沃托赞发现玉拉是不死之身后，便勒马后退一步便绕着玉拉仓皇逃去。这时，扎拉郭瑱和尼奔二人正在拼杀，扎拉郭瑱口出狂言说道："我扎拉所到之处，无人能够生还，且不说你，即使觉如亲自到场，也很难活着逃走。"他举刀一番拼命砍杀，斩断了赛查手中的长枪，赛查从马背上掉落致死，嘎德贝纳向郭瑱连挥几刀，发现他不能被兵器伤到，便撸起袖子准备徒手将其抓住。但郭瑱迅速转身逃去，嘎德便挥拳打死其副将。拉纳奔图和东堆郭布拼杀过来，刺死了岭国勇士杰布扎巴，赛巴尼奔怒火冲天，双手抓起二人的后衣襟，用力甩打几次，二人双双断气而亡。岭国军队冲到象雄大军中，斩杀数百名将领和勇士，剩余象雄兵勇四处逃散。象雄大臣郭瑱像红色旋风，直接冲到岭国大军中，用长枪刺杀了二十多名赛巴兵勇，曲日部大臣曲珠举刀砍来，郭瑱发现难以抵御，便勒马转身逃走。但郭瑱在转身逃跑时刺杀米钦托拉和尼杰二人，玛尼噶热王子看见此状挥刀将其枪头砍断，郭瑱便抽出大刀，向岭人挥了三下，砍伤了超杰贝玛的手臂，并杀死了十几名曲日部兵勇。曲日大臣曲珠看到自己麾下兵勇被斩，又纵马过来准备与郭瑱决战，并唱起这首母虎勇猛食肉之歌：

　　唵嘛呢呗咪吽！

　　上师护法佛祖佛法等，

　　向各怙主祈祷加持我，

　　保佑首唱之歌能平顺，

　　六道众生事业得圆满。

　　倘若不识这里啥地方，

　　乃是大平原湖水之畔。

　　倘若不识我乃何须人，

　　其日十八小邦的首领，

　　降伏敌人的阎罗曲珠。

　　且听于我今日有话说，

　　东部森林的斑斓猛虎，

威猛过甚则斑纹褪色；

来自南方的青色蛟龙，

鸣声过响则丢失宝物；

栖息西方的花翎孔雀，

忌讳太多则羽毛褪色；

象雄大臣扎拉郭瑱你，

豪气冲天则鲜血四溅。

无需壮胆威武充英雄，

英雄怒火彻底被激起，

大刀淬火锋利斩强敌，

骏马疾驰狂风追不过，

此番索取郭瑱之性命，

试看谁是英雄显威武。

格萨尔之众神武护法，

今日切勿散逸助佑我；

英雄决战生死之时日，

向念神贝泽玛布祈祷，

切勿散逸助我制强敌。

　　曲珠唱毕，二人一阵厮杀，皆未被兵器所伤。丹玛赶来助曲珠，挥刀砍杀几回，依然未能伤及对方。这时郭瑱同伴达姆赤赞的战马被曲珠砍杀倒地，赤赞徒步逃跑；巴拉和东堆二人挥剑拼杀，巴拉难敌东堆逃跑；东纳和达图兰美玉泽冲进岭国军营中，斩杀了东赞，于是姜王子玉拉连射三箭，头箭射中东纳，东纳当场丧命。三位勇士挥刀左右砍杀，杀死数百名象雄兵勇，象雄兵败。当晚象雄兵马回到营中商议趁着夜色袭击岭国军营，而岭国军队也回到营中调整休息。深夜，天神南曼杰姆驾临岭国大营，踏着彩虹来到大王的营帐中，向雄狮大王格萨尔唱起这首预言之歌：

唵嘛呢呗咪吽！

上师护法三宝三怙主，

做祈祷请赐予我加持。

倘若不识这里啥地方，

花岭天神部落的军营，

巨大白色神帐之精华。

倘若不识我乃何许人，

乃姑母天神南曼杰姆。

乃明示不明之事之人，

乃指明前行道路之神。

且听于我有话对你说，

黑暗妖魔的十八大宗，

注定皆属大王权势下，

虽是天下无敌之君王，

但象雄国王扎巴伦珠，

麾下勇士率一万大军，

明日将抵岭国军营前。

象雄国大臣鲁沃托赞，

与别人不同乃真英雄，

唯有巴拉丹玛和曲珠，

除此无人能与其对峙，

其余岭国勇士和兵丁，

且要坚守军营和要塞。

翌日二十九日之深夜，

攻破象雄军营的佳机，

何人领兵到时有预言，

神人共谋相互不离弃。

倘若歌有错意请谅解，

若觉得是空话我忏悔。

歌罢，天神消失在空中。格萨尔王结束入定修行，拿起桌子上的九角金刚铃摇了三下，四位司膳便走了进来。大王命他们速速吹响号角、摇旗，且不可耽误时间。不久，岭国将领齐聚大帐之内依次入座，雄狮大王格萨尔将昨夜天神授记之事用金刚自解之调唱道：

唵嘛呢呗咪吽！

阿拉乃是歌曲的供养，

恩重如山上师请明鉴，
法身报身化身加持我。

在心口佛法宫殿之内，
慈父莲花生大师明鉴；
居于右侧肩膀法毡上，
慈母二十一度母明鉴；
预言通慧二者皆无碍。

倘若不识这里啥地方，
乃蓝色湖边的沼泽地，
乃白色神帐精华所在，
乃好坏计谋商议之地，
乃勇士豪气冲天之地，
乃懦夫胆战心惊之地。

听吾道来岭国众勇士，
上部天神授记是这样，
前世之业依然要延续，
唤我且莫贪睡起身来，
嗜睡懒床男儿无本领，

象岭之战

天神上师嗜睡佛法衰，
官员首领嗜睡法度败，
老者叔父嗜睡计谋乱，
母亲姑嫂嗜睡酿酒酸，
青年勇士嗜睡强敌猛，
岭国天神部落不可睡。

即使岭国兵多将士广，
象雄军中有豪胆英雄，
敢死勇士如天降冰雹，
疾驰骏马如雷电闪闪，
象雄勇士无人能够敌。
明日清晨到黄昏时刻，
象雄国四位勇猛大将，
每人率领一万之人马，
准备围攻岭国的军营。
到时大军犹如狂风起，
洪水冲后沙丘难保留；
大风助威火势速蔓延，
茂密丛林即刻变炭火；
雷鸣闪电天降冰雹时，

即使高山植被易摧毁；
北方象雄的虎狼之师，
不惜生命冲入岭营中，
定会血洗岭国的军营。
象雄袭击岭营的时候，
扎都托都达都等将领，
乃是黑暗妖魔的后裔，
此等强敌杀到军中时，
巴拉丹玛和曲珠三人，
勇士嘎德曲绛贝纳四，
四位将领前去应战敌，
其余勇士无人能抵挡。
拉郭奔鲁和玉赤贡杰，
扎拉泽杰和玛尼噶热，
四位王子正值本命年，
且不可与那四将交战。
南曼杰姆授记乃如此，
后日攻破象雄国军营，
上至叔父兄弟众勇士，
下至马夫伙夫众百姓，
众人齐心协力共谋划。

天神姑母授记乃如此，

白岭天神部落众勇士，

四面八方围攻象雄营，

天神妖魔一日决胜负，

姑母授记从来无虚言。

明日曲珠巴拉和丹玛，

嘎德玉拉顿君等六人，

作为前锋率领打首战，

辛巴殿后护卫其后部，

鲁赤巴桑旺杰扎巴等，

率领队伍紧随于其后，

接着是勇士阿奴协噶，

切勿弄错队伍的次序。

倘若不谙熟用兵之道，

兵马将会惨遭大损失。

在座群臣如此铭记心。

听毕，诸勇士按照姑母授记准备领兵出征。当夜从军营出发，前往象雄营地，中途遇到象雄大军列队前行，正往岭国军营方向走来。两军交战，死伤无数兵马。门国勇士达瓦超赞遇到萨都雅美，二人挥刀交战几个回合，未能分出胜负，萨都绕开达瓦超赞直奔达戎军队中，拉郭迎面而来与他打了几个来回，第三刀砍中拉郭左臂，拉郭被伤。这时，巴拉、丹玛、曲珠、珠米噶、恰钦噶玛占堆等一干人齐攻萨都，却未能伤及他丝毫，最后萨都击破众人围攻，杀出一条血路奋力逃出，顺便又斩杀噶德军中十多位兵勇。噶德曲绛贝纳看到自己的兵勇被杀，难以克制心中愤怒，便举起一块野牛大小的巨石，举空投掷，象雄萨都连人带马当场被巨石砸中丧命。接着丹玛又连射三箭，射死三十多人。象雄勇士拉嘉骑马跑来被辛巴杀死。见到此况，大臣鲁沃托赞身穿盔甲，骑着一匹赤红色骏马，向北营方向直奔而来；北营中噶伦曲珠巴沃骑着火焰驹，手持短柄枪，犹如野狼行走高山，从正面直袭而来，挡在鲁沃托赞之前，用枪柄击地三下，左手托着腮帮唱道：

唵嘛呢呗咪吽！

歌声犹如烈风嗖嗖吹，

乃北方广袤大地之歌；

勇士呼啸豪气漫天地，

乃是北方男儿的气概。

上师佛祖和僧侣三尊，

虔心祈祷请赐予加持，

今日助我杀敌莫散逸。

倘若不识这是啥地方，

此乃懦夫率先动武地。

毛色赤红狐狸跑洞中，

猎狗追赶其后紧随来，

狐狸洞穴是否真安全。

倘若不识我乃何许人，
北方其日十八国首领，
格萨尔大王法臣曲珠，
武艺超强胆识也过人，
尔等懦弱狐狸逃洞中，
斩断心脉从来不犹豫。

手中所持锋利的长枪，
从上部三十三重天界，
至下界玛赘龙族中间，
无人知晓长枪之来历，
实为伏藏取获的长枪。
胯下这匹精良火焰驹，
脚劲急速能与狂风赛，
南瞻部洲再无第二匹。
吾北方曲日噶伦曲珠，
即遇罗刹阎王心不惊，
你这贪婪狂妄的妖魔，
壮胆豪气威武莫如此，
男儿气盛宝刀从中断，
女子装盛衣物被风吹，

孤行英雄趁机欲显威，
最终猝死我这长枪尖。
白岭雄狮大王格萨尔，
四大元素皆控制自如，
八十位英雄大成就者，
遇到强敌犹如天雷猛。
你这贪婪狂妄的妖魔，
是否听闻南瞻部洲地，
十八大宗之首鲁赞王，
乃无人匹敌勇猛之人，
如今又在何处你可知。

古人谚语说得非常好：
头戴黄色法帽的上师，
若不修行佛法四处逛，
远离庙宇游走市井中，
最终戒律破败无人敬；
高高宝座之上的官员，
善恶不分贪恋他人财，
终被赶下宝座常懊悔；
胆大勇猛的英雄男儿，

象岭之战

身带三械赶赴沙场时，
见识智慧勇气虽拥有，
若不适可而止定送死；
美丽动人的妙龄少女，
不听从父母劝诫之言，
四处游荡不洁身自爱，
众人唾弃后悔已晚矣。
犹如雄鹰般的好男儿，
倘若不懂节制炫翼力，
莫说叼来野味吃肉食，
小心大片翅膀被风化；
青龙展露焰翅飞云端，
云雾水气腾绕雷声震，
蛟龙炫翅腾跃高空时，
南北上空乌云被风吹。
男儿自律出行万事顺，
马儿适走才能够远行，
少女自爱婆家地位高，
如此之势切莫逞英雄。
早期北方其日十八邦，
男儿勇猛犹如那虎豹，

尤其那勇士斗泽杰布，

天下无人能与其匹敌，

即使阎罗亲临心不跳，

能与疾驰骏马赛脚力，

任何锋利兵器穿不刺，

无奈被岭国丹玛所杀。

北方曲日君臣一条心，

勇士威猛军队之骁勇，

君臣心中犹如明镜般，

无奈匹夫之勇如经幡，

岭国三十勇士如疾风，

嗖嗖声响之间经幡倒。

勇猛男儿法臣曲珠我，

并非胆识过人得生还，

乃天神授记命定之人，

卦象显现可为岭所用，

如此侥幸留下一条命，

如今仍是父母之宠儿，

乃是格萨尔王之法臣，

位列八十位勇士之中，

统领右翼军马之首领。

象岭之战

今日你我可决一雌雄，

试看到底谁乃真英雄，

倘若你不懂适可而止，

手持长枪刺穿你心脏，

鲜血流尽躯体碎万断，

盔甲战马将成战利品，

听懂歌曲犹如心间刺。

　　歌毕，松了缰绳，长枪绕头一圈向对方刺去，鲁沃托赞在马背上迅速躲闪过去，那枪恰好刺中了其身后的副将珠拉巴沃顿君，此人口吐鲜血当场毙命。曲珠取其头盔战甲，鲁沃惧怕，勒马转身如流星般逃奔而去。身后的玉拉托杰、顿君达赤拉嘎、阿达鲁姆三人率领的大军如狂风暴雨、巨石滚落般冲到象雄军队中砍杀一百多名兵勇。玉拉箭射出一箭将象雄南拉顿堆人马双双射倒在地，于是大部分象雄军队四处逃窜，岭国大获全胜。当日岭国军队回到营中大摆筵席，庆祝胜利。

　　这时，剩余的象雄将领和兵勇陆续回到营中，哀怨地说道："岭军像屠夫，不久象雄国将会国破家亡，那觉如似乎拥有不死金刚之身。"军帐中众人议论纷纷，细致讨论了次日出征事宜，决定几位大臣带着一百多名精锐骑兵，赶到王宫与大王商议战事。翌日清晨扎拉郭瑱带着一百多军马赶到王宫，悲痛欲绝地向国王进献了一条哈达，左手托着腮帮子，阴沉着脸，用北方劲草之曲唱道：

唵嘛呢呗咪吽！

嘈杂混浊战乱的歌声，

恰逢乱世山谷布满兵，

心神不宁脉象气血乱，
唱首混乱嘈杂的歌曲。
向天神珠拉念波祈祷，
向天神达拉美巴祈祷，
向雍仲苯教喇嘛祈祷，
祈祷颂扬并请护佑我。

倘若不识这里啥地方，
乃纳尼琼塘巴玛之地。
倘若不识我乃何许人，
中央虎威的宝座之上，
犹如人体明亮的双眸，
恰如口腔能言之巧舌，
宛如胸腔跳动的心脏，
胜似项上宝贵的头颅，
象雄国王座下之忠臣，
人称我英雄扎拉郭瑱。

我如高空飞翔的雄鹰，
翼力如风飞越天界中；
幻化自如胜似转轮王，

天地万物皆可自由变，
英武非凡三界无匹敌，
刀枪不入不死金刚身，
运用五行自由得到人，
乃非人阿修罗般男儿，
此番言语绝非是空话，
参加无数战役军功赫。

无奈今年象雄国运衰，
领军布满北方象雄国。
觉如恰似天上的彩虹，
行走何处世人无法断；
修行知识相等的上师，
幻化觉悟深浅各不一；
职位高低相等的官员，
权势财富多寡不一样；
同一母马产下的幼崽，
脚劲速度快慢不一样；
同被慈母宠爱的男儿，
武艺胆识勇猛不一样。
贼寇岭人好比是如此，

三夏青龙腾跃乌云密，
焰翅伴随风声与冰雹，
狂乱风暴之中显威猛；
三冬寒冷河水结冰床，
青龙深藏河底厚冰挡，
欲想腾跃只可叹无奈。
岭国贼寇虽兵强马壮，
行军北方荒漠大地时，
象雄兵马相逢与狭路，
犹如黄羊走在狼穴口，
雀儿飞到鹞鹰巢穴前，
断命之人走到阎王前，
北方乃是岭人葬身地，
绝不留下一人做活口。

扎拉郭瑱想法乃如此，
明早黎明破晓的时候，
四翼军队的四位将领，
各带一万名精锐兵马，
齐步出征讨伐岭军队。
狮泉河下游三个渡口，

各派一千支人马驻守，
其余众人出发去岭营，
最好活捉那贼首觉如，
或者俘虏其它的将领，
待我慢慢活剥岭人皮，
再者那活死人总管王，
超同曲珠玉拉或辛巴，
嘎德巴拉丹玛尼奔等，
虏到任何一人都可以。
若不能斩断岭人头颅，
象雄男儿绝非是英雄。
立下显赫战功的勇士，
嘉奖无数珍宝和锦缎，
必得大王倚重和赞赏；
如狐狸般逃窜的懦夫，
开膛破肚犹如羔羊般，
轻则割取五官重斩首。

在座群臣如此铭于心，
大王坐镇王宫守中心，
切勿动摇百姓和部众，
切莫心神错乱众君臣。

听懂歌曲乃耳的供养,

倘若歌有错意请谅解,

尔等君臣如此铭记心。

歌毕,鲁沃托赞、拉扎郭瑱、达郭旺赞、姜姆雍仲四位勇士领命后回到军营中。次日天亮之时四位将领率着军队,沿着狮泉河浩荡前行。岭国哨兵看到象雄大军,立即煨桑、吹号角,通知岭军各营准备迎战。岭国勇士们看到象雄大军以排山倒海之势、以滚石陨落之姿向他们走近。这时,鲁沃托赞大吼三声,举着大刀向岭军北营冲杀过去,看到曲珠和达瓦超赞、查童达瓦、恰钦噶玛占堆几位将领正在营部外围等候,便用北歌食肉疾风之调唱道:

唵嘛呢呗咪吽!

如狂风暴雨的北方歌,

如驰骋旷野的骏马歌,

是虎胆英雄的北人歌。

象雄国阳神珠拉年波,

今日引英雄所唱之歌。

倘若不识这是啥地方,

乃是狮泉河褐色渡口,

乃是象雄崩塘达玛滩,

乃鲜血染红渠沟之地,

乃死尸布满山野之地,

象岭之战

乃英雄显露勇猛之地，
乃斩断懦夫首级之地。

如大海旋涡的营地中，
瘟疫肆虐鲜血四处流，
运行浩瀚宇宙的煞星，
中端凶恶之兆的病魔，
地界龙妖散布的麻风，
如今已布满象雄大地。
饿狼吃完羔羊还哀嚎，
强盗劫完财物还骂人，
边地女人主动勾男儿，
如此说法实乃真言辞，
山谷河流永远不枯竭，
恶人贪欲永远不满足，
劣马惊动主人险丧命，
岭国犹如苯波的法鼓，
邪恶国王与鬼神无别，
贼寇大军从不辨善恶。
犹如狐狸的岭国崽子，
实则皆浪得虚名之徒，

看似犹如青龙的玉拉，

国破家亡父业未承袭，

百姓部众受牢狱之灾，

身穿盔甲佩带之军械，

实则无用如死尸装束；

饲料精心喂养的马匹，

爬坡下山之时如蠢驴，

吃里扒外的玉拉托杰，

如今国破家亡成奴隶。

犹如丧家之犬的辛巴，

霍尔十八部落献敌人，

颈拴狗链强迫吃狗食，

劲带铁链强迫到岭国，

霍尔已成无人荒漠地；

南部门国十八绒部落，

似阳光照耀的香赤王，

如高空彩虹霎时被灭，

谷物矿藏财宝之福运，

皆被岭国贼寇抢了去。

引狼入室者达拉赤噶，

胜似双面訾鼓的懦夫。

北方魔国的阿达鲁姆,
邪恶的赤目罗刹魔女,
鲁赞国王交付格萨尔;
犹如财神的大食国王,
超同和协噶联手覆灭,
从此大食王系血统断;
阿扎国扎巴唐色晋美,
勾结岭人出卖阿扎王,
可怜君王从此成马夫;
北方曲日国十八部落,
奸人曲珠出卖给岭国。
哀叹奸臣依然逞英雄,
觉如超同为首岭众人,
长中幼三系部落首领,
尼奔姜子拉鲁等将领,
玛尼宗本和四位智者,
以及三十位首领勇士,
倘若未死就起来迎战,
然则奔塘乃尔等坟地,
怯战怕死就叩头降伏,
否则无一人生还之望。

> 我乃象雄臣鲁沃托赞，
>
> 绝非贪生怕死惧岭军，
>
> 今日用嘉纳斯沃宝刀，
>
> 左坎如镰刀割麦之势，
>
> 右杀似雹灭让巴之姿，
>
> 斩杀尔等岭国众鼠辈，
>
> 若未则是托赞死期近，
>
> 岭国众军如此铭记心。

歌毕，鲁沃举起嘉纳斯沃宝刀冲杀过来，曲珠骑在火焰驹上，以恶狼觅食之姿策马迎面而上，二人厮杀许久，未能分出胜负，鲁沃便绕着曲珠向门子达瓦超赞杀去，几刀便杀死对方。此刻，查童达瓦从身后冲他而来，也被他当场斩杀；恰钦噶玛占堆拼死杀过来，不料也被鲁沃赤赞砍杀，看到鲁沃杀死数名岭国勇士，象雄兵勇士气大振，高喊着胜利，像恶狼袭击羊群，火势蔓延山梁，向岭军冲去。鲁沃一边想着，岭国著名战将丹玛、嘎德、巴拉、尼奔等人不知在何处，一边在马鬃上来回擦拭着宝刀等着他们。巴拉达杰桑达看到恰钦噶玛占堆等岭国多个勇士前后被杀，非常愤怒。这时的巴拉达杰桑达骑在在白绸雪山驹上，犹如雄狮傲立在雪山之巅，腰束军械，冠戴白盔，盔插白旗，如幼狮绿鬃茂密，身穿白甲，右身挂白色箭筒，左侧佩戴白色良弓，胸挂白镜，背带白盾，肌肤洁白如雪，那白马白人乍一看如被骄阳照耀的雪山。他手持宝刀骑着骏马如狂风般来到鲁沃对面说道："倘若你是英雄，切莫如狐狸跑到洞中；若有勇气，你要像老虎显露斑纹。象雄国王的大臣，骑着赤色骏马的赤面之人，你到底是何许人，且听我有话要说。"便用雄狮吃食生肉之调唱起这首歌：

象岭之战

唵嘛呢呗咪吽！

阿拉乃是母亲上师歌，

第一阿拉是佛光普照，

第二阿拉是慈母怀抱，

第三阿拉是苍穹大地，

第四阿拉是安定三界，

乃南瞻部洲安定之歌。

向天神祈祷阳神明鉴，

在那上部战神宫殿内，

住着人身狮首的战神，

乃是巍峨雪山之精华，

伟大的战神森东旺钦，

乃是花岭部落的业神。

在那中部战神宫殿内，

住着的人身鹏鸟首神，

文殊阎王之众天神们，

切莫散逸今日护佑我。

在那下部战神宫殿内，

住着人身虎首的战神，

纹路斑斓武艺超群神，

今日引唱英雄之歌曲。

祈祷加持助佑两不误，

恒久怙主利益众生事，

一生敬仰供奉的护法，

敬请纵观众生之事业。

倘若不识这里啥地方，

乃北方象雄外道之地，

穷山恶水草木皆枯萎，

虽非恶道之境也无异，

人野心黑行径也残酷，

前生积累业缘之恶果，

今生不幸投身魔道中。

恶业缠身之人贪心重，

残暴凶狠之人悲心无，

自从投身母亲怀中起，

生辰不祥父母造恶业，

妖魔祈愿坠入魔道中，

残害无数生命恶业重，

业缘所致投世为恶魔，

无福听闻佛祖之法音，

象岭之战

无明分辨善恶之业缘，
狂妄自大德行皆败坏。

盗贼无赖本性不易改，
残羹剩饭亦当成黄金，
家徒四壁亦认为富足，
吝啬疾病饥饿三缠身，
恶贯满盈又害人害己，
出生此地的妖魔之子，
前生行径造就之业缘。
犹如石子抛空终落地，
己造之业终由自身受，
高利得来财富不可用。
你这面色苍白的恶人，
看来绝非是英雄之辈。
夜间飞行的花色鸱鸮，
鱼儿水獭狐狸均要伤；
游走高山的残暴饿狼，
饥饿难耐四处觅食物；
北方象雄小国之君臣，
自诩英雄天下无人敌。

古人谚语说得非常好：

主持寺庙佛堂的上师，

众僧之中掌握着权利，

私下不守戒律吃信财，

堕入红尘贪恋着美色，

最终积累坠入恶道业，

中阴行路不明终成鬼。

北方贪婪无耻的劫匪，

不知法度善恶之业缘，

铁骑踩踏南瞻部洲地，

妄想天空能用衣裳遮。

不信因果杀生造恶业，

最终惹得阎王临门前。

倘若不识我乃何许人，

在朵康四水六岗之地，

邦隆尼吉幸福吉祥地，

强盛的黑白阿拉部落，

犹如傲立雪山之雄狮，

巍峨城堡噶姆曲智内，

有花岭三位无父之子，

象岭之战

戎擦查根乃鹰鹫之子，
僧伦卡玛乃雄狮之子，
吾桑达阿顿乃熊之子，
亦称做森达米姜噶布，
吾乃岭巴拉达杰桑达，
若有双目且要看清楚，
若今日未能与你拼杀，
且可狐狸误认成猎狗。
骑着赤色骏马赤面人，
我这头顶白色的头盔，
来自天宫雷电击不碎，
身穿铠甲来自念神界，
百种锋刃利器刺不穿，
脚穿三色虹纹的靴子，
龙神米滚噶布的宝贝，
即使行走天边穿不破，
手持宝刀能划破三界，
岭国大王格萨尔所赐，
宝刀出鞘鬼神也哭泣，
今日用来砍杀魔头你。
临死要口诵六字真言，

不然中阴之路劫难多，

即使欲坠十八层地狱，

酷热炼狱有十八绊石，

此等理应知晓赤面人。

今日休想跳出这战场，

听懂歌曲迅速抛邪念。

歌毕，巴拉稍作镇定，待对方回话。鲁沃托赞说道："哦呀呀，你这位骑着白马的脸色苍白之人，虽看似天空的星星璀璨，实则乃弱小的火苗一般。"便从腰间拔出宝刀唱起这首短歌：

歌唱无边无际的天空，

青龙腾空雷声阵阵响，

若无雷电冰雹无须鸣，

降落大地的闪电雷阵，

定能击碎坚硬的岩山，

否则青龙雷声乃空响。

龙神念波香拉请明鉴，

今日助佑勇士杀强敌。

倘若不识这是啥地方，

乃象雄中部超钦奔塘，

乃花岭部落的扎营地。

纵越群山之间的恶狼，

袭击羊群之时速度猛，
可怜羊儿鲜血染山谷，
野狼俨然回归高山中；
富户人家牛羊满草山，
家主心喜日夜勤放牧，
土匪劫掠家畜之时候，
无奈家主蹲在炉灶旁；
臭名昭著岭国之军队，
自不量力与天下为敌；
无主村寨皆被岭收纳，
觊觎他人财物吝啬鬼，
犹如边地放荡之浪女，
破坏庄稼长势的然巴，
农夫视作毒草从根除；
不懂施舍贪食信财者，
犹如死后地狱的业债；
岭军犹如荒野的恶狼，
如今已到恶业得报时。

倘若不识我乃何许人，
乃象雄萨都鲁沃托赞，

乃三千精锐军马首领，

生在罗睺罗星显现时，

占卜乃凶曜罗睺克星。

你这白面文弱似女子，

胯下白马犹如白山羊，

手持兵刃似纺织梭子。

古人谚语说得非常好：

欺女男儿并非是英雄，

斩断铅具并非锋利剑，

骏马不可与山羊赛跑。

白色骏马主人遇强敌，

放荡女子丈夫险被弃，

岭国男儿自诩为英雄，

慈母宠儿不可论强弱；

所谓男儿英武或胆怯，

实乃当日气数之盛衰；

所谓马儿脚力之快慢，

实乃七日饲料之喂养；

所谓官员法度之曲直，

实乃辨别智慧之深浅；

所谓富户食物之粗细，

实乃懂得持家之道故。

今日你我在此论生死，

待看谁人威武谁懦弱，

勇士男儿今日比武艺，

骏马良驹在此赛脚力，

听懂歌曲请铭记于心。

歌罢，鲁沃举起大刀冲向巴拉，那巴拉达杰桑达也拔起大刀，与鲁沃大战三个回合，二人未能分出胜负。巴拉心想：大王所赐之宝刀，可能还未到发挥威力的时候。于是将宝刀重新放回鞘内，撸起袖子，准备徒手拿住鲁沃。那鲁沃冲到南边大军中，杀死了贡觉阿拉部落军中十几名兵勇后，便向位于中央的格萨尔大王军帐冲过去，连续高喊三声，叫喊道："吃鼠肉的黑子觉如，倘若你在军中，立刻给我滚出来。"便说着各种辱骂之语唱起这首歌：

歌声犹如飕飕烈风吹，

北风狂卷沙尘满天飞，

疾风吹起劲草发声响，

激流河水发出潺潺声，

北国象雄男儿心脉乱，

若有天神今日来助佑。

倘若不识这是啥地方，

无边荒漠象雄沙丘地，
无人匹敌象雄阎罗群，
生有六十位英雄男儿。
犹如君王双目的大臣，
慧眼纵看天下能断事；
犹如君王心脏的大臣，
心胸宽广有安邦之才；
犹如君王唇舌的大臣，
能说会道出言也豪壮；
犹如岩山草原的大臣，
足智多谋计策不易改。

倘若不识我乃何许人，
在冬扎玛雅隆让姆中，
多热南迦超宗城堡内，
巴米君纳松仓巴之子，
乃玛扎茹扎魔族后裔，
乃妖族夏巴拉仁转世，
人们称英雄鲁沃托赞。
下至海底龙族的世界，
上至九重天族的神界，

象岭之战

人间有形无形生命中，
吾乃顶天立地的英雄，
与我匹敌者绝无再有。
今晨饿狼袭击了羊群，
红色鲜血浸染了草地，
可怜主人哭泣也无奈；
富足人家牛羊遍草山，
强盗劫匪前来围羊圈，
即使嚎啕大哭也无益；
花岭贱母所生的觉如，
漂亮话语颂扬着天神，
实则黑心闯在地狱间，
顺手杀生人命如草菅，
勇士男儿皆被斩头颅，
天下财物皆被劫了去。
岭国勇士闻名于天下，
实乃一帮可怜的孤儿，
即使有家无奈回不去，
夫妻相爱不能长相守，
食物丰盛也无福享用，
犹如野兽行走山岳间，

恰如死尸复起日夜走，

恰似盗贼远行于他乡。

岭国觉如的乌合之众，

所有坏事皆被已做尽。

发辫犹如狗毛的觉如，

若在帐中速速走出来，

倘若不敢与托赞对峙，

咬那死人嘉擦的心脏，

啃那老贼僧伦的骨头，

喝那老母果萨的鲜血，

丢那岭国八十勇士脸，

你非勇士乃是真狐狸，

狐狸勿要藏匿滚出洞，

是否听得到贱种觉如。

还有话语仔细听清楚，

象雄十八部落非贫穷，

汉地经商财物被人劫，

成年男子冤死兵刃下，

象雄全境被岭军镇压，

贪婪恶狼吃羊还哀嚎，

无赖搅乱村寨还贪财，

岭国觉如做事也如此。

今日要尔等血债血偿，

斩断贱种觉如的头颅，

俘虏四母超同打入狱，

斩断戎擦查根的首级，

绳索套住那丹玛强查，

还有巴拉嘎德众贼人，

皆要变成刀下之冤魂。

若非托赞壮烈成大义，

然则岭国众人成死尸，

你死我亡今日做了断，

听懂歌曲请铭记于心。

歌罢，鲁沃托赞想着：今日血洗岭军大营，犹如马背上摘花朵、洪水冲走沙丘、火势蔓延草地般痛快，定要杀他觉如、超同和曲珠三人，不然我托赞就是一具死尸，便怒吼三声冲杀而去。

岭国勇士巴拉达杰桑达看到他冲杀而来就想着：自从出了娘胎，岭国巴拉名震四方，作为格萨尔大王的近臣，贡觉黑白阿拉部落的首领，八十勇士之首，三虎将之一，斩杀过无数强敌。从上部印度、藏区四水六岗和卫藏四茹、上方汉地间，无人不夸耀巴拉是真英雄。今日被托赞如此辱骂，实在是忍无可忍。于是他在大帐中取出格萨尔王所赐的宝刀，跨上战马说道："你这贼人，今日如此羞辱我，且待我取你的狗命。"便举刀冲杀过去，二人大战五个来回，未能分出胜负。巴拉再次举刀，天空响起雷声般的刀剑之声，巴拉似猛虎出山之势追赶托赞，向他的右臂砍去，霎时斩断手臂同宝剑一道落地。托赞胆怯，便策马夺路而跑，巴拉紧随而去，从头顶一刀下去，那托赞被劈成两半，四肢和内脏掉落至马匹两侧。此刻，岭国其他勇士赶忙过来将他的战马用乱枪刺死。大军胜利的呼唤之声响彻山谷。

这时，正在入定的格萨尔王稍被惊扰后说："哦呀呀，巴拉是真英雄，天下无人能敌，此人绝非肉身，乃神子下凡。"此刻在近处正与敌人厮杀的丹玛、玉拉等人看到巴拉击碎托赞的脑袋，不由自主地退后了几步。那日，巴拉威名享誉整个南瞻部洲。他斩杀托赞，极大地鼓舞了岭军士气，众人并肩排列、步履齐发、万刀齐砍、万声齐喊地向象雄大军走去。犹如虎豹般凶猛的象雄大军领看到托赞被岭军斩杀，眼看着大军将要被击破，一时慌了神。这时象雄勇士巴沃赞郭奥玛心想：今日我象雄一位勇猛的大将被那骑着白马穿着白盔甲的岭人所杀，如今我等还有何脸面拜见大王，与其苟活在这世上还不如去寻一方死后埋葬的坟地来的痛快。于是在黑风驹上立了立身，以青龙腾跃之姿举刀向岭军北营方向狂奔而去。此刻，阿达鲁姆身穿铠甲，腰束三械，娇媚中透着一股英气，英姿飒爽地骑着一匹白色骏马，迅速跑来挡住了赞郭奥玛的去路。赞郭颇感惊讶，想着：这女子真是胆大妄为，竟敢阻拦我的去路，便将玄铁宝刀拔出鞘，用北风吹黄沙之调唱起了这首英雄之歌：

> 歌唱风吹黄沙之曲调，
>
> 倘若不唱风沙般歌曲，
>
> 心中所积郁闷无法解。
>
> 向苯教众护法神祈祷，
>
> 在那永恒不变天空中，
>
> 向天神达拉美巴祈祷，
>
> 向赞神南日珠宗祈祷。

象岭之战

在红岩三顶城堡之中，
向念神仲拉念波祈祷；
苯法众神犹如火焰烈，
向天神辛拉沃嘎祈祷，
今日前来助佑我杀敌。

倘若不识此地是何处，
乃是象雄国上沼泽地，
乃称索钦奔塘查姆地，
乃征战血流成河之地，
乃尸衣如经幡飘荡地，
乃死尸遍布山野之地。

倘若不识我乃何许人，
在嘉纳顿泽城堡之中，
乃是五千骑兵的统领，
人称勇士赞杰顿图将，
亦称作勇士赞郭沃玛，
乃象雄六十勇士之首。

蔚蓝大海中央的小鱼，

鱼翅虽短遨游深海中；
巨翅禽王神鸟大鹏尊，
额顶珍宝更显其尊贵；
腾跃云雾丛中的蛟龙，
雷鸣闪电冰雹皆自由；
勇猛象雄大军的统领，
岂可是无能鼠狐之辈。
且听我说来赤面女子，
女儿身躯内心却贪婪，
发辫如丝冠戴白头盔，
一身戎装尽显娇柔美，
绸缎衣裳之上披铠甲，
背插旗帜双足穿花鞋，
你这身穿战衣的女子，
莫说悦目反觉深痛恶。
且听我双目赤红女子，
何故身披战甲穿男装？
何因腰束三械手持刀？
可怜娇女也要赴沙场，
勇士眼中并非是美人，
无论何处何国境之中，

身为男子皆要去打仗，
华美服饰乃女子专属，
即使非男非女之怪人，
绝无赴战场杀敌之俗。
看你双目赤红如罗刹，
定是杀人无数血浸身，
身段玲珑有致如青竹，
定是人皆可夫之缘故。
你那胯下所骑之马匹，
并非北方的白唇野驴，
没有骏马浓密的鬃毛，
也无野驴奔跑的速度，
非骏马非野驴的驴子，
何故远走北方荒漠地。
妙龄少女何故穿盔甲，
难道岭国男儿尽死绝，
何故不在家中守炉灶，
流落北方象雄荒漠地，
犹如北风卷起的黄沙，
恰如寒冰驱赶的水鸭，
疑似灰尘落眼的主妇，

莫说斩杀强敌扬名声，

未必识得我乃何许人，

此番征战只为报血仇。

骁勇善战象雄大军前，

弱小岭国军队又奈何，

碾死虱子何须用斧头，

压死虫子何须用铁锤，

岭国军队犹如鞋底灰。

斩杀女子岂能称英雄，

哈巴狗儿岂能比雄狮？

脏毛不可与绿鬃媲美，

如何威猛傲立雪山上？

鹰鹫不可与大鹏相比，

巍峨高山不可能覆盖，

还有双翼风化之危险；

家驴不可与野驴相较，

难耐北方寒冷的天气；

勇士女子岂能做混淆，

妇人之勇如三更之梦。

这位失心疯狂的女子，

守卫帐门犹如守关隘，

从前有何英雄之行为，

切勿隐瞒如实告诉我。

若听懂请姑娘铭于心，

未懂之曲不再重复唱。

歌毕，赞郭奥玛手握宝剑，抓紧着缰绳，稍微散漫地待着。阿达鲁姆非常缓慢地从右侧的虎皮火纹箭筒中拔出格萨尔大王亲赐的会飞花羽铁箭，从左侧的九纹豹皮弓筒中取来九段野牦牛角弓，搭上箭，拽满弓，觑着对面轻蔑地笑道："奸夫荡女会在空旷无人之地私定终身。鹰鹫在岩山石林之间觅得食物；饿狼在蜿蜒山谷之间能遇到绵羊；军营大帐之前勇士也能遇到巾帼女子。我乃何人本无需与你交代，但为了表明我不是哑巴，今日需作一番详述；为了证明我并非懦夫，今日需作一番较量。"并唱道：

唵嘛呢呗咪吽！

唱一曲北方荒漠之歌，

宛若疾风呼啸一般唱，

若不耳闻呼啸四起声，

说明强敌疾风还未来；

倘若涧水不发潺潺声，

山涧河流怎能流谷口？

倘若高空雷声不在鸣，

雨水又怎能润泽大地？

倘若老者不再唱箭歌，

野驴牦牛之肉何从得。

供养上部天神请明鉴，
在那黑红色宫殿之内，
食肉饮血的护法女神，
五种玛索班典拉姆尊，
十万忿怒女神围绕中，
今日助佑我巾帼英雄。
在那姜逻坚圣境之中，
无名无性佛母白度母，
犹如身影终身不离弃。

虽不知此地乃是何处，
但也略有所闻和所见，
乃象雄超钦本宗嘉姆，
乃东部岭国扎营之地，
乃岭国勇士磨刃之地。

古人谚语有如此说法：
福报人身不幸投狗身，
倘若有福投宝贵人身，

并非奴仆乃官员之身。
我乃前世出生在北方,
神山念青唐拉之西侧,
在圣湖纳木措之中央,
母系河水父系乃劲草,
降生于孤沙草丛之中,
我养父乃是茹西恰嘎,
我养母乃是塔吉拉姆,
乃北方茹西恰嘎之女,
北方鲁赞国王的守卫。
那北方魔君鲁赞国王,
在南瞻部洲大地之上,
并非人形似虚无存在,
头顶双角伸在高空中,
背长禽翼遮盖着天空,
毒蛇巨尾盘绕着南山,
巨型四肢压顶四座山,
何故如此无需再多言。

嵌入发辫的珊瑚玉石,
乃女儿家打扮的头饰,

额顶白色头盔黄色旗，

乃是女将阿达的风格，

乃是抑制强敌的装束，

锦绣花纹的绫罗绸缎，

乃是娇艳女子的衣裳，

男子若需要可赠与你。

古人谚语有如此之说：

话语说辞之中带幽默，

不懂幽默之人无胸怀；

佳肴入嘴之前需供养，

未做供养之食如祭品；

身神护法天神不保护，

未供食物反而害其身。

是否如此赤面腹黑人？

今晨口若悬河说空话，

犹如沟渠之水潺潺流，

能养鱼儿水獭不可知。

自诩英雄豪气藏胸中，

欺辱调戏无耻之言语，

毫无保留向我已说尽,
汝如无垠高空不可触,
苍茫大地精华无帮助,
可怜无谋之人喊空话。

穿在锦缎之上的盔甲,
锦缎乃是女儿的常衣,
盔甲乃是兵刃之坐垫,
纤纤玉足所穿之皮靴,
乃远行之时装饰双足,
佩戴金镯双手持弓箭,
金镯乃是女儿的首饰,
利箭射穿强敌的心脏,
锋利兵刃亮出之时刻,
所射之箭犹如天雷猛,
射中之物皆被化成灰,
今日遇到短命的儿郎,
无奈死相难看被女杀,
恶名留在后世之藏地。
赞杰之子死期已到临,
可怜你那生疏的武艺,

无法保护血肉之躯体，

不能维护内心之尊严，

不得名誉权威和财富。

今日用此利箭射穿你，

高山之巅拽满这神弓，

巍峨高山屈服低头颅；

大海之滨拽满这神弓，

奔流江河受惊缓缓流；

射出犹如梵线的利箭，

英雄美名姑娘我来赢，

美誉响彻花岭部落中。

只为利益众生之事业，

黑暗妖魔用箭来降伏。

倘若未能射中眉宇间，

表明女子并非真英雄。

请玛索杰姆引领箭头，

请琼卓阿西曲珍明鉴，

敬请护佑射中印堂间。

阿达鲁姆歌毕，射出箭，正中米郭赞杰奥纳的两眉之间，他的头如打开酸奶盒盖子向后掉落而下。但那米郭是妖魔之子，虽已丧命但也手持大刀，纵马过来当空挥了一刀，因用力过猛才落下战马。这时阿达鲁姆手下的兵勇赶忙过去牵马，拾马鞍、嚼子和盔甲。象雄大军有史以来从未听闻勇士被女子斩杀，此刻他们亲眼目睹米郭被那岭国女将一箭射死，众人深感恐惧，不敢往前越过一步，便僵持着待对方做出反应来。这时，米郭的搭档秀钦赞都沃纳心想：我乃赞杰奥纳的搭档，我俩好比是褡裢，理应活着并肩，死为同穴，平时像亲兄弟，又同为君王的臣下。如今赞杰已被杀死，若不能报得此仇，我今日又何须活在这人世？于是率着军队冲向阿达鲁姆的大军拼命厮杀，并一直追赶阿达鲁姆。岭国内臣阿奴青昂见阿达鲁姆没有搭档，以为有丧命之险，便转身疾驰而去，挡住秀钦。秀钦赞都沃纳嘴里喊着："倘若活着不能自由行走，死了横尸遍野也无所谓。"半亮着黑色玄铁大刀，下跨花色骏马唱了这首说理短歌：

高空飞翔的黑色凶鹰，

翼力强劲飞速又极快。

天神珠拉念波请明鉴，

东赞扎苏玛布请明鉴，

敬请享用敌人之血肉，

象雄国众护法和神祇，

是否见到能否感应到。

象雄国王扎巴伦珠他，

何时诞生又出生何处？

命神和地方神又是谁？

怙恃皈依之神又是谁？

象雄六十位虎威英雄，

父族母系种姓是怎样？

十万大军装备又如何？

同为父母宠爱的男儿，

何故武艺豪迈尽不同。

今年象雄国之勇士们，

虽非胆小懦弱的狐狸，

毛色却被鲜血染成红，

虽非微小的金色鱼儿，

却有鱼钩钓去之危险，

虽非泥鳅蚂蚁或昆虫，

却有被双脚踩死之险，

虽非娇嫩的花草树木，

却有被寒霜打落之险。

何故遭遇如此之悲命，

何故呼唤护法来庇佑，

倘若未有供养和布施，

无须护佑我等之性命，

倘若没有馈赠和索取，

无须布施钱财做善事，

倘若彼此无视不照应，

亲朋好友只剩空名堂。

男儿身穿盔甲佩宝剑，

象岭之战

沙场豪迈之气皆不同。
无奈今日清晨之时刻,
象雄威武英雄和勇士,
犹如高山花朵被霜打,
勇士魂魄断在女人手,
如此死法实乃属痛苦。

古人谚语说得非常好:
然巴草肥美也非青稞,
地洞旱獭并非修行师,
大耳毛驴并非乃骡马,
粗颈黄牛并非野牦牛,
女无子嗣枉为女儿身。
今晨岭国北面军营中,
无子孤身女人穿盔甲,
箭筒角弓佩戴其周身,
骑在骏马之上傲立时,
仿佛大鸟落在高山巅;
射出锋芒利箭之时刻,
宛如岩石被雷电击碎;
那勇士赞郭顿图雅美,

犹如那狂风卷起糠秕,
亦如冰雹打落黑然巴,
今日若未能报得此仇,
米郭枉为男儿称英雄。
骑着青色马匹黑面人,
无胆懦夫背后阻兵多,
蠢笨驴子身后高山峻,
琼昂追赶狐狸随狐狸。
岭军犹如灶灰被风吹,
无儿孤身女子赴战场,
看似男人死绝单靠女,
狂妄自大还出言不逊。
今晨孽畜绝无生还路,
乃勇士耀武扬威之日。
摘取鹿角今日轮猎户,
钓起金鱼今日轮渔夫,
捕获野兔今日轮大雕,
捕捉鸟雀今日轮老鹰。
花岭天神部落之大营,
犹如沙丘被河水冲毁,
宛如灶灰被大风吹散,

象岭之战

待看花岭部落之军营，

二十一日之内必摧毁。

若听懂歌曲痛记于心。

秀钦歌毕，没听对方回音，便拔剑出鞘直扑而来。与戎伦阿奴琼昂击剑三个回合，阿奴左臂被砍伤，只好收剑停战。这时，妖魔之子赞都沃纳乘胜直捣中军，姜王子玉赤贡杰愤怒难耐，骑着黑驹大鹏展翅飞奔而去，挡住去路，与其交战，贡杰举起岩风火焰宝刀猛烈地向赞都的颅骨砍去，那颅骨像盛酸奶的容器当场粉碎，人体顿时坠马落地。众兵勇随之收去战马，盔甲和兵器，并高声呼喊着胜利冲进象雄大军中拼命厮杀，象雄兵勇如老鹰追赶的鸟雀般四处逃窜，死伤无数。象雄大臣西庆尼玛沃丹看到此状心急如焚，心中惧怕，恐难活着回去面见大王，便骑着浅红色骏马，穿着金色盔甲，向岭国大军冲去；岭军将领丹玛强查也跨上拥有殊胜加持的宝马，手持长柄玄铁宝刀，傲视群雄之姿过来挡住他的去路。西庆便勒马说道："清晨骏马不易猛烈跑，否则黄昏之时体力衰；春季时分白昼变漫长，夜晚时间自然变短促；语速缓慢则能事说明，马驹慢跑则能达远方。你这位骑着青色马匹的青面人，虽未见过也有所耳闻，你乃岭国勇士丹玛强查，是格萨尔王的大臣。倘若象岭之间能休战合议，岂不是好事？你可否愿意为停战向岭国劝和？"便将欺骗之歌用江河缓流之曲唱道：

歌唱珠拉念波请明鉴，

祈愿象雄苯法永昌盛；

歌唱仲日盖查请明鉴，

祈祷财富食物永不断；

歌唱苯神赞日请明鉴，

怙恃勇士豪迈得胜利。

倘若不识这是啥地方，
此乃象雄上部射箭场，
典阅兵勇清点战马地，
象雄称超喀本宗城堡，
乃无尽财食富庶之地。

倘若不识我乃何许人，
象雄南宗泽热城堡中，
阳光普照大地的君王，
智慧日月并齐三大臣，
有着十五明月般俊脸，
众人称吾为尼玛沃丹。
天下无敌象雄大军中，
犹如罗睺二十八勇士，
扎赞达赞托赞三大将，
拥有千里难挡之勇猛。
居于额顶供养护法神，
有苯神辛拉沃噶孟赛；
黑咒法术力量之化身，

呼喊达拉美巴能亲临；
拥有奇妙幻术之力量，
天神扎纳多钦随时到。
吾乃众多勇士之魁首，
犹如人体项上之头颅，
宛如双目黑亮的眼球，
恰如胸腔心脏之六脉，
自打出生慈母怀抱起，
身怀绝世武艺和才干，
众多勇士齐聚之时刻，
投射利箭夺魁的勇士，
万马齐奔比赛脚劲时，
纵马驰骋夺魁的勇士，
赶赴沙场能斩杀强敌，
回赠加持能圆满得道，
乃象雄国王扎巴伦珠，
犹如智囊的得力大臣。
吾乃威高权重之人臣，
国计大事商议均参与，
犹如守护炉灶的家主，
如此之势尼玛沃丹我，

今日来到岭国军营前，
巧遇如此不幸之事情。

天降甘霖万物被润泽，
无须天雷冰雹植被毁；
丰衣足食百姓生活美，
无须剧毒草乌人畜浸；
强盗土匪乃纠纷祸首，
即使罗刹妖魔也排斥。
前年象雄商队去汉地，
经商得来无数个财宝，
四名富甲天下的商贾，
手下一百三十名伙计，
外加五百匹骡马驮畜，
离家未曾料到遇土匪。
天空欲降暴雨乌云起，
不料风吹云雾难降雨；
即使绫罗绸缎被人盗，
威严王法规定不可用；
大火欲烧山梁成灰烬，
不料河水灭火青山留，

象岭之战

未曾料想歹人劫货物。
国王邀请喇嘛来算卦，
明慧无碍喇嘛的预言，
财宝货物到底被谁劫，
宝贵生命又被谁人夺，
仇敌如今何在皆明示。
大王聚集群臣来商议，
派遣大军讨伐白岭国，
或是仅索被劫之财物。
此前老朽赴南去朝圣，
吾与十多名奴仆同行，
预想死前修行集福报，
回图携带神山的藤萝，
各种名贵药材献国王，
恰遇几位好战的大臣，
扬言报仇雪恨斩岭军，
正在商讨出征之事宜。
听闻象雄大军到岭国，
捣毁达戎部落之营地，
劫获财宝内臣均分赃，
此等哀事恰巧吾听闻。

吾乃谨小慎微不敢言，
想法皆与众臣不一致，
遭到大王严厉的训斥。
无奈祈求大王和众臣，
劝诫莫与格萨尔为敌，
达戎财物悉数要归还，
可惜君臣无人听我言。

古人谚语说得非常好：
青龙卧在蓝色湖水中，
温润大地热雾来迎接，
不愿盘旋高空也不得；
布谷鸟儿栖息门戎地，
漫长三春之日来迎接，
飞入藏地柏林来歌唱；
北方象雄自给自足地，
达戎超同领兵来挑衅，
只好回击强敌杀岭军。
但是吾之本意乃如此，
象雄白岭之间需停战，
倘若仇怨太深难调解，

故而需尽快签订协议。

骏马赛跑方能定价格，
决定胜负方能谈合议。
除了象岭白岭国之外，
天地之间古来有协议，
天降甘霖大地生花草，
如母众生从此得安乐，
此乃天地之间的协议；
汉地藏区之间有协议，
金银药材货物运汉地，
茶叶白芥谷物输藏区，
此乃藏汉之间的协议。
为白岭象雄两国调解，
老臣今日来到岭营中，
诚心忠言祈求岭勇士，
反复思量乃是真智慧，
反复操练骏马脚劲强，
象岭之间可否做和解。
英雄男儿断然不认错，
虽未眼见早已有耳闻，
雄狮大王格萨尔麾下，

是否是丹玛强查大将?

今日我代表象雄军马,

协商处理象岭之战役,

之前所劫象雄之财物,

所杀众人皆要偿命价,

象雄大军捣毁达戎部,

财宝人畜皆可定价格,

象雄亦会悉数做偿还,

安抚岭国大王所需物,

老臣依愿尽量能满足,

从此象岭不再互袭扰,

百姓安居乐业过生活。

上品贵人有着大智慧,

高山峻岭之上草木盛,

大江大河岸边有渡口。

还请收起兵刃作回应,

倘若歌有错意请谅解,

若觉得是空话我忏悔。

听罢,丹玛强查在战马上抖了抖身,空着双手略显威武地说道:"呀,男子尼玛沃丹啦!人的智慧在胸腔,话之要义在耳根;勇士话语皆如此,尔等若欲言和,且得反思自己的行径。依照我白岭习俗,用谦卑的话语、赤诚的忏悔和善良心灵进行和解，则能达成目的，否则很难和解。原本就有很多人希望象岭之间能够达成和解，但一直未能实现，其缘故甚多，请听我一一向你道来。"便用塔拉六变之调唱了这首歌：

唵嘛呢呗咪吽！

唱一曲阿拉歌来献供，

若不以阿拉歌来献供，

如何投胎母亲血肉身，

慈悲怜悯之心自何生。

上师佛祖引导我去路，

倘若不敬又何来加持；

太阳若不转遍四大洲，

冰冷大地怎可有温暖；

如此不以歌曲做供养，

佛祖上师加持何处得。

未与对方说话做沟通，

对方又怎可回应说话；

若不皈依上师信佛法，

来世地狱之苦谁来解。

向天神念神龙神祈祷，

向命神和皈依神祈祷，

此乃佛法三宝之根本。

远古黑头人类投身时，

父母聪慧明识无变化，

是否诚意因在双方心，

说者听取二者均有责。

倘若不识这里啥地方，

乃象雄达热超宗城堡。

象雄国王英明众臣勇，

部众百姓富足生活好，

众人不惧死亡和病痛。

古人谚语说得非常好：

忌惮死尸并非好上师，

忌讳杀生并非好屠夫，

惧怕敌人并非真勇士，

厌烦奔跑并非真骏马。

君臣同心江山社稷稳，

人马同心远途道路平；

象雄君臣权势与天齐，

货物价高美食更香甜；

象雄君臣威名满天下，

勇猛豪迈志气赛阎罗。

抛石击中高空的飞鸟，
虽非必然巧遇不可避，
赤黄真金与白色纯银，
需求相同价值却各异，
上师佛法与屠夫恶业，
业缘所至善恶皆不同，
骏马行走远伸道路间，
实乃铁鞭太猛之无奈；
象雄岭国之间的和解，
是否也要如此思量之。

按照达戎部落之所言，
远行汉地的象雄商队，
欲望难耐行苟且之事，
带去四名达戎部姑娘，
强行霸占七天七夜整。
那达戎部落四位姑娘，
虽非美如天仙无人配，
却为血肉身躯空行母，
不可随意玷污和欺辱。
位高权重之人不可夺，

精锐剽悍大将不可抢,

若不是两情相悦之事,

轻薄调戏之语不可说,

未料却被象雄商队抢。

为报冤仇相互结怨恨,

象雄货物被达戎劫去,

象雄军队又袭击达戎,

斩杀十七名男女老少,

捣毁炉灶营地被践踏。

古人谚语说得非常好:

黑色布罗草根茎粗长,

不可挖掘根部达龙界;

神山泉水源头有赞神,

不易搅浑污染有龙在;

白色松柏乃是天神木,

不可斩断顶部达龙界。

白岭国与九大宗交战,

挑衅事端引发战祸者,

皆因达戎超同偷盗故。

无雨天空犹如青玉色,

象岭之战

无河山谷胜似荒漠地，
无人之地平安无战事。
所劫达戎部落的财物，
杀人赔偿命价皆可算；
劫来象雄商队之金银，
亦可悉数归还给尔等。
达戎部落钱财和牛羊，
骡马绵羊山羊和犏牛，
死尸活物皆要悉数还，
毛色体格肥瘦不得变，
不可丢失屠杀或饿死。

倘若不识我乃何许人，
丹玛上中下三部落中，
丹玛曲拉有东西两寨，
在夏隆茹珠城堡之中，
来自萨霍尔王统嫡系，
乃上师格萨尔之高徒，
乃三十位勇士之精华。
战事纠纷瘟疫等大事，
不可独断要禀明大王。

未知上师讲解何法前，

学僧自诩聪明诵经文；

首领尚未颁布法令时，

侍从训斥众人胡乱讲；

主人尚未踏足楼梯前，

侍女率先爬梯到屋顶；

父亲尚未开口说话时，

孩儿自作主张谈生意。

丹玛乃是大王的近臣，

只为要事行军来打仗，

一言九鼎说话皆作数，

可约定象岭停战七日，

订立契约信尾签印章。

十日之内相互派信使，

丹玛可当中间调解人，

象岭之争可以谈和解。

倘若上师僧人和卦师，

戒律不净难以度亡魂；

倘若国王大臣和百姓，

不做商议国事难料理；

倘若父亲母亲和舅父，

三人不和姑娘难出嫁；

倘若国王王妃和大臣，

彼此离心江山不稳固。

如此勿留速去见国王，

事情悉数禀报勿隐瞒，

试看君臣能否一条心；

我也分不停息去面圣，

探看大王叔父众勇士，

有何想法思绪又如何，

七日派遣使者作回应，

若觉可信请大臣铭记。

倘若歌有错意请谅解，

象雄大臣如此铭记心。

歌毕，丹玛心想：早前就有耳闻，象雄勇士扎赞、托赞、达赞，还有国王扎巴伦珠、拥有超强法力的苯波巫师们已变成鬼神，练就了不死之身。如今还不知道他们的寄魂物在何处，也无天神授记，众君臣还未商议。故此，七日之内可以祈求天神之授记，我岭国君臣亦可做一番细致商议，并可找寻妖魔的寄魂物。我做这样的决定，大王虽不会说什么，但是还待所有事情结束后，才与大家说今日之决定吧，便回岭国大营去了。

此刻，象雄大臣西庆尼玛沃丹认为，岭国丹玛虽没有决定的权利，但他毕竟是大丈夫，所说之言应该可信。回到营中便向将领和勇士们说起象岭和解之事。次日清晨，达郭旺赞、扎拉郭琪、辛拉沃噶、阿贡喇嘛、尼玛沃丹等二十多人来到王宫，与大王一起享用酥油、酒肉和瓜果等美食时，西庆尼玛沃丹起身向大王献了一条洁白的哈达，并将与岭国丹玛商讨之事用敬献白绸之调唱道：

  歌如哈达敬献给上座，

  依托所向头顶之众神，

  天神噶饶旺秋请明鉴，

  敬请保护象雄之佛法；

  歌唱象雄念波做供养，

  腰束三械食用强敌肉；

  歌唱白巴沃纳做供养，

  解除沙场军马之疲劳，

  成就心系众生之大义。

  君臣相聚大庭广众下，

  并非老朽口出狂妄言，

  犹如腹腔心脏的大王，

  赤红鲜血何来浓或淡；

  犹如额顶双目的大王，

  左右双眼何来明与暗。

  此地乃扎钦顿匈帐篷，

象岭之战

犹如繁星璀璨君臣前，
并非老朽威武充英雄。
古人谚语有如此之说：
大雕秃鹫占领高峰顶，
黎明展翅翱翔于苍穹，
并非炫翼只为觅食物；
瘦弱羚羊行走于北方，
急速奔跑纵越荒漠中，
只因猎狗紧随着身后；
北方象雄超喀塘雄中，
勇士率领千军和万马，
死尸堆满山谷可搭桥，
并非不惧死亡逞英雄，
只能拼命厮杀保性命。
今朝开年象雄无喜事，
兵马死伤无数损失重，
排兵布阵齐赴沙场时，
并未一人胆怯退战场，
但那岭人似有不死人，
刀剑所击之处无伤痕，
所射利箭半空皆落地，

长枪刺去犹如豆击鼓,
不知何故岭军难抵御。

且听我大王天神之子,
老朽去过岭国军营中,
象雄十五勇士被斩杀,
一千两百骑兵折五百。
若非拥有金刚不死身,
岭国精兵强将何以挡。
武艺相当勇士交战时,
犹如威猛虎豹在相争,
即使鲜血浸染了周身,
依然面不改色心不跳。
象雄勇士名震天地间,
罗刹妖魔难敌其豪迈,
除了无实有鬼神之外,
血肉之躯生命难敌过,
所到之处皆能凯旋归。
此番与岭国日夜交战,
未能取得任何之胜利,
勇士之首众臣之精华,

象岭之战

虎威英雄鲁沃托赞他，
也被那岭国巴拉斩杀，
看来劣生恶运紧相遇。
最终思量可否能停战，
去到岭国军队大营中，
遇到一位青马青面人，
是那位岭国将领丹玛，
彼此商讨两国和议事，
允诺七日两国不交战，
丹玛不敢擅自做决定，
倘若停战和解能达成，
要求归还达戎部财物，
所抢财物悉数要归还，
所杀众人合理赔命价，
并要向格萨尔王忏悔，
诸事老臣亦未做决定，
还请大王众勇士商定。
象岭可否签停战协议。
老臣不知请大王定夺。

倘若歌有错意请谅解，

在座君臣如此铭记心。

听完老臣西庆尼玛的歌曲，得知大将鲁沃托赞被杀，感到挖心之痛。大王的脸变得非常阴暗，右排席位上的大臣扎拉郭瑱用力拳打桌子，左排席位上大臣达旺赞表情讶异地说道："这实在太奇怪了，三天前还说着要共同阀敌，不料却单独行动，私会敌方将领，是否真去敌营杀敌也不可知。"大王双目赤红，咬牙切齿地说道："象岭和解绝不可能，这七日之内我们可以停战休养，自大战以来近七个月零十天里，我们的大军未能休息，这次恰好利用这七日，兵马可以停战休养。至于和解之事，绝无可能实现。"并唱起这首不能和解的理由之歌：

　　歌曲供养蔚蓝的天空，

　　向护法噶饶旺秋祈祷，

　　向天神珠拉念波祈祷，

　　向苯神辛拉沃噶祈祷，

　　助佑象雄君臣显勇猛。

　　此地乃是纳尼雄塘地，

　　乃君臣商议国事之地。

　　我乃何许之人理应知，

　　北方十五部落的首领，

　　父系乃天神拉赞之子，

　　母系乃龙族罗刹之女，

　　乃玛扎茹扎嫡亲子孙，

象岭之战

人们称国王扎巴伦珠。
云雾遮挡日月之轨道，
只好狂风大作乌云散；
高峰之巅四季常积雪，
春暖花开之时雪融化；
猛虎纵越南部密林中，
生吃人肉被猎户射杀；
象雄安居于北方故土，
无奈觉如贼军压全境。
犹如双目心脏的托赞，
前日已被岭贼军斩杀，
从今往后谁来领兵马，
国之大事与谁做商量。
你这老朽痛苦难以忍，
年老体弱胆量也变小，
莫说要与敌人论好汉，
为保自身四处去逃窜，
此乃年老糊涂的征兆。

未在战死挫骨扬灰前，
决不向死敌觉如投降；

勇士未能战死沙场前，

决不向岭国贼军缴械。

那岭国贼人贱种觉如，

天下再无未做之恶事。

去南部潮湿森林之人，

不可折返往北方荒漠；

江河顺下冲毁沙丘流，

绝不逆上奔流高山顶；

欺辱小国城堡之事情，

象雄国王从来不去做；

时常扬起鞭子挥马儿，

白唇野驴从不受此刑；

藏匿洞中的毛艳狐狸，

不可与斑斓猛虎并论；

无耻贪婪的岭国贼军，

不可与其他部落相提。

象雄部落虎威勇士们，

扎达托三位大臣为首，

央郭姜姆雍仲二位臣，

还有勇士珠拉郭嘉等，

莫要胆怯率军赴沙场，

　　达姆赤赞与南拉托杰，

　　羌阿达巴沃雍仲三人，

　　宛如腹腔心脏的大臣，

　　请紧随大军负责殿后，

　　其余将领守住各领地，

　　我要身束三械赴战场，

　　是否如此诸大臣商量。

　　听懂歌曲乃耳的供养，

　　未听懂歌曲不再重复。

大王颁布完命令，众臣异口同声地服从大王所言。七日之中修整兵马，军士更换甲绳、盔旗、弓弦、长枪淬火，用饲料精养战马，准备随时出征。同时在岭营中君臣齐聚大帐，左右排列依次入座商议战事。这时，四母超同、嘎德曲绛贝纳、喇嘛达奔、咒师扎赞等三十多位法师诵念咒语，供着小山大小的朵玛、湖水般的圣水，让众鬼神魑魅阿修罗等敬请享用供食，并举行了盛大的煨桑仪式。雄狮大王格萨尔嘱咐超同、喇嘛达奔和咒师多杰扎赞等人，莫要弄错生起次第之修习，要求岭国众王子祈祷念诵皈依经，向强敌抛掷朵玛放咒，索取强敌的魂魄，为呼唤天神、念神、本尊众神，用六变神曲唱道：

　　唵嘛呢呗咪吽！

　　高空歌唱阿拉和阿拉，

　　湛蓝无边的高阔天空，

万物业缘无碍之境界，

白云密布彩虹弥漫天；

三十三重天神宫殿内，

身穿白色云衣的天神，

右手持着水晶的宝剑，

左手端着祥瑞聚宝盆，

今日前来助佑岭军队。

双足踏着日月之垫子，

祈愿威武能震慑三界；

祈求天神之声满四方，

十万天兵神将绕其身，

三百六十名神灵相撞，

天雷震震速降冰雹来；

在东部玛域之雪山中，

玛杰奔热人类的战神，

赞波日玛旺益二尊神，

十万年兵年将绕其身，

三百六十年仆依附体，

祈求念神之语满四方，

年兵携带弓箭来助威，

切莫片刻散逸来助我。

蔚蓝聚宝大海之中央,
蓝色宝玉所砌宫殿中,
身穿蓝色水绸之衣裳,
额顶青色发辫的男儿,
头戴青盔身穿青色甲,
右身玉箭左身带玉弓,
青色玉马脚劲如飞翔,
十万龙兵龙将绕其身,
三百六十龙仆依附体,
祈求龙神之语满四方,
今日前来助佑孙儿我。

藏区授命众护法神祇,
今日轮到怙恃助佑时,
象雄国森姆扎噶山上,
那苯教之神辛拉沃噶,
黑暗妖魔之神围绕中,
咒术敌对矛头指向岭,
日夜修习恶咒和邪术,

定要还以咒术破此法，

定要索取强敌之性命。

在阿里冈底斯雪山中，

地主莲花生八号明鉴；

青色圣湖玛旁雍措中，

益西森东拉姆请明鉴；

在中部卫藏四茹之地，

世间九尊二十一居士，

七十五位金刚怙主尊，

藏区永宁地母十二尊，

切勿散逸速速来北方，

将那象雄扎龙的大军，

彻底剿灭天地不留名，

苯教咒师之修行洞府，

彻底摧毁如火烧干草，

彻底降伏苯教之众神。

莫要散逸上界之天神，

正道释迦佛法之阻碍，

世间如母众生之公敌，

象岭之战

　　白岭天神部落之私敌，

　　北方象雄国妖魔大军，

　　倘若今日不能够消灭，

　　世间百姓从此无幸福，

　　印度汉地尼泊尔等国，

　　以及卫藏四茹无安宁，

　　今日彻底消灭象雄国。

　　歌毕，以超同和嘎德为首的大德高僧们，修马头明王、五种空行母、空行金刚绿度母等忿怒众神，祈愿众神将朵玛和咒语指向敌人。他们将朵咒抛向象雄苯教上师的修行洞。

　　此刻，象雄众法师也做了三十多个大小不一的朵玛，正在诵咒施法，突然看到高空中人体大小的九朵黑云烧着火焰，十八条青龙同时雷鸣，仿佛要天崩地裂，天空下起八岁男童拳头大小的冰雹，刹那间外道上师的修行洞府被彻底摧毁。象雄国僧俗百姓眼看着洞府坍塌，上师们未来得及抛出朵玛，已被压在九层洞穴之下。以格萨尔大王的发愿之力，上界天神、中部念神、下界鲁神、战神威玛、护法、空行以及守护藏地的所有天神以天降冰雹、火烧山梁之势，朝着咒术方向飞去，岭军大营中所有将领兵勇看到众神踏着五色彩虹，逐一消失在高空中。

　　这时，岭国总管王戎擦查根说道："呀呀！众生之父母，如雄狮大王你般之佛又能在何方？今年这象岭之争，不同以往的战争，残酷异常。象雄国六十位虎威英雄，并非人类乃鬼神转世，天下勇士难敌他们。象雄国王扎巴伦珠，也非人类乃鬼神幻化之子。大臣西庆尼玛沃丹，足智多谋非常人能比。岭国君臣且不可懈怠，此地乃是黑暗妖魔的故土，在降伏妖魔之前，断不可头脑发昏去轻敌。爬山则要下坡、乐极则会生悲、过暖则将临寒。虽然斩杀了鲁沃托赞，但象雄国王座下还有许多勇猛悍将。扎拉郭瑱名气甚大、达郭旺赞勇猛非凡、姜姆雍仲武艺超强，这些人都是亡命之徒。敌人从何出入不得而知，军营里外、渡口关隘，皆要派重兵把守。"众将依照总管王的命令，派出重兵在各关隘渡口日夜驻守。

  与此同时，象雄国君臣齐聚商议之时，看到苯教喇嘛的洞府被冰雹摧毁，国王扎巴伦珠在宝座上变得坐立不安，大臣扎拉郭瑱、达郭旺赞、姜姆雍仲、尼玛沃丹等人咽下怨气，愤怒地喝着酒。大臣尼玛沃丹想着："倘若不能向岭军报仇雪恨，岂能称为勇士？"遂用天雷冰雹之曲唱了这首歌：

  向皈依三神歌唱祈祷，

  上界天神珠拉念波尊，

  雍仲苯教众授命护法，

  凶猛天神达拉美巴尊，

  凶恶狂暴火烧之神灵，

  今日需要前来怙恃我。

  倘若不识此地是何方，

  乃象雄国纳尼秀姆地，

  乃大帐穆布顿雄之内，

  乃欢乐之时的宴请地，

  乃痛苦之时的诉苦地。

  我乃何须人也尔等知，

老朽今年七十九高龄。
前半生身强力壮之时，
时常外出去打家劫舍，
强压勇士万夫难敌过，
胸有智慧乃大王近臣；
后半生年老体衰之时，
未曾料想遇到此等灾。
早晨阳光明媚晚起风，
前半生命富贵后半贫，
深夜梦境破晓难成真。
君臣商议军国大事时，
好坏事宜皆要做讨论，
善恶言语皆会从口出，
豪气难耐拍起胸脯来，
商议大事之日需智慧，
易喜易悲终难成大事，
神子大王莫要作痛苦，
人之悲喜如黄羊角节，
饥饱之感如囊龠气数。
此前朝圣贡布神山后，
归来之日向大王提过，

达戎贵重财物得手时，

喜乐过甚如今遭灾殃。

女子常年用牛奶洗面，

早晚眼角生出白翳来；

强权劫掠他人之财物，

早晚家园被毁炉灶捣。

为保性命投靠了酷吏，

自身难保最终丢性命。

前日统兵七万杀敌人，

不料战败吃尽了苦头，

勇士鲁沃托赞也被杀。

近日无存鬼神之幻术，

空旷高天之中惊雷震，

两侧高山已向左右斜，

城堡扎噶拉宗让姆上，

已经撒落天雷火石灰，

修行神府已被雷震碎，

大地满目疮痍不忍睹。

数位上师大展施咒术，

足智多谋勇士被斩杀，

再无商议国事之重人，

象岭之战

即使痛苦也不可懊悔。

不做待宰羔羊男儿们，

倘若不能欺辱那丹玛，

老朽虽死也绝无悔意。

勇达郭旺赞扎拉郭瑱，

姜姆雍仲三人随我去，

率领一万个精锐骑兵，

前去摧毁岭军的大营。

听懂歌曲老朽立誓言，

未听只好老朽独自去，

是否如此请各位思量。

尼玛沃丹说完，在场将领齐声答应。这时，扎拉郭瑱说："病榻、死地和坟墓，均在阎王的生死簿上。但是男儿且不可枉死，倘若今日不能斩断岭觉如的首级，即使苟活也无意义。"大臣们备好马鞍，身穿铠甲，腰束三械，从各部落中挑选了一万名精锐骑兵，缓缓向岭国大营走去。

此刻，雄狮大王格萨尔得知象雄军队正往岭营赶来，命令扎拉泽杰、丹王子玉沃奔美、达戎拉郭奔鲁、珠王子米益尼玛四人严守军营。又派巴拉、丹玛、嘎德、尼奔、姜子顿君、辛巴、阿达、玉拉、曲珠、阿奴协噶、达伦协噶丹巴、苏伦达玛多钦、尼奔米益央丹等前去应战。大王说道："昨夜梦到上师莲花生预言，我等君臣不可懈怠散漫，要随时准备应战杀敌。"于是，勇士速回各自营帐备马穿甲，手持兵刃等待象雄大军前来。

待阳光照在半山腰时，象雄大军像狂风骤雨、巨石滚落一般从狮泉河畔向岭国军营席卷而来。首当其冲者象雄勇士姜姆雍仲，他毫不犹豫地冲向东营，曲珠应战而去，二人打斗几个回合未能分出胜负。这时，门顿君达拉赤噶赶来为曲珠助阵，向姜姆雍仲抛套索，却被对方当场砍断，姜姆策马逃去，顺带杀死几个兵勇，顿君、曲珠二人追赶过去打斗拼杀，但未能伤及丝毫。那姜姆朝着南营方向逃去，丹玛军营恰好驻在东南方位，一路逃去又斩杀几个插着蓝色盔旗的丹玛部兵勇。丹玛看到此状骑马跑去挡住去路，姜姆的四位搭档紧随而来，齐手战丹玛，丹玛将其四人全部斩杀。正在南营方向的扎拉郭瑱砍杀了十几位兵勇，玉拉拔刀与他交战，二人未能分出胜负，扎拉想勒马转身冲向大营，不料却被丹玛、曲珠、顿君三人同时追杀。象雄达姆赤赞赶来助阵，三位勇士同时向他抛套索，丹玛和顿君二人的套索被达姆赤赞当场砍断，曲珠套住达姆赤赞将他拖下马，当场被岭国兵勇抓起，捆绑后送去岭军大营中。此刻，象雄军中鸣金收兵，岭军也就此罢手回到自己营中。

此时，岭军大帐中一根八岁孩子大小的木桩上捆绑着达姆赤赞，岭勇士们纷纷审讯起了他。这时，总管王说道："呀呀！象雄达姆赤赞，虽未曾见过，其威名如雷贯耳。能听其声不见其身者是青龙；华丽夺目却不能触碰的是彩虹；威名远扬却被岭军俘虏的人是达姆赤赞。今日只可审问，不许拷打，速速给他松绑，用食物款待。"丹玛听到总管王如此说话，便给达姆赤赞松绑，并送来酒肉茶和酥油等食物，让他跪着食用。看到在场将领如此对待一个俘虏，超同心中深感不悦，说着："今日轮到我来审问这位俘虏，"便起身从前方的炉灶中取出一把灰，走到达姆赤赞前撒到头顶，狠踹了三脚，心想着：既然成了俘虏就得顺从，今日如何待这俘虏全是我说了算，便说道："呀呀！你必须要如实回答，那象雄国王统辖的百姓生活如何，有多少勇士，国王的寄魂物在何处，宝藏和矿藏在哪里，与哪些国家交好，又与哪些部落和国家有仇。倘若你所答有半点虚假，撕烂嘴巴、剜去双目、割去舌头，若不能做到我超同非英雄。"说着又向他的脸上撒去一把灶灰。达姆赤赞向超同脸上连续吐了三次口水，超同吓得退后了几步。于是，曲珠说道："呀呀！儿子知父亲的秉性，才能长久相处；大臣懂君王的秉性，方能商议大事。你不可能不知道象雄国王的情况，将所有情况如实招来。"达姆赤赞眼睛也不眨一下，便说："如今我已是你们的俘虏，无须吓唬威胁。对死尸即使灌顶也无济于事，老人即使要打劫也太迟，老妇即使要出嫁为时已晚。我以前是射箭的勇士，今不可能捧着哈达向你们投降。如今已死到临头，没有什么实话讲给诸位。象雄国的地貌特征、百姓生活、兵马数量都无需我来讲，摆在你们眼前的就是事实。"接着用九层黑暗笼罩之调唱道：

歌唱北方飕飕烈风声，

劲草吹奏乃是悲哀曲，

昆虫草木顶上唱哀歌，

百灵树木丛中唱悲曲，

少女犯傻之时说胡话，

无赖纵马威武高声喊，

无道官员责打仆人猛，

用飕飕寒风唱象雄歌，

勇士齐聚射箭比赛时，

挥剑比武男儿论英雄，

纵马赛跑驰骋疆场时，

皆要唱我象雄之歌曲。

向天神珠拉念波祈祷，

向我诸阳神战神祈祷。

倘若不识这里啥地方，
乃象雄赛马射箭之地，
象雄人称扎纳奔塘地，
如今乃是岭国的军营，
百姓部众不日将死去，
财富犹如清晨的露珠，
蔚蓝的圣湖玛旁雍措，
再无潴聚蟠绕之希望。

倘若不识我乃何许人，
象雄纳龙楞宗城堡中，
在噶姆日扎城堡之顶，
窗户犹如天空繁星烁，
吃食财宝牛粪数不尽，
象雄君王恩重如高山，
乃象雄大臣达姆赤赞，
是君王心腹肱骨之臣。

古人谚语有如此说法：
能爬坡下山的骏马少，
能白头偕老的伴侣少，

能托付大事的忠臣少。
象雄国王扎巴伦珠他,
麾下有着十六位大臣,
其中六人乃大王心腹,
勇士鲁沃托赞为其一,
英雄扎拉郭瑱为其二,
男儿达郭旺赞为其三,
鄙人达姆赤赞为其四,
还有姜姆雍仲为其五,
外加珠拉南杰为其六,
乃是同甘共苦的忠臣,
岭国大军理应也知晓,
本无须我再次来赘述。

话说象雄国地势结构,
从那雪山到草地之间,
有数不尽的高山峡谷,
阿贝岩山有上下之峰,
狮泉江河有六道弯曲,
高山连绵沟头相互通,
河流源头何在无人知,

奔流之地无法去追溯。
象雄国王扎巴伦珠他，
生在何处父母是何人，
寄魂神物安放于何处，
作为臣子实在不知晓；
矿藏财宝又藏于何处，
数量多少我是均不知。
今日我这可怜的俘虏，
还请纳入岭国勇士中，
定会誓死效忠于大王，
决不背叛天神可明鉴，
不然则可当岭国马夫，
或可砍柴喂狗当仆人，
除此之外我无话可说。
未知之事吾要作诉求，
祈求大王饶恕吾性命，
家中妻儿老小同相聚，
生死祸福从此在一起。
根本上师格萨尔王尊，
倘若不可留我这活口，
那炼狱之中酷热难耐，

那中阴路险狭道又多，

地府众差役极其凶恶，

阎王掌管生死心畏惧，

此生尚未修行过佛法，

难逃阎王鬼卒之惩戒。

古人谚语说得非常好：

鸱鸮夜间飞行扰鸟巢，

白日不可飞入百鸟丛。

金色鱼儿河中逆上游，

只为游到雪线河水中。

象雄百姓男女老少众，

如今活在水深火热中，

男儿皆兵战死沙场中。

赤赞从未修行过佛法，

莫让行走中阴去炼狱，

来生难得宝贵之人身，

祈求度吾升入极乐界，

土地城堡财富和儿女，

所有财产献给大王您。

从此决心皈依于佛法，

毕生众积财富不属已，

供养根本上师与主上，

心想之事皆能得圆满。

倘若歌有错意请谅解，

若觉得是空话我忏悔，

雄狮大王且要怙恃我。

听到如此请求后，岭国众勇士无人吭声。总管王心想：原来他的财富城堡均是扎巴伦珠所赐，能听出他对扎巴伦珠怀有感恩之心，这虽不是什么重要情况，但也不便再审讯下去。在象岭大战结束之前只能将其人收在牢中。便命令兵勇挖出十一层地洞，暂时将赤赞收押其中，用木棍和石头盖住洞口，派重兵把守，等战争结束后再作打算，吃食和衣裳切不可怠慢他，以后即使做不了大将也可以留在优等俘虏中。

众勇士回到各自军营中，严令军士时刻巡逻，不得有一丝懈怠。这时，西营营门口，南卡托郭率领三个勇士向岭军奔来，他们杀了二十几位姜国兵勇。姜臣塔巴桑珠挡住他们的去路，与南卡托郭挥剑打斗，塔巴的锁骨被划伤。索达玛多钦、多杰仁青扎巴、达色霞噶丹巴三人看到塔巴被伤，便齐攻南卡托郭，但丝毫未能伤及对方。象雄达玛多钦砍杀了琼多，南卡托郭挡不住被三人夹攻，便转身逃去。这时，达姆赤图、顿图雅美、赞杰卡修三位勇士从北边骑马奔袭而来，柳乌桑珠挡住三人去路，三人齐手刺枪过来，柳乌桑珠异常愤怒拔剑与三人交战，但未能伤及他们。顿君在身后斩杀了十多位象雄兵勇，接着达杰岗仁和南卡珠杰二人同时赶来，姜王子玉赤贡杰速去挡住他们，与此二人打斗几个回合后将二人斩杀，他又乘胜追赶象雄军队，杀了五十多名兵勇。

正在此刻，北边军营中萨都辛杰东玛冲到嘎德军中，嘎德从地上抓起一块羔羊大小的石头，骑在马上傲视着对方。辛杰东玛说："呀呀！你是勇士但我也绝非懦夫，今日你我若不比试一番，很难分出胜负来。"便唱起了这首母虎怒吼威言之歌：

　　　　　用歌曲向天空做供养，
　　　　　向天神珠拉美巴祈祷；
　　　　　中部花色犄角泰神子，
　　　　　向赞郭托拉南郭祈祷；
　　　　　下部地神黑蛇龙之妖，
　　　　　向鲁都百巴沃纳祈祷。

　　　　　倘若不识此地是何处，
　　　　　乃象雄国上围射箭场，
　　　　　乃赛马射箭的竞技场，
　　　　　乃欢庆歌舞的宴席地，
　　　　　人称超钦奔塘嘉姆地，
　　　　　如今横尸遍野成坟地，
　　　　　鲜血浸满大地积湖水。

　　　　　倘若不识我乃何许人，
　　　　　象雄国王大臣之精华，
　　　　　乃是巴雅美辛杰东玛，

乃是凶残妖魔之后裔。

且听我说面色浅黄人，
身穿金甲头戴金头盔，
如此盛装武艺又如何？
雀儿怎能挡住大鹏鸟？
毒蛇怎能爬坡下山走？
鱼儿怎能游在干枯地？
青蛙怎能跳跃到山顶？
乞丐怎可成众人朋友？
不可炫武我也非懦夫，
同为母亲所生何不同，
酥油肉食食物之精华，
乃是大力勇士的力量。
大鹏无法腾跃到苍穹，
白唇野驴无法驰骋跑；
骏马要与羚羊赛脚力，
黄面男儿今日我来战。
骏马与毛驴赛跑为耻，
肌肤白皙女人心不善，
利刃不可用在铝器上，

吝啬之人贪婪又无耻。

东玛手中所持之宝剑，

今日用来索取你狗命，

上界天神请为我作证。

倘若听懂歌曲作回应，

未听懂立即下马叩头，

不然难以饶恕你性命，

听懂歌曲请铭记于心。

歌毕，辛杰东玛准备冲到嘎德军中。这时嘎德说道"呀！话语要说清楚，不然即使是父母也不相信。路要走出来，不然连门槛也踏不进去。威武豪迈之言，犹如渠中流水，实在无需多讲。"嘎德虽不懂传讲佛法，但临死之前需要向根本上师作祈祷，便唱起这首歌：

唵嘛呢呗咪吽！

歌唱阿拉阿拉和阿拉，

阿拉乃是佛法之要义，

向那皈依处三宝祈祷；

在上部天界宫殿之中，

天神白梵天王请明鉴；

在中端半空之上界中，

念神古拉格佐请明鉴；

下界无底龙族之精华，

龙王祖那仁青请明鉴。

今日已到怙持之时刻。

倘若不识这里是何地，

乃是超钦奔塘嘉姆地，

乃是象雄军人的坟地，

乃是白岭勇士扬武地。

如今全是啼笑皆非事，

马群无端奔跑终力尽，

超钦奔塘嘉姆被血染；

野狼无端游走群山间，

最终空阔荒野被血染；

岭国勇士彻底被激怒，

最终象雄军队被血染。

乌鸦大鹏翼力皆不同，

羚羊黄羊骨骼皆不同，

野驴家驴脚劲皆不同。

倘若不识我乃何许人，

在那玛域白岭部落中，

象岭之战

噶珠部落犹如黄金贵，

米久超曲南宗城堡中，

勇士嘎德贝纳便是我。

手中这块巨大的抛石，

于我犹如小儿的指甲，

今日抛向你这狗崽儿，

倘若不能打出脑浆来，

勇士嘎德贝纳是空名。

无须多言迅速来受死，

临死之前多看这人世，

从此无法行走在阳间。

纵横脑颅十八条静脉，

未能击碎鲜血浸满地，

苟活人世无任何意义，

天神护佑今日能伏敌。

嘎德将那羔羊大小的石块抛出，正击中对方头颅，头盔和盔旗顿时如飞鸟般从头顶飞出，脑袋被抛石击碎，人从马背上倒头坠地，珠拉普达杰平措和巴顿贝西噶巴杰二人速速取出他的盔甲。象雄勇士达热贡堆为首的军士，冲向顿君的南营中。那顿君达拉赤噶骑着一匹白马，肌肤雪白，以凶狮傲立雪山之姿，腰束三械如狂风般拔剑而来，与两个象雄勇士大战几个回合也未能分出胜负。这时，玉沃巴杰跑来为顿君助阵，达热贡堆抵不过二人，便转身策马向西南方向逃去。姜王子玉拉托杰、库秋白马尼扎、嘉纳色巴卓顿三人赶来挡住他的去路。达热贡堆举刀从玉拉的头顶砍了数次，但未能伤及丝毫，那玉拉本是蓝阎王转世。达热便对玉拉说："你这条蓝面的老狗，前天你我有过两次回合，今日这是第三次，倘若再未能分出胜负来，实在称不上什么英雄。"便唱起这首豪言赞刀之歌：

高空乌云丛中的青龙，

不可一年四季雷声鸣，

四季轮转节气到来时，

欲降冰雹天雷震震响，

天神珠拉念波请明鉴，

助我剜去蓝面人心脏。

倘若不识此地乃何处，

乃是超钦奔塘嘉姆地，

乃是欢乐之时射箭场，

乃是骏马良驹赛跑地，

乃是勇士表扬嘉奖地，

今年已成血流成河地，

象雄勇士横尸遍野地，

秃鹫大雕也会作呕吐，

已成象雄的黑色坟墓。

倘若不识我乃何许人，

象岭之战

达热诺布琼宗城堡中，
住着三位猛虎般勇士，
勇士达姆赤赞为其一，
英雄达郭旺赞为其二，
本人达热贡堆为其三，
乃是三大部落的首领。

古人谚语说得非常好：
盔顶插旗只为挡兵器，
青龙腾跃只因季节到。
象雄勇士达郭旺赞我，
前半生游走在高山间，
驯服野牛抓起野驴鬃，
射死羚羊用石击公鹿。
沸腾铁水能断裂石块，
燃烧火焰能烧尽山头，
汹涌洪水能冲毁沙丘。
骑着青色马匹蓝面人，
盐矿姜国的蓝面孤儿，
姜国江山奉送给觉如，
对狗一般的霍尔辛巴，

二人称兄道弟又结拜，

犹如双面手鼓的无赖，

除了玉拉你再无第二。

今年姜国兵马到象雄，

犹如夜色降临黑暗浓，

恰似倾盆大雨暴风起，

胜似雨后毒草长势猛，

姜国千军万马抵象雄。

试问有何新仇和旧恨，

杀人命价未得为其一，

追讨被劫财物为其二，

讨要借款利息为其三，

到底何故今日需详说。

不识自家主子的狗儿，

吃食清水整天带狗链，

双鼻整日闻着臭狗屎，

白昼黑夜睡在一个窝，

还想手持长枪逗英雄。

今日手中所持之宝剑，

乃是顿松嘉纳莱钦剑，

三色泰神铁匠来铸，

铁铜铝三种金属打造，

乃穆达国王的寄魂刀，

亲手赐予吾达热贡堆，

今日用来斩玉拉头颅。

犹如土豆瞬间变两节，

否则勇士之名不可诩。

达热唱完便松了缰绳，向玉拉跑来。玉拉说："达热贡堆切莫着急，太过心急成不了大事。"便用姜曲呼啸之调唱起这首歌：

唵嘛呢呗咪吽！

用三声呼啸声来歌唱，

乃是永恒不变的故语；

青龙当空雷声震震响，

若无天雷冰雹何来声；

大地狂风骤起声飕飕，

倘若暴风无力何来声；

江河奔腾水流声咆哮，

若非急速流淌何来声；

敌我战场拼杀声铮铮，

若无武艺何来拼杀声。

呼啸歌声乃不变乡语，

乃姜玉拉永恒之母语。

向天神战神祈祷颂扬，

在岗拉噶江寄魂山中，

向地主哲穆昂噶祈祷，

在嘉纳南宗寄魂山中，

向战神达森玉杰祈祷，

朵康全境之护法战神，

切勿散逸今日助英雄。

倘若不识此地是何处，

乃象雄国上部射箭场，

象雄国扎纳奔宗之地，

如今已是岭国扎营地。

威武勇士嘉奖战利品，

利箭宝刀长枪和绳索，

裹于周身的玄铁铠甲，

皆归白岭天神之部落。

若想知道我乃何许人，

在姜域希塘嘉姆之地，

雄伟水晶宫殿之精华，

勇士瓦图纳布的儿子，

人称英雄玉拉托杰将。

在姜域和擦瓦戎之地，
木雅国和昆仑门隅地，
有三位叫托杰的男儿。
森姜柳乌托杰为其一，
巴朗巴沃托杰为其二，
姜子玉拉托杰为其三，
三人称作托杰三勇士。
若说何因称作为托杰，
在我年满十五岁之时，
十三名姜国人去打劫，
在圣湖羊卓雍措之畔，
驱赶九十匹骏马而来，
地主之神亚拉香波尊，
对我姜国勇士起妒意，
蔚蓝天空突然布密云，
青龙当空震震雷声鸣，
三层天雷从天而降来，
我从马上空手接天雷，
犹如奶筒之内接酥油，
又向高空红雷射利箭，
此箭亦称作托达莱钦，

从此得名为玉拉托杰。

古人谚语说得非常好：
春季播种秋季方能收，
雄鹰翱翔方能识天路，
杀敌立功方能封官位。
倘若今日未取你性命，
玉拉托杰枉得英雄名；
犹如青龙腾跃的玉拉，
天降冰雹自然心欢喜；
犹如阎罗鬼卒的玉拉，
瘟疫肆虐自然心欢喜；
犹如疾驰狂风的玉拉，
地势崎岖自然心欢喜；
犹如白色雄狮的玉拉，
雪山洁白自然心欢喜；
犹如斑斓猛虎的玉拉，
檀香森林中间心欢喜。
今日遇到劲敌心欢喜，
北方象雄军队之精华，
如额顶双目腹腔心脏，

象雄国王的肱骨之臣，
今日遇到玉拉托杰我。

格萨尔王的战争事业，
十八大宗有十八勇士，
四方若干城堡之主人，
有着八十位勇士掌管，
有缘之人随手可降伏。
倘若天空不降甘霖来，
即使雷声再大也无意；
倘若洪水不能冲堤坝，
即使夏季泛滥也无益；
倘若未能斩敌人头颅，
即使勇士威武也无益。
犹如青蛙的达郭赤赞，
玉拉手中所持的长枪，
名称叫南迦纳布古珠，
是由九位大星宿铸造，
取自上界天神之手中，
今日用来索取你性命。
方形广阔田野之中央，

味甘土豆用来摆飨宴，

煮蒸煎炸食用皆自由。

如此死法何以随吾喜，

上师转动玛尼经筒般，

河水转动石制磨盘般，

老人抛转投石带子般，

抡起长枪接连刺三回，

刺向你腹腔中的心脏。

唱罢，玉拉手持长枪向达姆赤赞刺去，长枪头刺穿其胸腔从背后冒出，达姆赤赞口吐鲜血坠马而亡。玉拉的两位副将急忙斩断达姆赤赞首级和四肢，取出铠甲头盔，回到大营中将首级悬于营门口。至此，玉拉名震岭营。象雄部队回到军营中，南卡托郭扬言要为达热贡堆报仇，准备骑马奔赴岭国大营时，西庆尼玛沃丹称当天日子不吉祥，将他拦在营中。南卡托郭耐不住心中怒火，犹如心被扎刺、毒蛇被木刺划伤、鱼儿被扔到沙漠中坐立难安。大臣西庆尼玛沃丹说："今日我军损失惨重，不仅折损兵马，且又牺牲了不少将领，我等切不可在此坐以待毙。大臣西绕班典请速速赶去王宫，将此事禀告于大王，我等在此抵挡岭军。"并唱起了这首勇武毒水之歌：

歌唱蔚蓝天空作供养，

倘若不用歌曲供养天，

向谁皈依祈祷求保护。

悬挂高空的日月星辰，

运行南瞻部洲之天空，

定能照亮象雄国土地。

向象雄阳神战神祈祷，
歌唱高空轨迹作供养，
狂风骤起轻风微拂处，
向花白角泰让神祈祷，
幽静广阔大地之深处，
江河奔流山谷冲毁地，
向地神鲁都纳布祈祷，
阳神业神众皈依之神，
且莫散逸今日来助我。

倘若不识这里啥地方，
乃是象雄奔塘嘉姆地。
诸位请听我有话要说，
大营险些被风沙吹散，
能否长期宿营不知晓；
无垠大地虽不能磨损，
对于朝圣巍峨神山者，
光明日月相伴山中行，
倘若不懂日月之轨迹，
将有罗睺吞食之危险，
天地顿时黑暗路不明，

蛟龙腾跃大海之中央，

天空乌云密布降暴雨，

阵阵雷声响彻天地间。

青龙不懂控制火焰翅，

疾风吹散乌云不降雨，

青龙暴身血肉撒沙漠。

北方象雄黄金部落中，

六十勇士率领六万兵，

七位勇士管辖十八部，

倘若不懂用兵之道理，

非人非天岭国之觉如，

幻化之身犹如那彩虹，

不知从何升起从何落，

犹如霹雳冰雹的岭军，

不知从何而来归何处，

拥有大智慧的总管王，

胸有智谋能怀柔天边，

即使如此也不可惧怕。

生为男儿不能应强敌，

与那灶头老妇有何异。

精心饲养的骏马良驹，

难耐远途疲力似毛驴,

兵临城下百姓遭祸害,

披甲男儿不敌如狐狸。

大臣班典莫留去王宫,

此番战事悉述禀大王,

我等亲率勇士驻军营,

誓死与岭国军队血拼。

与其狐狸胆怯般逃窜,

不如猛虎勇敢般死去。

上等男子为智慧而死,

家国动乱王权被威胁,

血染沙场以死报君恩;

中等男子为家计而死,

保卫家园守护财物时,

即使失去生命也无憾;

下等男子死在边缘地,

死在乞讨饭碗木棍下,

未能善终横尸于街头,

是否如此在座众勇士?

明日天亮勇士佩三械,

搅乱岭营青稞爆炒般，

最好生擒盗匪首觉如，

不然斩杀超同丹玛将，

曲珠玉拉达拉辛巴等，

定能杀死其中之猛将。

并非空话此乃肺腑言，

倘若歌有意义请铭记，

若无意义勇士请思量。

西绕班典歌毕，在座众人无一人敢反对大臣的安排，勇士们都认为与其苟且偷生，还不如战死沙场。今年发生这等恶事，犹如爬坡之人髋骨疼，行善之人遭厄运；吃饭之时口水呛嗓门，行走之时小腿积浓水，出行之时不幸亡其身，真是怪矣。次日清晨，以南卡托郭为首的九位勇士和西庆尼玛沃丹等十人，率领一千名骑兵向森曲何方向出发。

此刻，雄狮大王格萨尔正在入定，莲花生大师额顶发髻蓬松、携带刺木果佛珠、摇着檀木手鼓和白银铃铛、手持颅骨佛珠，来到格萨尔王前说："切莫再睡速起身，白岭国众勇士迅速集结兵马。嗜睡男儿无才干，恐有睡死床榻之险。象雄军营中，大臣西庆尼玛沃丹和九位勇士，率领十万骑兵，从狮泉河赶来，天亮之时能抵达岭国军营。那阵势如狂风骤起、火烧森林，请速速安排兵马，勇士整装待战，天神预言随之会有。"于是格萨尔大王从金桌上拿起铃铛摇了几下，诸司膳进入大帐之内，大王命他们击鼓摇旗，很快岭国众勇士齐聚大帐，依次入座。大王说道："俗话说，从白昼到黑夜来临之前，唯有妖魔罗刹在行走，从未有过天神的预言。但是其所言之语不可全信，阳神战神皈依神，女神地神和护法，与吾等形影不离。今日西方极乐宫殿之内的莲花生大师授记于我，象雄大军正向我军赶来，命我们即刻身穿铠甲，骏马备鞍，手持兵刃，准备随时迎战。"众勇士和将领随即准备着，各色军旗遮着天空，骏马布满大地。勇士们率领各部兵马，骑马走在列队前方，以大鹏展翅之姿、饿狼爬峰之势、狐狸疾走荒漠之态，等着象雄兵马前来血战。

  这时，南卡托郭从东面悄无声息地策马向嘎珠部落大军飞奔而来，嘎德曲绛贝纳骑在浅黄色骏马上，头戴黑色毡帽，身穿黑色披风，马的后臀口袋里装着野人肝脏大小的石块，口诵咒语，双臂肌肉隆起，以遮住太阳光芒之势，向南卡托郭冲去。那南卡托郭看到如此凶猛之人，心想：今日遇到如此野蛮之人只能勉强应战，断不可怯战退后，便拔剑出鞘用威言沸腾铁水之调唱起这首歌：

向天神南拉珠扎祈祷，
向黑白花泰让神祈祷，
在那永恒不变天空中，
凶残黑暗之界腹地间，
天神达拉美巴请明鉴，
苯神喇嘛仁增请明鉴，
今日前来助佑英雄我。

倘若不识这里为何地，
乃森曲河流淌之地方，
乃超喀本宗城堡之地，
乃英雄耀武扬威之地，
乃懦夫胆怯逃窜之地。

倘若不识我乃何许人，

乃北方三部落之首领，

乃南宗秋姆城堡主人，

人们称勇士南卡托郭。

若问具何能力和武艺，

日月绕着南瞻部洲行，

与那罗睺星辰同轨行，

早晚吞食日月天地暗；

花草树木茂盛的高山，

赤色火焰被那大风吹，

最终烧尽大山终成灰；

夏季洪水泛滥河水涨，

欲想冲毁田地成洼地，

不料秋季风霜河床干，

犹如烈火燃烧的岭军，

北方勇士搅乱大海底，

巨大海浪扑灭那火焰。

且听黑帽黑披风之人，

头顶黑帽如黑色岩峰，

黑色披风如黑云飘荡，

浅黄马匹威武黑面人，

左手缰绳右手转绳索,

手臂力大如撑天之柱,

威武勇士称谓是什么。

你我对峙拼杀之时刻,

怎可不带兵器空手来?

如此岂能战胜那强敌。

若是英雄像猛虎扑来,

若是懦夫像狐狸逃去,

是否如此黑马黑面人,

手无寸铁如何胜敌人,

有何制敌之法速道来,

利箭射程易长不易短,

言语说辞最好要适中,

言简意赅道出缘由来。

听懂歌曲黑面请铭记,

未懂之曲不再重复唱。

歌毕,南卡正要挥剑之际,嘎德曲绛贝纳撸起双袖到肩膀,抖动着双臂肌肉,咬牙切齿地说道:"切莫急躁听我说。漫长春日,宜走宜歇;野牛肥肉,亦可慢火煮熟;勇士对峙,可慢慢较量;用刀枪箭击石和套索,可且战且逃。倘若没有真凭实据,空口说大话没有任何益处。我赤手空拳降伏过很多强敌，听闻你武艺高强，可惜今日遇到我，定要遭遇不幸。"
便唱起了这首雏鹰展翅之歌：

　　　　　　　　唵嘛呢呗咪吽！

　　　　　　　　歌唱阿拉蔚蓝天空般，

　　　　　　　　上界天神悲心之加持，

　　　　　　　　唱首无边无际的歌曲；

　　　　　　　　中端歌曲唱在高山顶，

　　　　　　　　向众战神地祇和念神，

　　　　　　　　唱首英武无衰之歌曲；

　　　　　　　　歌唱平坦广袤大地上，

　　　　　　　　下界龙王财富之加持，

　　　　　　　　唱首江河奔流之歌曲。

　　　　　　　　向岭国众护法神祈祷，

　　　　　　　　无论何处请护恃助佑，

　　　　　　　　抑制强敌扬英雄之威。

　　　　　　　　虽然不识此地乃何处，

　　　　　　　　却有耳闻称超噶奔塘，

　　　　　　　　如今成了奔塘死尸地，

　　　　　　　　奔流江河被鲜血染红，

　　　　　　　　死尸亡魂犹如狂风起。

古人谚语说得非常好：
瘟疫饥饿没有肆虐时，
派遣凶兆危机之替身，
魑魅魍魉危害着人间，
即使布施行善也无益；
不懂罗睺星耀运行道，
天宫明月圆缺之时刻，
夜间行者道路看不清，
难达远处诸事皆不顺。
疆土广袤资财又富饶，
英雄男儿无用武之地，
劫杀往返客商和路人，
杀人纠纷从来不忌讳。
贪婪无耻无道象雄国，
正如汝之所言无德行，
如没有鼻绳的野牦牛，
随意行走高山岩石间；
犹如没有马鞍的野驴，
东西南北随意任奔跑；
恰如没有心脏的罗刹，
所遇生命皆为口中餐。

象雄六十位虎威勇士，
皮纹赤黄也无斑斓纹，
无法列入深林猛虎中；
那颈粗角短的母黄牛，
不可与犏牦牛相比较；
偷奸耍滑的无道贼人，
岂能与智慧君子相等？
朝三暮四的薄情之人，
怎可成为终身之伴侣？
倘若你乃英武之勇士，
口出狂言如乌云密布，
实则天地干旱无雨露；
能说会道如火焰燃烧，
实则山梁未烧被烟罩；
你一般能言会道之人，
南瞻部洲恐怕无二人。

倘若不识我乃何许人，
那噶珠部黄金的神殿，
犹如黎明初升的太阳；
在噶珠琼日南宗城堡，

父系乃属于噶鲁布鲁，
无须盔甲兵器装束身，
战胜无数强敌和妖魔。
姜国达纳法师被活捉，
门国古拉托杰徒手抓，
大食哉钦巴增赤手掳，
还有许多如此英雄事，
你若不曾亲眼目睹过，
认为嘎德所说皆谎言。
若未听懂歌曲之要义，
犹如对聋子讲经说法，
今日我要徒手抓起你，
犹如雏鹰抓着雀鸟般，
如若食言嘎德非英雄。
秃鹫抓起灌木丛中兔，
兔毛撒在广袤大地上，
右手抓起衣领重拳击，
左手揪着铠甲屠汝身，
折断躯体各处关节拆，
从此不在人世留活命，
此乃恶劣行径之业报，

象岭之战

你等前半生杀戮太重，

下半生是否信仰佛法，

若想忏悔诵六字真言。

为象雄国君扎巴伦珠，

请留下三句临死遗言，

切莫眷恋妻室与儿女，

岭国格萨尔乃三怙主，

我乃是嘎德曲绛贝纳，

切莫妄想放你归生路，

试为中阴解脱做准备。

听懂歌曲哉钦铭记心，

未懂之曲不再重复唱。

歌毕，嘎德便冲上前去，左手抓起南卡托郭后颈，右手抓着他喉窍；南卡托郭也用左手抓着嘎德的衣襟，右手持着刀向他头顶猛烈的砍去，但嘎德是护法曲绛贝纳真身，刀枪不入。嘎德重拳向他的背部击了九次，肺和肝脏已从嘴里吐出，便从马上摔下去，嘎德又举起他的双脚猛摔几下，那尸体已被摔得血肉四溅，他的马匹和兵器被珠热噶拉杰、南卡托杰、曲绛贝纳三人收取。南卡托郭的部队看到将军如此惨状，吓得魂飞魄散，勇士多钦日沃巴秀看到那惨景，心中痛苦难耐，便向岭军冲杀过来，噶米久曲吉旺秋挡住他的去路，二人交战几个回合后，米久砍断对方大刀，多钦日沃巴秀被劈成两半落在马匹两侧而亡，兵勇随即收取盔甲和马匹。于是，嘎德部落军队冲向象雄军队，好一阵厮杀。

象岭之战

此刻,象雄国勇士鲁杰珠纳率着部下以冰雹席卷草原之势向嘎德军营冲来。珠米噶拉普桑珠和珠班典曲扎挡住去路,鲁杰珠纳拔刀向珠米噶拉普桑珠砍了三次也未能伤其丝毫,于是珠米噶拉普桑珠半亮着宝刀,心想:倘若今日不能杀死这狗贼,实在无颜面见大王。并用勇士狮子吼声之调唱道:

唵嘛呢呗咪吽!

歌唱阿拉如巍峨雪山,

太阳光照之时明暗分;

北方草原之纳木措湖,

冬夏分季有雷鸣冰雹;

象岭大战之时不可辨,

男儿勇士只顾逞英雄。

你这赤色的黑面之人,

在岭国军营中如狂风,

又如火势蔓延于山梁,

所谓英雄理应乃如此。

象雄勇士为保卫国家,

视死如归忠诚可明鉴。

行走十八层地狱时候,

菩萨悲心度地狱亡灵;

广阔平原行走的时候,

骏马疾驰可赛其脚力；
象雄军队的领队勇士，
从昨夜到今日凌晨间，
勇士赞钦南卡托郭他，
犹如青龙腾跃雷电鸣，
却被嘎德徒手取性命。

倘若不识我乃何许人，
乃珠热噶顿巴的小儿，
乃珠曲绛贝纳的侄儿，
乃珠氏王子拉普桑珠，
乃是格萨尔王的勇士，
乃岭幼系部落的首领。

古人谚语说得非常好：
大雕秃鹫驻足岩山顶，
看到死尸不得下山来；
青龙卧藏碧湖深海中，
雾气密布不得飞上天；
白岭君臣安居于故土，
接到北方象雄的战书。

象岭之战

龙年犹如青龙雷声震,
蛇年是否如毒蛇爬行,
象雄死尸可搭起桥梁,
森曲河已被死尸堵截,
鲜血浸染大地变颜色,
是否可喜还是叹可悲?

前方来者乃是什么人?
白岭天神部落的军队,
犹如天空昼夜降甘霖,
从未思考何时停下来;
北方草原的纳木措湖,
从不会有干枯的一天;
肥沃水田生长的谷物,
即被霜打粮仓不会空;
岭国君臣麾下之大军,
即使战死数十个勇士,
军队士气从来不衰竭。
山外有山雨季江河宽,
勇士背后有大军压境,
富贵之上有强权之人,

神行之余有力大勇士，

是否如此赤色黑面人？

今日你我狭路相逢此，

必定要杀个你死我活。

脚力相同马匹赛速度，

豪气相同勇士赛骨气，

威武相同英雄赛善心。

赤色玄铁所铸之宝刀，

犹如阎王手中的绳索，

今日砍向你的头颅去。

珠米噶拉普桑珠唱完便举刀向对方头顶砍去，将其劈成两半，那人左右双手各持着宝刀和长枪落马而亡。正在此处的珠噶巴多布丹释迦、班典珠嘉、诺布桑培三人拾取他的战马和兵器后，追赶象雄兵勇而去。此刻，象雄大臣扎拉郭瑱心想：今日折损了三名勇士，切不可恋战了，于是策马向格萨尔王的大帐奔去，其日噶伦曲珠骑着骏马飞奔赶来挡住扎拉郭瑱的去路。扎拉郭瑱想：今日遇到如此强敌，真是幸运。北方其日国十八部落，被这狗贼送给了岭格萨尔，如今还这么心高气傲。倘若今日不能羞辱一番这狗贼，我便不是英雄。我本刀枪不入，今日非要弄的岭国大军后悔当初惹怒到我。便说道："呀呀！你我犹如绵羊和豺狼，老鹰和兔子，猎人和公鹿，看来今日你的死期到了。"于是以铁水沸腾之调吟唱道：

唵嘛呢呗咪吽！

倘若没有平坦的大地，

骏马良驹何处赛脚力；
倘若没有广阔的原野，
英雄威武无处去显露。

向天神珠拉念波祈祷，
中端赞嘉鲁日神山中，
向夏萨雅夏达姆祈祷，
永恒不变天空之中央，
向天神达拉美巴祈祷，
在那贡拉仁姆圣湖中，
向龙神僧姆查童祈祷；
上界九重天神宫殿内，
向天神嘎饶旺秋祈祷，
守护黑暗妖魔之神祇，
茹扎之子迅速来索命，
今日已到需要之时刻。

倘若不识此地是何处，
乃象雄超钦奔塘嘉姆，
从前乃鲜花盛开之地，
乃君臣欢乐相聚之地，

乃纵情歌唱欢乐之地，

乃勇士威武赛箭之地。

如今世道变迁非从前，

天空唯有护法能行走，

罗睺星耀昌盛乌云密，

日月星辰从此无自由，

恐要变成黑暗妖魔地；

犹如水晶的白色雪山，

山顶巍峨高耸入云端，

山腰半空大风包围着，

根植大地被水浸润着，

除非遇到宇宙的灾难，

雪山不可被太阳融化，

可是吉凶之兆已显明。

今年厄运降临象雄国，

福运加持均已向外流，

疾病灾难瘟疫飞肆虐，

国王江山社稷已动摇。

雪山已被那太阳融化，

岩石已被暴露在外面；

地祇护法保佑着众人，
虽不替策马奔赴沙场，
遇到厄运之时会怙恃；
大鹏神鸟展翅飞高天，
巨翼未能盖高山江河，
荆棘丛中毒蛇被叼走；
象雄大军遇到达戎王，
犹如双面手鼓的超同，
拦路抢夺劫杀象雄人，
无数金银财宝被抢去。

古人谚语说得非常好：
青龙不鸣雨水从何来，
没有冰雹草木怎能折，
植被茂盛大地怎干枯；
如此达戎首领超同他，
倘若未劫杀象雄客商，
又何来如此残酷战役。
罪魁祸首乃是超同王。
听着灰头土脸之贼人，
在我象雄国的土地上，

共有九位力大无穷人，

共有七位武艺高强人，

有五位壮如野牛之人。

勇士秀钦巴沃东纳他，

被身穿黑披风人所杀。

吾乃象雄国王的近臣，

今日为秀钦报仇雪恨，

战死沙场或仇怨得报，

今日一定要做个了断，

躲在军营旁侧似女人。

我的手中所持之长枪，

在南朗查宗让姆城堡，

外道法师伏藏所获得，

称有所需之时交于我，

今日用来刺穿灰头厮。

北方其日国十八部落，

犹如昨夜三更天噩梦，

你这毒蛇般双面之人，

身穿盔甲依然逞英雄，

跟随仇敌拿命换富贵，

象岭之战

如今依然傲气冲天般。

今日早晨乃是你死期,

长枪套索用何种兵器,

皆可由你自行做选择。

今日太阳落山在即时,

血洗岭国军营请自重,

倘若未能刺穿曲珠你,

扎拉郭瑱并非真英雄。

听懂歌曲曲珠铭于心,

未听懂就当心头扎刺。

歌罢,扎拉举起长枪向曲珠刺去。其日噶伦曲珠并来丧命于扎拉之手,另外他身上带着千佛头发、命神药丸、格萨尔的法衣、战神威玛的护身符等,未能被扎拉的长枪刺伤。其日噶伦曲珠挥刀砍杀数次,扎拉郭瑱也未能被兵器所伤,他是辛拉幻化之子,是茹扎纳布的子嗣,乃真正的黑色妖魔。扎拉奔逃时顺手刺伤了门达嘉多杰,在其日、大食和蒙古部军营前刺杀数百人,蒙臣塔巴桑珠也被杀害,接着索达玛多布钦、噶玛赤林、托拉美巴三人拼死齐战扎拉,那扎拉郭瑱稍微收手便策马逃去。蒙古勇士将顿图雅美、赞杰卡修、巴钦噶茹顿丹三人当场斩杀,并杀死数百名象雄兵勇。

当日傍晚,扎拉郭瑱鸣金收兵后,准备骑马回营。姜王子玉拉托杰、霍尔辛巴梅乳孜、顿君达拉赤噶三人来到曲珠前,埋怨他没能杀死扎拉郭瑱,尤其辛巴梅乳孜好几次准备与曲珠动手。曲珠心胸大又有智慧,认为今日非内斗之时而是杀死扎拉的好时机,便骑着马追赶而去。这时扎拉郭瑱率部行走在森曲河中央。曲珠来到渡口，那骏马走进河流如鱼儿游河般，快赶上扎拉部队时曲珠拿起套索，口里呼喊着护法众神的名字，套索从头顶绕着向扎拉扔去，恰好套在扎拉的脖子上，两根铁钩勾住前胸。曲珠猛力拽拉，扎拉胯下马匹转头倒在河水中，扎拉郭瑱拔刀砍了几下套索也未能砍断，曲珠立刻将其拖到河岸，刚上岸就被达玛多布钦、蒙王子噶玛赤林、阿扎尼玛扎巴、唐赛南卡晋美四人抓着绳索当场勒死，曲珠砍下他的尸首和四肢。已逃到河对岸的象雄兵勇看到大将扎拉郭瑱被杀，便嚎啕大哭起来。勇士曲珠和兵丁们把扎拉郭瑱的首级挂在马背上，回到大营中将其铠甲头盔等放到大帐前。岭军煨桑祭祀，呼唤天神后所有将领走到大帐议事。

　　此刻，远古时期的老者，如混沌初开时的大地，他与高山、河流、大地和草木植被同龄。这位老者拥有无上智慧，能够高瞻远瞩，能明辨是非，秉公办事，他口衔日月，手握乾坤。总管王戎擦查根，他的白发如羔羊毛，岣嵝的身躯像芭蕉，双目如干枯的水沟，下垂的眼皮用非常细小的金柱顶起着，双目环视四周而道："呀！在座白岭天神部落众勇士，即使斩杀了象雄国大将领，未能彻底消灭魔王的寄魂物，此地魔性依然未除，佛法永远也不能弘扬。那魔王和魔臣，麾下有许多如狼似虎的勇士，倘若魔国要皈依佛法，必定要占领其宝藏，所有宝物归我岭国所有。我们要消灭魔国，安定百姓，象雄王扎巴伦珠绝非常人，他是南瞻部洲强大的妖魔。岭国命定决战的十八大宗中，此番遇到的是第十大宗，且听我详实说来。"并用缓慢长调之曲唱道：

　　　　唵嘛呢呗咪吽！

　　　　歌唱阿拉用歌曲供养，

　　　　在额顶日月的坛城上，

　　　　向恩重如山上师祈祷，

祈愿得到三身之果位；
在心口佛法的宫殿内，
静猛莲花狮身佛祈祷，
血肉之躯四大天王护，
四十九节腰椎守护神，
空行护法众神围绕中，
护佑白岭天神之部落。

倘若不识此地乃何处，
乃象雄奔塘嘉姆之地，
乃是森曲河之此岸处，
乃天神部落大帐中央，
乃岭叔父兄弟齐聚处。
勇士如龙当空震震响，
威武勇猛兵器如天雷；
降伏众妖魔化为灰烬，
虽无自诩英雄无人敌，
那懂得幻化术的魔臣，
理应身怀六艺武功高，
懂得幻化咒术人也有，
有腾云驾雾非天之人，

有大地掀起狂风之人，
有江河浪里跳跃之人，
有施咒展法邪恶之人，
名声大震如雷贯耳般，
勇士无数各身怀绝技，
即使如此胜利归岭国。
莫要说那邪恶的咒术，
单凭从天而降的天雷，
也能击碎象雄众妖人，
天雷震慑妖魔和强敌，
火焰烧尽树木和植被，
岭国勇士便是此般人。
敌方军队犹如那山梁，
岭军胜似洪水成洼地，
岭军犹如头顶的天空，
日月星辰可自由运行；
黑暗妖魔如冬夏三月，
冷暖寒热均无法分辨，
手握乾坤懂得运行人，
遇事恰似看掌纹一般。
岭国君臣如财富宝库，

象岭之战

吃食财宝资粮享不尽,
犹如大海无边又无底,
高山之上的植被花草,
夏季盛开虽自然法则,
冬季寒风欲想吹落地,
并非自吹绝无此可能。

倘若不识我乃何许人,
天地形成之时已出生,
无须言明乃戎擦查根,
乃黑暗妖魔的压迫者,
乃释迦佛法的弘扬者,
乃是黑头人类的国王,
出生居住均在白岭国。

在座众勇士且听我说,
腐烂化浓之根本是血,
鲜血之根本在于身体,
有头无脑便是无智慧,
没心没肺担不起责任,
体无四肢便无法行走。

犹如此喻白岭众君臣，
乃是强压黑暗妖魔者，
锄强扶弱如生身父母，
攻无不克战无不胜者，
乃是白岭天神之部落，
锋利刀枪无法能砍伤，
夺命天雷无法能击碎，
狂风暴雨无法能吹走，
赤色火焰无法能烧毁，
大江河流无法能冲走。
外看血肉之躯无异样，
实则菩萨转世不可敌，
只为利他众生之事情。
去年出征北方象雄国，
此乃现存人世之妖魔。
强敌十八大宗之其一，
人称象雄兵马之王国，
外围有四大游牧部落，
内外八十六个大部落，
有着六十位虎威勇士。
此番七天象岭大战中，

象岭之战

象雄人珠拉南迦托巴，
雅美隆玛和鲁沃托赞，
扎拉郭瑱等二十勇士，
半数象雄兵勇之性命，
已被白岭军队索取尽，
国境险要之地被岭占。

古人谚语说得非常好：
大地潮湿湖中起云雾，
此乃高空密云之根本，
无须担忧天空不降雨。
自然五行可自由运行，
业缘真理却永恒不变。
剩下象雄国君和大臣，
定要彻底铲除名不留。
岭国大业依然未完成，
切勿触碰皮革鞘兵器，
小心刹那索取英雄命；
切勿欺凌瘸腿的野狗，
小心咬断勇士的后腿；
切勿欺辱无子的女人，

小心祸国殃民国政乱；
切勿欺辱乞丐的儿子，
小心宝贝财物被偷取。
切不可撤出岗哨探子，
森曲江河上中下三游，
定要严守渡口派重兵。
象雄断派大军来讨伐，
欲想为亡故勇士报仇，
还有傲慢无礼象雄国，
定派使外围四个部落，
上界天神授记乃如此，
外围部落军马到岭营，
象雄大军将夜袭岭营，
甲不离身兵器不离手，
格萨尔王亲自率大军，
身语心三种幻化之身，
周身佩带三械的勇士，
前去应战扎巴伦珠王，
并非所有男儿能战胜，
唯有大王才能降伏他，
天神预言授记是如此，

> 也是老朽查根之想法，
>
> 今日所言众人莫忘记，
>
> 切莫忘记铭记于心间，
>
> 歌无错意诸位君臣等，
>
> 不可散漫懈怠提精神，
>
> 如今已到紧急之关头，
>
> 在座君臣如此铭记心。

歌毕，格萨尔王听后称叔父所言甚是，并说："今夜象雄大军将夜袭军营，诸勇士要带金刚护身符，这长寿药丸是千位空行母所炼，有无量寿佛的命酒和法衣，尔等要随身携带，定能保护尔等性命。"给众勇士赐了长寿药丸，众勇士连连称赞，便回到各自军营中准备迎战，各部的兵马围得军营水泄不通，各个精神抖擞地巡逻着，避免敌军箭雨伤及，人人身穿法衣，吃了长寿药丸，喝了无量寿佛的命酒，像坚硬的岩石姿态挺拔傲立着。

当日，象雄君臣商议国事，西庆尼玛沃丹、隆拉姜姆雍仲、赞钦南卡托松、秀钦热沃邦恰、多布钦尼达巴松等大臣们齐聚王宫，忐忑不安的在场人不知从何说起之时，达郭旺赞巴沃起身整了整盔甲，又坐下挠挠头，心想：之前随身携带的天神噶饶旺秋所赐的成就铁丸，这下看来要吃了。于是，他从铁匣子中取出丸子分发给国王和众勇士，说："呀！如今即使天地颠覆，这生命不可能被取走。我要立刻奔赴岭营，为我亡故的勇士们复仇。死而无憾者，乃勇士所为；落后无憾者，乃赛跑骏马；不忌讳死尸者，乃是德高喇嘛；不惧怕死亡者，乃是虎胆英雄；无顾忌恶业者，乃是职业屠夫。远嫁他乡的女子，即使思念父母也要远行；毫无畏惧的勇士，即使身躯断裂也无遗憾。"如此立状，四个外围部落的将士们纷纷说道："啊咔咔，我象雄遭遇如此大难。象雄众勇士之首，大臣扎拉郭琪乃是天神之子，是噶饶旺秋幻化之身,他的身体无法被兵器所伤,拥有不死之身。还有鲁沃托赞,他是龙神之子,是黑色龙妖幻化之身,能够翻江倒海。珠拉南杰火神之子,能火烧山梁,能与阎王匹敌。还有其他数不尽的勇士均被岭国所杀,此仇一定要报。四个外围部落,男儿皆是天神幻化之子,战马均为良驹,兵器皆为利刃,战胜白岭乃是小事一桩。"说完豪言壮语,准备即刻启程去岭营。

这时,大臣西庆尼玛沃丹说:"众勇士所言甚是,但在下认为白天兵马稍作休息,趁着天黑夜袭岭营最好。与岭国交战并非小事。倘若天不降雨,草木就不会上涨;倘若雪水不熔化,江河就无法水长;火焰不烧到山头,高山就不能成为炭火。尔等有胸襟和智慧,均是拥有高超幻术者。坐骑出生亦为神马;身躯虽为血肉之体亦为幻化之身,手中所持兵器皆为神器。尔等是能手握天雷之人,无人能敌。岩石不可击碎乃高山之魂,湖水不能干枯乃河水之源,尔等不能杀死乃幻化之子,故此,我等寄厚望于外围四部。不过,老朽猜想,岭国格萨尔也许是凡人,也许是天神之子,我等理应小心与其对峙。躺在水中身体冷,与岭交战不可胜。"说出了各种缘由后,大王极度不悦,说道:"众老臣和尚且活着的大臣们,赞钦修钦姜姆雍仲、达郭旺赞尔等惧怕死尸怎能当上师?惧怕敌人怎可称英雄?忌讳杀生怎能当屠夫?你等平日口出狂言,各个英雄了得,但绝望之时只懂哀哭。平时足智多谋,无奈之时用诃子烧火;平时狂傲无力,绝望之时喊魔鬼为兄长,如此何来护法神的护佑?尔等莫怕。"遂以猛虎肉调吟唱敦促再战之歌:

    心如雪山明亮能断事,

    江河清澈鱼虾看得见,

    口齿清楚心中能敞亮,

    晴空万里太阳光四照,

象岭之战

歌唱要事清亮嗓音唱。

向天神珠拉念波祈祷，
向皈依索都玛波祈祷，
向食肉赞郭七兄祈祷，
向嗜血赤面罗刹祈祷，
向天主白色泰神祈祷，
向地珠黑色泰神祈祷，
向中端隆玛蔟西祈祷，
但凡外道魔族众阳神，
切勿散逸今日来助我。

倘若不识此地乃何处，
乃纳尼琼塘壤姆之地，
乃象雄大军的扎营地。

且听我说年迈的大臣，
胆怯懦弱均可以原谅，
如今年老体衰无能力，
心中豪气衰竭怕生事，
乃是年事已高的表现。

莫诉莫争莫言此三种，

乃大人物的说话方式；

不吃不喝不带此三种，

乃是富足人家的风格；

举国战乱相互报血仇，

乃是大军对峙之风格。

那么大臣西庆尼玛啦，

何故如此惧怕白岭国。

倘若不识我乃何许人，

乃是白哈儿国王后裔．

玛扎茹扎力量为其一，

黑白花泰神威猛其二，

辛杰沃噶苯教神其三，

神妖龙妖和念之妖魔，

十八种妖魔根本力量，

齐聚一身之象雄君王。

前世业缘所致之缘故，

智慧自性构成的卦师，

转轮人间治国的君王，

自然元素得道罗睺星，

是此三种的直系后裔。

九大苯教天神之主神,

人称自在天王之神明,

便是象雄举国之业神,

象雄十八战神之主神,

便是索朵赞夏玛布神,

地主龙神念神之主神,

便是鲁都多瓦纳布神。

象雄国王扎巴伦珠我,

父系源自上界的天神,

母系来自下界的龙族,

五大元素皆能自由控。

虎豹对峙野兽不敢靠,

象雄外围四个大部落,

不管土木水火之化身,

即使高山植被再茂盛,

上师沃噶顿丹尽烧毁,

江河深渊诵咒能干枯,

岭国兵马皆会成病人,

横尸遍野血流成江河,

不用兵器皆能被咒除,

如此是否畏惧诸位臣？

男儿报仇九年也不晚，
女子回礼三夜亦晚已，
话语不作回应乃哑巴，
吃食不赠回馈乃无赖，
杀害父母冤仇定要报，
严父骨头不可扔河中，
慈母躯体不可用火烧。
黑头人类亘古的习俗，
仇敌怨恨终须定要报，
恩人所赐食物要回馈，
对方话语一定要答应。
象雄国君扎巴伦珠我，
与其唉声叹气心伤痛，
不如御敌交战奔沙场。
与其给强敌叩头作揖，
不如拔刀举剑去杀敌。
今夜天黑亲自率大军，
达郭旺赞姜姆雍仲臣，
达纳扎巴达杰诺布等，

象岭之战

　　当我副将今夜立战功。

　　明日黎明破晓之时刻，

　　试看谁人英雄立功名。

　　国王命令犹如雷石滚，

　　不可忤逆众臣心铭记。

　　携带兵器与我赴岭营，

　　欲立战功血洗那战场，

　　白岭象雄要决一死战，

　　成败生死就在一刻间，

　　尔等如此铭记于心中。

听罢，众人士气大振，纷纷要求奔赴战场。象雄勇士们整装骑马，随着大王扎巴伦珠以礌石滚坡之势，横渡狮泉河向岭营东面的其如部奔去。其日噶伦曲珠依照天神授记和总管王的命令，早已做好准备，等着象雄大军到来。曲珠骑着骏马，犹如腾海的青龙；佩带三械，如蛟龙长着火焰翅膀，冒着火光，马匹右侧的虎纹箭筒中装入四十五支箭，左侧豹皮弓筒中装入野角神弓。他从右筒中拔起箭，从左筒中拿起弓，搭箭弯弓，挡住了象雄国王扎巴伦珠去路。扎巴伦珠看到曲珠便想：这人不是其日国大臣吗？今日我羞辱他一番后，定要杀他立个头功。便在青龙光耀骏马上立了立身，勒马驻足，拔出宝刀，用铁水沸腾之调唱道：

　　用北方象雄语来歌唱，

　　日月星辰欲用手指破，

　　蔚蓝天空虽不能捅破，

　　却乃心高气傲之缘故。

信仰苯教供养护法神，
必要时刻以神立誓言，
善恶业缘不易分辨时，
向天神珠拉念波祈祷，
今日已到护佑的时刻，
犹如狂风骤然生起来，
恰似火焰熊熊燃起来，
宛如雷电震震鸣起来，
没有敌手护法之天神，
今日助威勇士杀强敌。

倘若不识此地乃何处，
乃象雄国奔塘查姆地，
乃骏马良驹赛跑之地，
乃勇士射手赛箭之地，
乃力大男儿赛武之地。

倘若不识我乃何许人，
此地何故称为象雄国，
犹如积聚赤色的湖水。
我乃象雄三围之主人，

乃人类非天妖魔共主,
威王扎巴伦珠便是我。

听我道来面色土黄人,
你是何方人马的统领?
既然挡在象雄军队前,
切勿妄想随心所欲归。
大雕秃鹫飞翔之天路,
乌鸦岂能挡住来去路?
斑斓猛虎纵越之森林,
狐狸岂可显露皮纹来?
猎人利箭射出之方位,
公鹿岂能自在显巨角?
雄狮傲立雪山显绿鬃,
哈巴狗儿岂能露脏毛。
象雄安居故地不扰人,
从不做劫掠抢夺之事,
也不索取他人之财物,
早前所杀未曾赔命价。
百名客商带无数财宝,
前往汉地做货物交换,

不料途中被超同洗劫，
四位客商和六十伙计，
绝非平庸男儿之身份，
乃是矿藏宝物之根本，
走遍天下见识又广博，
从未听闻惹恼过谁人，
从来与人做公平交易，
所到之处能和平相处。
无耻超同斩杀四客商，
劫去马匹掠夺其财物，
还不知足率部来骚扰，
即使拥有天地不满足，
此乃发生战争之根源。

你这贪婪无耻的男子，
恶父之子借财不归还，
虽未实见早已有耳闻，
北方其日十八个部落，
双手奉送给死敌白岭，
今又携带三械显威武。
无勇男子周身佩兵器，

勇士无奈只好赴沙场；

丑女整日忙于洗漱事，

男儿反感早晚用脚踢；

无猛哈巴狗儿挡不住，

引来石击狗鼻被打烂。

无胆懦夫贪婪又无耻，

尚未对峙宝刀已出鞘，

话语未说恶言已出口，

父骨起誓之词如流水，

母血赌咒之语如喝奶，

恶言粗语犹如下暴雨，

无勇男子空口话连篇。

变卖父业换酒整日醉，

贱卖家财用于嫖娼妓，

所有财产货物和宝贝，

尽数送于小偷和盗贼，

依旧不知廉耻装智者。

不懂佛法的敛财上师，

入定次第修行无数次，

欺骗信众聚敛其财物，

依旧道貌岸然传佛法；

无道官员律法也严酷，

犹如食毒的孔雀羽毛，

是否如此其日臣曲珠？

今日遇到象雄之国君，

扎巴伦珠岂能饶你命？

你乃狂傲自大又野蛮，

远处放箭只能算懦夫，

靠近拔剑方能视好汉。

歌毕，象雄王拔刀向曲珠砍去。但是，曲珠身穿成就佛母的法衣，带着千佛发丝，有格萨尔王的法衣护身，兵器无法伤他，只是铠甲上的几块铜钉掉了下来，身体丝毫无伤。曲珠说："今日你我较量一番，看谁是真英雄？夜袭者要么是豺狼，要么是盗贼，或者是寻欢的男子，或者是猫头鹰，除此别无其他夜行者。今日相遇你等必战败。扎巴伦珠你且看其日国，倘若没有骚扰他人，又何来寻仇滋事之人；倘若荡女没有勾引，无赖又岂会前来敲门？我乃本是其日国大臣，如今是格萨尔王的法臣，详实之情无需做说明，且听我唱这首歌来。"他心想：大王尚未告诉我此人的死期，也未说过此人是我命中要降伏之敌。与其和他交战，不如说起几件我杀死敌人的事迹，糊弄糊弄他，不然在他的刀下岭国兵勇定会生还无望，于是唱起这首侮辱象雄国王扎巴伦珠的歌曲：

唵嘛呢呗咪吽！

歌唱高阔无际的天空，

寒冷冬季疾风吹野草，
飕飕风响之声如歌唱；
三春季节百鸟齐声鸣，
声声百灵鸣声犹如歌。

象雄高地疾风吹劲草，
堆积沙丘最终被水冲；
未遇到勇猛法王之前，
英雄男儿布满天下间；
未拜五种空行母之前，
美如天仙之女处处是；
未遇岭国虎狼之师前，
仿佛人人皆可称勇士。
且听我有三句话要说，
此地乃是超钦奔塘宗，
从前国王位高权重时，
此地乃是欢乐聚集地，
此地乃是赛马竞技地，
此地乃是勇士较量地。

正如古人谚语所云般：

说话懂得分寸是上师，
有无加持之力不可知，
身心平静终身修佛法；
维持法度公平是首领，
能分真假之也不可知，
部落百姓心之所向处；
男儿自律乃是大人物，
百姓辛苦之事不可知，
治理所辖之地做主人；
女人自爱乃是大美人，
高空日月运行不可知，
富户家主众人皆喜欢；
马匹控制脚力乃良驹，
能否赛马夺魁不可知，
倘若摔断四肢无法走。
如此北方象雄之国王，
不知天高地厚来犯我，
妄想蔚蓝天空当衣穿，
苍茫无垠大地当毡铺，
从上部印度佛法之门，
至下部汉地法度之门，

象岭之战

中部卫藏四茹朵康地，
口出恶言粗语为其一，
随行恶业之事为其二，
欺凌弱小之人为其三，
此等邪恶之事已做尽。
东部朵康之地白岭国，
今日率军已到象雄国，
九大盟国联军已到此。
倘若恶狼未行走山间，
白财绵羊之群为何惊；
倘若大雕未盘旋高空，
雀儿何故躲藏灌木丛；
倘若江河未泛滥山谷，
横跨两岸搭桥何故毁。
如此贪婪无耻的贼人，
象雄商队所带之财物，
称被首领超同劫了去，
吾看此话乃弥天大谎。
行走边地的象雄商人，
达戎部落和赛巴部落，
木巴部落的四位姑娘，

收在帐中七天又七夜，

驮马随意吃草饮河水，

洗劫部落营地捣炉灶，

无端惹事两国结冤仇。

古人谚语说得非常好：

无赖赌咒起誓不可信，

被窝女子蜜语不可信，

乞丐装醉卖疯不可信；

小偷无赖和说谎之人，

乃世间人类之下次品。

无须多言亮出宝刀来，

听懂歌曲狗贼铭于心。

歌毕，曲珠迅速用宝刀砍向象雄扎巴伦珠的头盔，那头盔顿时掉落在地。但象雄扎巴伦珠并非是曲珠命定可降伏之人，故未能被兵器所伤。二人拼刀良久，未能分出胜负来，于是扎巴伦珠向南营方向逃去，恰好门子噶玛达杰、顿君达拉赤噶、玉赤贡昂三人在南营门口挡住其去路。扎巴伦珠把毒蛇火焰之刀从头顶来了一个大旋转后，砍向门子噶玛达杰的脖颈，那头颅像被镰刀割掉的麦子般顿时落地。扎巴伦珠转身又和达拉赤噶拼刀五个来回后，达拉赤噶的手臂被伤。

此刻，岭国格萨尔的化身，骑着枣红马，面容赤红，穿着光芒耀眼的

象岭之战

金色铠甲，五色彩旗遮着天空，威武崇高之形能震慑三界，犹如战神护法亲临般，前来挡住了扎巴伦珠。扎巴伦珠向那身影挥了三刀，仿佛向空气挥刀般，无任何阻挡之物。格萨尔王的化身预知那天并非是扎巴伦珠降伏之日，但为了挫败他的傲气，向他连射了三箭。那三箭虽射中了象雄国王，但未能伤及其性命，不过箭力过猛，扎巴伦珠差点从马背上滑落下来。扎巴伦珠看那身影并非凡人，便策马逃到西营方向。此刻西营中辛巴、阿达鲁姆、木雅玉泽古桑、查嘎多杰扎巴等人迎面而来。扎巴伦珠举刀砍中木雅玉泽古桑的头颅，此人当场落马而亡。女勇士阿达鲁姆向他连射两箭，一箭射中其胸膛，一箭射在马屁股上，但依然未能伤其性命。扎巴伦珠愤怒异常便冲杀而来，举刀向多杰扎巴砍去，多杰扎巴受到轻伤。辛巴被他彻底激怒，举起大刀左右砍杀三次，但扎巴伦珠是妖魔之子，非辛巴注定要降伏之人。对方认出霍尔辛巴便决意要索取其性命，追赶而去，辛巴身后突然冒出一位骑着白马的勇士，挡住了他的去路。象雄扎巴伦珠毫无畏惧地向他挥去大刀，顷刻间上界天神、中空念神和下界龙神，战神威玛、护法空行等天神前来助佑，天空中大鹏鸟盘旋，雪山中狮子怒吼，森林中猛虎纵越。象雄王扎巴伦珠看到无数身穿白色盔甲、头戴青色盔旗，佩带宝剑和弓箭的勇士向他围攻而来，便举刀左右乱砍，但大刀似乎挥在空中，丝毫伤不到那些人。

过了一会儿，扎巴伦珠身心俱疲，认为那是觉如的幻术，就转身朝着北营方向奔去。岭军北营中姜王子玉拉托杰、库秋白玛尼扎、郭布班典多杰、姜其美多布钦四人挡在他的前方。玉拉托杰口冒火焰，长枪闪着火光向他刺去，但刺断几条甲绳外，未能伤及扎巴伦珠。姜库秋白玛尼扎扔出套索，想要套住他，但扎巴伦珠一刀砍断索绳。玉拉托杰从马臀两侧的口袋里取出两个羊肚子大小的石块，接连向对方扔去，恰好击中其胸腔，扎巴伦珠差点儿从马背上落下来。于是他纵马向南营跑去，姜子玉赤贡杰纵马跑到营帐前，接着文布达拉赤赞、文布多杰扎巴、文布美达擦鲁相继赶来，四人排列成纵挡住去路，扎巴伦珠将宝刀在马鬃上来回摩擦几次后，与达拉赤赞交战几回后便杀了他，与姜子玉赤贡杰刀战几个回合，未能赢他便返途跑去。姜王子玉拉托杰看到文布部勇士被杀，便追他而去，这时象雄国王的副将达郭旺赞和姜姆雍仲二人赶来挡住玉拉和玉赤的去路。达郭旺赞将刀放回鞘中，勒住骏马，用江河缓流之调唱起了这首短歌：

用北方象雄语来歌唱，

狂风骤起沙丘被吹走，

洪水过后河床成断岩，

天降冰雹谷物全打散，

交战之时誓死杀强敌。

听着蓝面蓝马苍白人，

数人齐手围攻一个人，

若未能取胜实在可笑。

倘若不识此地乃何处，

乃象雄超钦奔塘之地，

乃花岭部落军营中央，

犹如坟场的岭国军营。

倘若不识我乃何许人，

青龙腾跃当空震震响，

若未听清乃是真聋子；

象岭之战

赤色雷电半空闪闪鸣,
若未看到乃是真瞎子;
遥远路途马儿用脚量,
若未走到乃是真瘸子。
印度汉地尼泊尔大食,
朱古岭国名声震四方。
象雄大军的领军之人,
乃是万户长达郭旺赞。

猛虎驱赶南部野鹿群,
即使长着大角有何用;
雕儿抓起荆棘丛中兔,
即使藏身荆棘又何用;
大鹰展翅与风赛翼力,
雀儿四处逃飞又何用;
象雄勇士彻底被激怒,
四面八方围攻岭军营,
血染成河勇士又何用。
从昨夜到今日清晨间,
斩杀数百名岭国兵勇,
有名有姓勇士六七人,

皆已成为刀下之亡魂。

象雄大军犹如那野狼,

驱赶绵羊之部白岭军,

血流成河哀嚎满山谷。

还有如此奇异之怪事,

雄鹰大雕翱翔于苍穹,

欲与大鹏神鸟赛翼力,

倘若大雕额顶无珍宝,

即使飞跃高空也无意;

十万岭军行走至北方,

犹如河边细沙不可数,

倘若不能杀敌立功名,

即使人多刹那变死尸。

你这骑着蓝马蓝面人,

手持长枪犹如旋风起,

豪气冲天自诩无人敌,

是否如此姜国之孤儿。

富饶姜域擦塘壤姆地,

献给屠夫白岭国之手,

是否如此英雄玉拉将,

倘若真事羞愧应难当。

象岭之战

与敌交锋之时心胆怯,

无奈派遣女子来助威,

最终战败成俘入黑牢,

受三年黑暗牢狱之灾。

英武相当男儿不对决,

犹如胆怯懦夫身躲藏,

实与弱小女子无差异,

今日与达郭旺赞匹敌,

你我同行中阴无间道,

即使战死沙场也无憾。

与你交战之时心血沸,

九日之前那场战役中,

象雄国将领鲁沃托赞,

扎钦扎拉郭瑱为其二,

赞郭多钦美巴为其三,

秀钦南卡珠嘉为其四,

众多勇士皆已被诛杀,

倘若此番不能够报仇,

扎拉郭瑱犹如那死尸。

听懂歌曲乃是心口刺,

未能听懂权当耳朵堵。

达郭旺赞歌毕，举刀向玉拉连砍三刀，但未能伤及其身。玉拉迅速取出枪套手持长枪说道："呀！你这男子切莫心急，心急男儿无智慧。勇士狭路相逢时，要有争论拼杀的时间，不然则是真懦夫。悬挂高山之巅的经幡，乃是疾风暴雨之伴侣；徘徊城镇村落的女子，乃是无赖男儿的伴侣；疾走广阔原野的骏马，四肢不停有骨折之险；戒律松散的喇嘛上师，贪婪无耻整日吃财信；随意判决执法的首领，威望权势最终会衰败。如此且要稍等片刻，是否听懂请清理耳朵，我乃玉拉托杰，今日有话要说。"说完便唱起了这首歌：

唵嘛呢呗咪吽！

唱起永恒不变的歌曲，

亘古不变天空日月明，

故而无垠大地得滋养；

中部天空乌云密布故，

天降甘霖润泽广袤地，

五谷丰登幸福满人间；

坚硬大地被法度治理，

善恶之业黑白常分明，

百姓安居部众也兴盛。

永恒不变的姜国之歌，

永昌存在的姜域之神，

象岭之战

向阿尼索朵米甘祈祷，
向纳隆米郭邦扎祈祷，
向鲁都寨瓦米古祈祷，
向黑白花泰让神祈祷，
向姜国三种战神祈祷。

听着贪婪的北方男子，
青龙山间腾跃当空鸣，
此乃天降甘霖之征兆；
天边密云高空下暴雨，
此乃润泽大地之征兆；
时机成熟敌军临城下，
此乃分晓输赢之征兆。
倘若不识这里啥地方，
乃象雄国上部射箭场，
又称象雄奔塘嘉姆地，
此地乃著名的练兵场，
象雄兵马之国更盛名，
世间无人能够来抵御。
此前行偷盗事为其一，
恃强凌弱之事为其二，

亲敌制造纠纷为其三，
挑衅四周邻邦之安宁，
尤其欺压弱小的藏地。
倘若明白则无处逃窜，
所有恶事尔等已做尽。

倘若不识我乃何许人，
早前生于四方妖魔国，
并非投身于血肉人体，
因高山立于大地之上，
故而称为姜国萨丹王，
乃是黑色妖魔的后裔，
乃黑色泰让神之子孙，
姜国玉拉托杰就是我。
倘若想知何故称托杰，
在南部戎门森林之中，
我等三位英雄去劫财，
驱赶对方十二匹骏马，
走到门隅阿热雄之时，
突然天空布云降冰雹，
巨石大小天雷从天降，

无奈赤手空拳把雷接,
犹如奶筒之中接酥油,
射箭击碎巨石般天雷,
此箭得名为天雷之箭,
吾乃得名为玉拉托举。

听着外道苯波教之徒,
自诩英雄心气比天高,
哪知已是临近死亡人。
断命羔羊走到狼穴前,
临死黄羊走在豺穴中,
断命男儿不幸遇到我。
饥饿之时不可随意吃,
漫长春日饥肠难填满,
寒冬腊月之时霜期重,
春日太阳虽暖难融化;
无耻男儿偷盗成惯性,
即使自家财宝也会偷;
尔等象雄众鼠辈男儿,
犹如哈巴狗儿随咬人;
目中无人的放荡少女,

众将亲夫交付于仇敌；

傲慢男子心中无敬畏，

财尽势退之事终不懂；

毫无畏惧的象雄莽夫，

胆魄拉屎且不知羞耻；

今日冲到岭国军营中，

不幸遇到玉拉来较量，

与其身穿盔甲狼狈战，

不如双手举顶来投降，

如此方可保你一条命。

我手中所持这把宝刀，

名称叫古斯嘉让宝刀，

莫说你般弱小的男子，

斩断坚硬岩山似削泥，

劈断干柴犹如被火烧，

玉拉我乃无敌之英雄，

尔之死期已至无生还，

若想速死向上师祈祷，

若想诵经念六字真言，

倘若不把你碎尸万段，

象岭之战

玉拉浪得英雄好汉名，

岭国勇士威名非实至。

听懂歌曲铭记于心间，

即未听懂也不放生路。

唱罢，玉拉托杰举刀向达郭旺赞的头盔砍去，将他当场劈成两半，掉落在马匹的左右两侧。岭国兵勇迅速拾取兵器和战马。外道达纳多布丹看到达郭旺赞被杀，难以抑制心中怒火，脸黑得像火铁在沸腾，赤红的双目中仿佛要淌下血水，双手击打着自己的胸脯，骑着赤色旋风马如疾风般策马向霍尔部方向冲过来，阿达鲁姆如狂风般跑去，骑马持枪挡住他的去路。达纳多布丹看到来者是名女将，颇感诧异，心中丝毫不畏惧，勒马驻足，慢条斯理地将阿达鲁姆仔细打量了一番，心想：这位不知是男是女？如是男子必要杀他立功，如果是女子，即使杀了也算不得英雄，倘若向女子射箭，我定会臭名昭著，于是稍作控制地将这首询问之歌用天神噶绕旺秋愤怒之调唱道：

口诵三次"誓"字咒术语，

三"誓"咒语能施大法术。

诅咒人命即刻能取来，

强敌心脏赤手能挖取，

祈愿仇敌财富皆归我。

倘若不识这里啥地方，

乃象雄国奔塘嘉姆地，

乃外道苯教兴盛之地，

犹如宝盆的富饶故地，

如今已是岭军的战场。

双目赤红的弱小女子，

且仔细听我有话要说，

吾之所言铭记于心中，

汝之所需还仔细思量。

倘若不识我乃何许人，

在外道苯教国君治下，

咒术法力修行洞府中，

不分昼夜时刻修咒术，

摧毁天下万物的咒师，

吾乃外道达纳多布丹，

乃幻术和咒语的主人。

法力道行底浅的咒师，

乃是欺骗自己的屠夫；

毫无战功自诩的勇士，

犹如死尸佩戴着兵器；

脚劲不足的瘦弱马匹，

如驴走在高山峡谷间；
没有夫婿的青面女子，
傲气比那断命山羊高。

古人谚语说得非常好：
打赢女子不算真英雄。
女子不在好汉的行列，
男女不分妖魔的形态，
如此痛苦行恶是何故，
生于何处如今又何在，
满脸皮皱纹络尽显明，
何种苦难要如此煎熬，
两排白齿皆已脱落完，
吃了何种甘甜的美食，
切勿隐瞒相告我实话。
若是男儿之身立战功，
战场杀敌立下战功时，
若是弱小女子去嫁人。
刀剑无眼不分男女身，
好汉从不与女子交战。
前日向天神立过誓言，

七日之内不再杀生命。

一身男装的恶业女子，

腰束三军从戎来打仗，

未能杀敌立功就要死。

男男相对才算真好汉，

否则投身男子又何用，

若是女子皆有女儿事，

取下头盔有美丽发辫，

脱掉盔甲有漂亮衣裳，

到底何人请仔细说来，

我暂不杀你可以等待。

听懂歌曲请明记于心，

未懂之曲不再做解释。

歌毕，达纳多布丹未动兵器静待对方回话。这时，阿达鲁姆说："呀呀！你乃真男子，身穿盔甲腰束三械是前来打仗的，岂能心生慈悲饶过敌人？那不是违背君王命令吗？我虽是女儿身，但我能身穿战甲前来打仗。"便勒住灰白马，在马背上立了立身，用饮血食肉之调唱起这首歌：

唵嘛呢呗咪吽！

用北方魔国之语歌唱，

魔国永恒不变的母语。

在北方雅康山之背后，

野驴野牛自由行走地，
有着那夏茹南宗城堡，
城堡窗户犹如漫天星，
巍峨宫顶直插云霄中，
茵茵绿草环绕宫四周，
各种鸟禽走兽随意来，
欢乐和谐祥瑞满天地。
如此富饶美丽城堡中，
父系称谓乃茹西恰嘎，
母系称谓乃茹萨玉吉，
兄弟名称乃芒布超杰，
姐妹名称乃阿玛卓兰，
食物财富牛羊皆无有。

威高权重首领百姓多，
德高望重上师学僧多，
福禄高寿之人牛羊多，
水草肥美之地动物多，
如此阿达所属百姓多，
吃喝行军之事皆同步，
有难同当有福也同享。

鸣金聚兵出征打仗时，

犹如父母派遣儿女般，

亦如上师派遣学僧般，

所有士兵齐聚于战场。

阿达生在纳木措中央，

无父无母形成于水中，

乃是真正龙族之女子。

听着达纳多布丹扎巴，

宛若黑色夜幕一般你，

像是太阳在后边追赶，

黑暗不得不自然驱散；

恰如雨水在后边追赶，

百灵鸟不得不回巢穴。

格萨尔乃六众之父母，

儿女不得不绕其膝下。

我手中所持之弓和箭，

用九段野牛角所制造，

利箭是有生铁来铸造，

天神念神龙神加持过，

弓上住着战神威玛神，

象岭之战

箭羽住着空行护法神，

今日用来射杀妖魔你。

你说不愿与女子交战，

碾压虱子无须持巨斧，

踩死昆虫无须举锤子，

对付女子无须持兵器，

是否如此此番做较量，

就请见识阿达之勇猛，

今日黄昏来临之前时，

使象雄国君心生绝望，

使格萨尔王心满意足，

若未能阿达无法立足。

今日手中所持之利箭，

射中强敌头颅脑浆溅，

是否如此妖魔且待看，

天神保佑射在唇齿间。

歌毕，未等达纳多布旦回过神来，阿达鲁姆射出利箭，恰好中在对方嘴唇上，其牙齿顿时散落于地，接而落下马匹当场死去。霍尔和魔国兵勇们为阿达呼喊，又急忙赶来取走达纳的盔甲兵器等。达嘉诺布拉桑看到达纳被杀，难忍痛苦便冲进岭军，羌卡热南嘉多杰拿起石块向他扔去，恰好击中头颅使其当场倒地而亡。两军混战，象雄兵马溃不成军四处逃散，有的就地投降。在东南方向，赛巴尼奔和赛巴巴雅珠杰、赛巴南卡多杰、赛巴美达拉杰等人疾风般策马赶来，挡住象雄军队厮杀起来。顿时，厮杀的场面犹如大江波涛汹涌、高山塌陷、火烧山梁般。象雄勇士姜姆雍仲扎巴举起大刀指着尼奔唱道：

  北方广阔荒漠之歌曲，

  照耀犹如高空的日月，

  游遍南瞻部洲地界者，

  至高至明日月还有何；

  犹如青龙腾跃的勇士，

  腰束三械看似长焰翅，

  沸腾铁水之勇杀强敌。

  向天神珠拉念波祈祷，

  向威玛达孜索朵祈祷，

  向地神扎杰森布祈祷，

  向天神达拉美巴祈祷，

  今日护佑勇士杀强敌。

  倘若不识此地乃何处，

  乃是象雄奔塘查姆地。

  倘若不识我乃何许人，

  犹如太阳的象雄国王，

象岭之战

座下胜似圆月的大臣，
乃是驱赶黑暗的副将。
在宗戎杂玛库让之地，
人称雍仲的猛将有七，
吾年最勇猛姜姆雍仲，
乃是象雄国王的副将，
乃是三千人马的首领，
武艺高强拥有幻化术，
五大元素皆自如运用，
上天入地皆能自由行，
乃天神噶饶旺秋之子，
乃是百名勇士之精华，
乃是象雄国王的近臣。

白岭部落乞丐男儿们，
口干舌燥游走在北方，
犹如死尸般留在北方，
盔甲兵器丢弃在北方。
听着浑身灰土的将领，
是否乃岭国尼奔达雅，
赛巴部落兵勇数不尽，

皆为犹如狐狸的懦夫，

岭国男儿皆胆小狐辈。

单枪匹马乃是真英雄，

视死如归乃是真好汉。

公鹿独行炫耀着巨角，

猛虎独越炫耀着斑纹，

鲨鱼独游搅乱着大海，

勇士独行无须有搭档。

暗放冷箭乃懦夫行为，

单打独斗乃英雄男儿。

所穿盔甲和携带兵器，

今日均归我雍仲所有，

有何遗言速速讲出来。

不然亮起兵器斗生死，

听懂歌曲铭记于心间。

　　唱罢，雍仲举刀奔去。尼奔说："呀呀！你所言甚是。天空是日月的轨道，有日长日短之分；大地乃人类的居所，有富有贫穷之差；军营是勇士的天地，有英雄懦夫之别。你切莫心急，骏马备鞍，意在拔得头筹；脚力究竟如何，与七日之内的喂养有关。男子雍仲切莫心急，心急男儿无智慧，女子心急难持家，将领心急难取胜，上师心急易破戒。你我慢慢做较量，倘若不用兵器有拳头，套索击石均可当武器。今日若未能取你性命，表明尼奔非英雄。"并用大海缓流之调唱起这首歌：

象岭之战

唵嘛呢呗咪吽!
阿拉乃是歌曲演唱法,
阿妈乃是血肉之根本,
上师乃是皈依祈祷处;
歌唱塔拉引我度六道,
中阴无间狭小道路中,
引我超脱得道享安乐,
真伪分辨之时黑白明。
阳神战神业神请明鉴,
护法空行众神请明鉴,
形影不离助我杀强敌。

倘若不识此地乃何处,
乃是森东噶巴顿让地,
乃是妖魔象雄之故地,
饮血食肉黑暗妖魔地,
瘟疫肆虐战祸从不断。
倘若不识我乃何许人,
幸福大乐之地白岭部,
既是无数客商途径地,
也是无数兵马扎营地。

白岭上中下三支部落，

上岭赛巴有八个部落，

中岭文布有六个部落，

下岭穆江有四个部落，

乃众人幸福安乐之乡。

前生业缘出生于此地，

米久赛宗壤姆堡主我，

贤父称作阿杰尼玛尊，

慈母称作热噶阿措尊，

宠儿尼奔达雅乃我名，

作为十六部落的魁首，

麾下精兵强将难计数。

白岭水草肥美牛羊壮，

牛乳如海酥油如雪山，

田地肥沃庄稼收成高，

青稞堆满粮仓如宝矿，

百姓勤劳兵勇也精锐，

乃官员权势发迹之地，

乃南瞻部洲仰慕之地，

我乃来自此地的英雄，

勇士尼奔如高空暖阳，

即使妖魔施法大地寒，
吾乃星火复苏天地人，
尼奔树敌无数难制伏，
此乃实话今日可明证。
姜姆雍仲等象雄将领，
犹如带刀的低贱屠夫，
被困羊儿岂能杀不了？
你这北方贪婪的男儿，
劫财杀人百姓遭祸殃，
摧毁营地嫁祸超同王，
四名岭国女子乃空行，
如花似玉被贼人糟蹋。

古人谚语有如此之说：
欺骗信众资材罪孽重，
贼人追索财物比人快。
今晨象雄男儿狂语多，
实际难耐如何还待看。
尼奔达雅威名震四方，
你等狐辈岂能与我敌？
男儿腰束三械为杀敌，

打斗拼杀脑浆溅四处，

尼奔从未败阵于对手。

若是英雄放马来对阵，

懦夫只懂乘人之危时，

若到临死的关口之时，

及时出手又有何益处。

是否对错请仔细思量，

切莫散逸速速来领死。

尼奔歌毕，将宝刀拔出鞘，雍仲走近尼奔与他大战了几个回合，最后尼奔的大刀砍在雍仲头顶，将他劈成两半。尼奔手下兵勇跑来拾起铠甲兵器，牵走马匹。南嘉多杰赤噶拼死追杀尼奔，赛巴班典多杰看到，当场砍下多杰赤噶的头颅，那无首尸体在马背立了片刻后，方才掉落至地，兵勇拾取其铠甲和战马。赛巴部军队冲进象雄军中拼命厮杀，经过一番混战，象雄兵勇犹如被野狼袭击的羊群般四处逃散，高喊救命。不久，霍尔辛巴和阿达鲁姆率部前来为赛巴部助阵，到黄昏时刻精锐部队多数被剿灭，部分逃走，余数投降。直到次日清晨，象雄的少数残兵才陆续返回大营中。岭国军队迁移到森东噶巴山下方安寨扎营，举行了盛大的煨桑仪式，呼喊声、祈祷声响彻天空，仿佛青龙呼啸，大地震动。

五

　　正在这时，象雄国王扎巴伦珠从宝座上倒地，在场的司膳、司寝、王妃和大臣们搀扶着他坐回宝座上，向他撒去苯波的圣水。吃进长寿药丸后，国王慢慢苏醒过来，询问众臣接下来该如何是好。众臣说象雄外围四部落的援军即日能到，待他们到来之后再做打算也不迟。次日清晨，外围四部落援军来到王宫，国王举行盛大的欢迎仪式，与他们商议如何剿灭岭军时，外围四部落统兵大将们说："请国王放心，剿灭岭军之事可以交给我们。倘若不能剿灭岭国，外围四部有何脸面立足于此。"将领们纷纷豪言壮语，誓言要即刻启程去剿贼，大臣西庆尼玛沃丹劝众将次日启程，于是众将留下来享用美食，相互吹捧。

　　此刻，岭营中雄狮大王格萨尔正在入定修行，到下半夜，天空出现五彩霞光，南曼杰姆骑着雄狮，牵着青龙，闪着火焰的翅膀，天空雷声震震，南曼杰姆右手持着双面鼓，左手拿着白银铃铛，颈上挂着水晶佛珠，身穿虹白霞衣，来到大帐上空，向格萨尔王透露了野兽、鸟禽、湖水、岩山、雪山和森林等象雄王的命魂依附体，唱起了这首预言之歌：

　　　　唵嘛呢呗咪吽！

　　　　歌唱阿拉阿拉是阿拉，

　　　　阿拉向上师佛祖祈祷，

　　　　向那皈依处三宝祈祷，

　　　　慈悲无离高空俯瞰我。

向众天神祈祷请明鉴，

东方金刚天神请明鉴，

如母智慧空行十万众；

南方珍宝天神请明鉴，

西方莲花天神请明鉴，

北方怀柔天神请明鉴，

中央菩萨天神请明鉴，

迅速助佑加持比天高。

倘若不识此地乃何处，

乃是九重天界之顶部，

白色云雾密布的天空。

倘若不识我乃何许人，

北方美朗塘之圣湖中，

如母智慧长寿空行母，

预言智慧无碍之主母。

雄狮大王诺布占堆呀！

切勿散逸听我有话讲。

三春时若不撒播种子，

三夏之时麦苗不发芽，

三秋季节颗粒不收获；
身穿绛红法衣的喇嘛，
若未入定修行慈悲心，
无人超度地狱之亡魂，
极乐大道果位永不及。
那么众勇士天神之子，
倘若兵马不亲赴战场，
不能剿灭强敌取胜利，
如母众生无法得安宁，
如母众生未能得安宁，
君王大业未能够完成。
大王切莫入睡速起身，
整日嗜睡男子无智慧，
喇嘛嗜睡佛法终衰竭，
首领嗜睡法令无人遵，
叔父嗜睡家国计谋乱，
男儿嗜睡强敌势头猛，
姑嫂嗜睡家计生活难，
少女嗜睡婆家难服众，
不可贪睡速速起身来。
门隅百灵春季飞藏地，

并非枝头鸣翠来歌唱，
只因春雨前来迎接故；
南方黄鸭夏季迁北方，
并非炫耀黄亮的羽翼，
只因寒冰融化之缘故；
姑母南曼杰姆从天来，
白岭军营照万千霞光，
并非岭国男儿皆好战，
只因预言无碍的业神，
要我敦促劝诫大王你。
强敌剿灭时机已成熟，
北方象雄外道之国王，
并非普通平凡之俗人，
却乃前恶缘诅咒之人，
乃妖魔玛扎茹扎后裔，
来自噶饶旺秋的境域，
倘若今年年内不降伏，
错过时机化成真妖魔，
在那非天阿修罗之境，
统领数十万非天兵将，
统治南瞻部洲之全域，

从此众生再无安宁日。

去年岭国军队到象雄，
今年必须铲除众妖魔。
国王扎巴伦珠寄魂物，
东部犹如明镜红岩下，
有条黑色的九头毒蛇，
此乃大王魂魄之根本，
南部森林中有一猛虎，
此乃象雄大王寄魂兽，
红色野牛双角入云端，
此乃象雄大王之战神，
在北方纳木措圣湖中，
有一条大象般的金鱼，
此乃象雄大王寄魂鱼，
在黑岩僧姆姜宗之巅，
犹如鸱鸮的大鹏神鸟，
此乃象雄大王寄魂禽。
倘若未能降伏寄魂物，
则无铲除扎巴伦珠时。

明日十五吉祥之日子，

大王率巴拉嘎德丹玛，

玉拉东君和霍尔辛巴，

米噶拉普和阿达鲁姆，

唐泽玉叶珠杰和超同，

前去降伏妖魔寄魂物。

尤其达戎四母超同王，

正是大施高超法力时。

犹如铜墙的象雄军营，

已到彻底摧毁之时刻，

次日黎明破晓之时候，

姑母预言将会陆续有。

听懂歌曲请铭记于心，

未懂之曲不再做解释。

　　歌毕，姑母消失在半空中。格萨尔王结束修定，天逐渐亮起来，大王从桌上拿起金刚铃摇了摇，琼昂和米琼玉杰来到大王座前。大王命令他们击鼓摇旗，召集众将速速前来议事。未过多久，岭营四处的大将和勇士们陆续来到议事大帐，依次入座等待大王发话。大王说道："昨日象雄吃了败仗，今日定在营中疗伤。曲绛贝纳、丹玛强查、巴拉米姜噶布、巴沃噶伦曲珠、姜子玉拉托杰、顿君达拉赤噶、阿达鲁姆等勇士各率领一千精兵，今晚要去完成一件重要的事情。"并将排兵布阵之事用金刚法声唱道：

象岭之战

唵嘛呢呗咪吽！

歌唱阿拉六道皈依佛，

歌唱塔拉引渡大乐界，

所愿之事皆能得圆满，

众生苦难皆成大喜乐。

战神威玛护法三神明，

形影不离助我降妖魔；

向众护法空行母祈祷，

保佑白岭部落战胜敌。

倘若不识此地乃何处，

乃是森顿嘉姆之腹地，

乃是雄狮王宫的下方，

乃是森曲河之渡口边，

乃岭国军马显威之地，

乃勇士名震四方之地，

乃南瞻部洲安乐之地，

乃邪恶妖魔降伏之地。

尔等理应知道我是谁，

出生在那岭国地上人，

我乃遵照天神之意愿，

一生只为神人事业者，

利乐有情众生而来者，

雄狮王格萨尔便是我。

前半生称为觉如的我，

下半生乃降敌的将领，

乃是降伏妖魔的英雄，

乃是抑强扶弱的勇士，

乃是六道众生解救人，

乃是引渡地狱冤魂人。

即使今后人间百余年，

格萨尔王利众之事业，

即使有心也无力完成。

犹如细沙堆砌的城墙，

一边堆砌一边却坍塌，

胜似小孩嘻嘻玩游戏，

如今妖魔象雄之国度，

已到皈依佛法的时刻，

白岭君臣利众事未完，

暂且不可懈怠听我讲。

象岭之战

昨夜三更天之睡梦中，
智慧无碍南曼杰姆尊，
预言降伏妖魔寄魂物。
岩山石黑色九头毒蛇，
茂密森林之中的猛虎，
鸟禽野牛众多寄魂物，
众禽猛兽皆要彻降伏，
象雄君王生命终不灭。
今日黄昏落日之前夕，
勇士巴拉丹玛和嘎德，
噶伦曲珠和玉拉托杰，
还有那顿君达拉赤噶，
霍尔辛巴和阿达鲁姆，
八位勇士各率一千人，
明日天亮之际齐出发，
越过象雄大营赴险地。
象雄国王众多寄魂物，
七日之内均要被降伏，
是否如此在座众兄弟，
上界天神授记乃如此。

倘若歌有错意请谅解，

若觉这是空话我忏悔，

在座勇士如此铭于心。

歌毕，众将异口同声地表示赞成，当日，众人享用酒肉瓜果等美食，在大帐中喧嚣地待到黄昏。太阳刚落山，八位将领率八千精兵，横渡森曲河向象雄大营走去。此刻，象雄大军和外围四部落的军马在国王伦珠、西庆尼玛沃丹以及众勇士的率领下，准备赶往岭营来。两军相遇，丹玛强查高呼一声后连射三箭，将西庆尼玛沃丹部中的二十多名兵勇当场射死。接着巴拉达杰桑达手持大刀冲入象雄军队中，左右砍杀，一百多名象雄兵勇当场倒地而亡。外围四部将领美拉美杰南巴看到如此惨状，便连发数箭，但未能伤及岭国勇士。美杰南巴甚感奇怪，心想着：这些到底是什么人，利箭射不穿盔甲，如此怎么取他们的性命呢？为解除疑惑，他勒马驻足唱起了这首威言狂语之歌：

唵嘛呢呗咪吽！

歌唱向哈香南达祈祷，

向天神珠拉念波祈祷，

向战神索朵玛波祈祷，

天神珠雄美巴请明鉴。

犹如赤红闪电的利箭，

费用木料和玄铁打造，

箭簇来自非人之境域，

一支雷鸣幻化之神箭，

莫说能射死一条生命,
一箭射死九人亦算少,
今日连发九箭未伤厮。
切莫散逸听我有话讲,
象雄国五大部落联盟,
尊扎巴伦珠为大国王,
还有外围四部的助佑,
吾乃神箭手美拉玛布,
赤色火焰烧沸的铁水,
所浇之处皆被烧成灰;
自然元素雷电之机轮,
所想之处皆能够抵达。
上天入地无需用牛马,
利箭犹如神鸟和机轮,
驱使风火水电同前行。
所欲皆成之九种利箭,
乃外围部落幻化神箭,
此前射杀无数个敌人,
神器无需箭簇和弓弦,
无须奇异珍宝来镶嵌,
天下万物皆能被射穿;

腰间佩带的双刃宝刀,
乃用钟铜玄铁所铸造,
厚薄均匀刀面极锋利,
割肉剁骨皆能成粉碎,
所挥之处无人能生还。

低贱畜生马驹的脚力,
翱翔高空的巨翅神鸟,
速度快慢今年能分晓。
风水火元素构造机轮,
乃是天雷煮沸的铁水,
犹如天降雷电的毒箭,
射程远近从无有区分。
今日岭国勇士来到此,
如何应敌乃是我等事,
贱母所生贱种觉如他,
臭名昭著南瞻部洲间,
今年既是他的死亡年。
还有嘎德丹玛和巴拉,
今日乃吾箭之活靶子;
还有玉拉顿君和辛巴,

象岭之战

鲜血祭祀这双刃宝刀；
今日岭军要名存实亡，
岭国土地归五邦所有，
象雄国君所辖之境域，
外围幻化天神四部落，
聚集各种祥瑞之征兆。
生铁断裂再无法焊接，
勇士战死再无法立功，
富足落败再无法重振。
若无青龙冰雹何处来，
若无翅膀秃鹫何以飞。
非人非鬼的贱种觉如，
自不量力挑衅十八宗，
今年派兵来到象雄国，
尤其对峙外围部军队，
遇到无敌勇士美拉我。
火烧山梁无暇看仔细，
顷刻森林烧成为灰烬。

听懂歌曲苍白人谨记，
未懂之歌不再做解释，

苍白之人如此铭记心。

歌毕，美杰南巴从左侧箭筒中取出箭，搭箭拉弓向巴拉连射了几支，却像黑豆撒在岩山般未能伤及丝毫，巴拉达杰桑达将刀口上的凝血在马鬃上来回擦拭了几下，说"呀，美拉美杰南巴，你是真勇士，但能耐不过如此；我乃真懦夫，今日却有三言两语相告于你。"便用雌虎呼啸索命之调唱起了这首颂扬宝刀之歌：

唵嘛呢呗咪吽！

阿拉乃是歌曲的供养，

在额顶日月的坛城上，

有皈依神生神命主神，

阳神战神身神等众神，

制伏强敌众神请明鉴。

请今日前来怙恃勇士。

倘若不识此地乃何处，

乃象雄森顿噶巴嘉让。

上部象雄大军的首领，

外围四部落的众勇士，

破败誓言的佛法公敌，

嗜杀成性饮血吃生肉，

好战贪婪常劫他人财，

抢劫杀人枉度过一生。

红唇赤舌罗刹真贪婪，

炫耀大军威力的地方。

古人谚语有如此之说：

好汉与懦夫之间差别，

实属一日运气之盛衰；

马匹脚力之快慢好坏，

实属七日饲养之结果；

上师法力道行之高低，

实属观修行三之深浅；

女子身段体态之美丑，

在于生身父母之疼惜。

象雄外围四部之神箭，

东部花岭部落未曾有；

这张白色纹络的神弓，

乃野牛犏牛牛角混制，

搭起神箭射向蔚蓝天，

日月星辰也能射下来，

射向中端巍峨高山间，

坚固岩山片石射粉碎；

射向下界大海之中央，

深邃无边海洋也干枯。

倘若不识我乃何许人，
在岭国通瓦贡曼之地，
在贡觉黑白阿拉之部，
有一雅泽噶姆举珠城，
我乃是此城堡之主人，
人们称勇士巴拉桑达。
精明之识犹如那野狼，
勇猛威武堪比那猛虎，
胆识勇气比那黑熊高。
何故称我为巴拉桑达，
体魄犹如白色的雪狮，
腰束三械看似雄狮鬃。
大片宝刀用来屠强敌，
我乃勇猛无敌之英雄，
乃白岭格萨尔王近臣，
乃雄狮王之心腹噶伦。

早前在白岭部落之地，
曾有三位无父的男儿，

戎擦查根乃是鹰之子，
僧伦卡玛乃是狮之子，
桑达阿顿乃是熊之子，
如今均为抑恶扬善将。
北方象雄十八个部落，
犹如门槛之上的羊粪，
除了滚到外边无处去，
犹如风中残烛随时灭。
象雄兵勇如高空青龙，
雷鸣甚大不见降冰雹。
且看那森顿德雄之地，
兵马尸首布满了大地，
且看白岭象雄之兵勇，
死伤多少一目能了然。
富足的白岭天神部落，
日趋兴旺权势与天齐，
北方象雄军马和诸将，
犹如狂风吹散的黄沙，
日趋衰落最终剩空名。
如今象雄山河破碎时，
仰头细看高空日月星，

再无目睹日月星辰时；

低头凝望苍茫无垠地，

今乃最后行走阳间日；

再看花岭部落的大军，

即使飞天入地无处逃，

放你生路巴拉非英雄，

射中头颅当场丧命呼。

歌毕，巴拉用大刀猛烈砍去，正中在美拉美杰南巴的头顶，被劈成两半落马而亡。接着贡觉阿纳顿普、阿噶尼玛坚赞、白玛雍仲达杰三人迅速拾取他的盔甲和战马，美拉美巴死后，象雄外围军营犹如霜打庄稼般搅乱一阵。托赞南拉鸣金收兵后，象雄兵勇如群鸟归巢般速速撤回营中。外围四部大臣隆拉南嘉托巴看到美拉被杀，心如刀割的他穿着黑色铠甲、骑着黑色骏马率一千精兵似黑旋风向岭国大军冲来时，遇到辛巴的队伍，两军混战起来。隆拉南嘉托巴勒着马匹的缰绳，用天降雷电冰雹之调向辛巴梅乳孜唱起了这首威武之歌：

歌声向地神生神祈祷，

高空乌云密布之中央，

青龙雷鸣闪电降冰雹，

忿怒凶恶众神请明鉴；

在中端朗日大贡山中，

食人风神鹏鸟请明鉴，

象岭之战

蛇头龙妖今日助英雄；
象雄阳神地神众神祇，
珠拉南吉杰布请明鉴，
今日助我斩杀岭妖魔。

倘若不识此地乃何处，
乃象雄森顿噶巴嘉姆，
乃是象雄国王的故地。
倘若不识我乃何许人，
在外围四大部落之中，
乃勇士隆拉南嘉托巴，
乃统领千名精兵将领。

可怜岭国泼皮众无赖，
没有军纪乌合之众般，
劫财杀人作恶生事端，
行事风格非人类本性，
贪婪欲望与罗睺并肩。
倘若恶狼不驱走羊群，
一定有饥饿死亡之险。
脚力差劲的瘦弱马匹，

即使行走无法越荒漠；

无勇男儿如荒丘刺丛，

即使发芽无法结果实；

胸无智慧愚蠢的女子，

无法成为终身之伴侣；

不懂诵经修佛之上师，

不度亡灵只顾贪信财；

毫无威望的官员首领，

不懂分辨黑白和真伪；

刀刃钝烂的白色铁器，

即使猛挥砍不断器物，

蓬头垢面的赤红男子，

今日不幸跑到勇士前，

除了死路别无其它路。

上师所赠之修行圣物，

用来索取尔等之性命，

即使佩带三械也无益，

周围兵勇犹如烧羽毛，

倘若食言隆拉非英雄，

听懂歌曲赤面铭于心。

歌毕，隆拉南嘉托巴将那圣物扔在军中，一阵声响后，突然火光四溅，冒出一缕缕青烟，辛巴周围兵勇三十多人突然消失。辛巴是红阎王转世，拥有自性空行的金刚身，而且身上有空行母修行圣物、格萨尔王的法衣、珠巴杰姆的寿酒、千佛发丝等护身符，未能伤及一丝一毫。他骑在马上手持大刀说道："呀！倘若事情不能说明白，即使亲生父母也不信；倘若双腿时常不走动，即使低矮的门槛也难迈。你且竖起耳朵听清楚，我有话要说。"并用黑霍尔语言唱道：

> 唵嘛呢呗咪吽！
> 用高昂的歌曲做供养，
> 向上界天神祈祷颂扬，
> 阳神生神和业神三尊，
> 永不间断做供养祈祷。
> 倘若不以慈悲之目观，
> 供养祈祷天神也无用。
> 身穿红色袈裟的上师，
> 倘若未能指明来世路，
> 无须进献财宝来供养；
> 威高权重三界之主人，
> 倘若不明黑白和真伪，
> 无须进献哈达来尊重；
> 豪气冲天威勇好男儿，
> 倘若未能应战杀强敌，
> 无须佩戴三械装威武，

身姿婀娜妙龄好姑娘,

倘若不懂忠诚于伴侣,

艳丽外表似高空彩虹。

外围四部将领听我讲,

高悬天空日月与星辰,

无论何等威严何明亮,

也有阴阳圆缺之时候;

自认得道高傲之上师,

若无修行恒常慈悲心,

游走阴曹地府之时刻,

绝无超度灵魂的可能;

佩带三械英雄好少年,

身无绝技心中无智谋,

三械似那垭口之刺丛,

绝无发芽结果之可能。

象雄外围四部之将领,

且看已死鸟雀之羽毛,

就在今日清晨之时刻,

美拉南巴死于岭人手,

犹如洪水冲走沙丘般。

此地乃辛塘玛塔下方,

乃森格姜宗之上端处，
乃象雄军营的东南方。

倘若不知我乃何许人，
在阿沁黄霍尔之地方，
如阳光普照的白帐王，
权势光芒照射于四方。
四洲运行轨迹不清楚，
定有罗睺吞噬之危险。
霍尔国王天神白帐王，
百姓部众如花草树木，
三冬腊月之时被风吹；
汪洋大海容纳千百川，
酷暑大旱时节河床干；
北方象雄兵马之王国，
大军镇压四方无怜悯，
象雄六十名虎威勇士，
不懂收敛四处惹事端，
如今又与白岭国为敌。
早前我在黄霍尔国中，
在祖穆热宗城堡之内，

乃是白帐王大臣辛巴。
辛巴此生五事有所为，
天神上师座下求佛法，
遇到官员首领比权势，
遇到冤仇强敌显胆识，
遇到心爱亲朋露慈心，
遇到贫弱幼小满悲悯。
霍尔辛巴威名震天下，
英雄事迹如河水波纹，
惊天动地之事说不尽。
脚下蹦石双目成瞎子，
药中之青索取君王命，
凶残饿狼袭击了羊群。
若象雄大军自不量力，
勇士达姆赤赞已被俘，
七位勇士斩杀数名人，
如今所剩无几皆归岭。
象雄国王扎巴伦珠他，
没有仆从马鞍自己背，
犹如没有丈夫的寡妇，
漫长黑夜寂寞难度过。

象岭之战

财富犹如清晨的露珠，
权势好似盛夏的洪水，
是否如此外围勇士们。

倘若不知这兵器来历，
乃泰让神铁匠三兄弟，
铸造雅司古司阿司刀，
其中雅司宝刀归岭国。
早前在勇士嘉查手中，
如今是扎拉护身宝刀；
那古司南卡嘉让宝刀，
早前在尼赤噶钦手中，
如今归玉拉托杰所有；
那阿司图热巴瓦宝刀，
早前在霍尔拉普手中，
如今归霍尔辛巴所有。
宝刀所挥之处无生还，
此乃真假尔可亲眼睹。
象雄外围四部之军马，
犹如马驹与母马赛跑，
恰如寡妇与男子较劲，

宛如狐狸与猛虎斗勇，

如此较量又怎可取胜？

听懂歌曲请铭记于心。

歌毕，辛巴举起大刀向隆拉南嘉托巴砍去，那阵势犹如天雷击碎岩石般，将对手当场砍死。辛巴的搭档隆拉、觉丹塘纳泽杰、塘泽玉叶珠嘉、热贝班典雍仲等人速来收取他的铠甲和马匹，并杀死了在场所有兵勇。这时，曲拉珠纳率领五千兵马，如一簇乌云般向岭军奔来，北方鲁赞国老臣古达杰之子旺青南卡扎巴骑着一匹青灰色的马，以青龙腾跃之姿跑来挡在曲拉前方，用威武豪言之调唱起了这首歌：

首曲唱在广阔的天空，

中曲唱在飕飕烈风中，

末曲唱在奔腾河流边。

疾风吹在高山峡谷间，

凛冽风声响满无垠地；

江河奔流山谷洼地中，

低矮桥梁被水声淹没。

向天神珠拉念波祈祷，

向天神索朵玛波祈祷，

皈依祈祷加持且莫弱。

倘若不识此地乃何处，

乃是象雄国君的故地,
乃西面杂隆杂姆央噶,
岩山巍峨河流狂奔地。

倘若不识我乃何许人,
乃外围四部勇士之一,
乃嘉姆南宗城堡之主,
乃鲁都纳布幻化之子。
出生在黑色毒湖之中,
祸害生命宛如麻风病,
一旦传染难有幸存者。
黑色毒液沸腾之中央,
巨型生物亦无法生存;
无边无际蔚蓝的天空,
唯有日月星辰自由行;
威武勇猛军队的面前,
有请生命皆无法生还。
象雄外围四个部落中,
火水风三大元素之子,
乃勇士美拉美杰南巴,
既是千军万马之统领,
亦是象雄国王之心腹。

今日岭国大军扰象雄，

斩杀无数兵勇血染河，

辛苦集聚财物被抢去。

岭国男儿犹如乞丐般，

像那索命的阎罗鬼卒，

原本安宁世界被搅乱，

福禄寿运皆遭遇破坏，

六道众生皆遭遇迫害，

无罪之人皆遭遇惩罚，

弱小平民皆遭遇欺辱。

贱母所生的贱种觉如，

所做之事心口不对一，

所说之言犹如明灯般，

所做之事恰如黑夜般；

所言皆为怜悯和慈悲，

所作实为无耻之行径。

盗贼无赖和赌徒三种，

喜怒哀乐之事均一样，

毫无廉耻和惭愧之心，

也无善恶和因果之分。

吾乃曲拉鲁都珠纳，

象岭之战

不曾惧怕命丧利剑下，

手中所持黑色之套索，

抛向天空日月无处逃，

撒向大海龙妖也能套，

抛向高空鸟禽无处飞，

莫说套住有形的人类，

即使无形鬼神无幸免，

倘若今日不能套住你，

男儿鲁都并非真英雄。

听懂歌曲妖魔铭记心，

未懂之曲不再重复唱。

曲拉将套索抛向空中，恰好套在旺青南卡扎巴的脖子上，南卡扎巴立即斩断绳子。曲拉又从马背口袋里取出两粒修行圣物扔进北方鲁赞军中，五十多名兵勇当场被烧死。北鲁赞国南卡扎巴被彻底激怒，在马背上立了立身，举起宝刀用疾风吹响劲草之调唱道：

唵嘛呢呗咪吽！

歌曲供养琦玛拉赞神，

尽情享用敌人之血肉；

向天神美玛措姆祈祷，

急需之时前来护佑我。

倘若不识此地乃何处，

乃是森曲河之渡口边，

乃西谷巍峨红岩之边，

乃雄狮城堡之西北方。

象雄故地犹如屠宰场，

岭国屠夫男儿行走此；

北方象雄兵马如蚯蚓，

岭军犹如凶残红熊猫，

象雄军马如海中鱼儿，

岭国君臣似食人鲨鱼。

威猛岭国勇士战象雄，

最终洼地遍布是死尸，

高山兀鹫嫌腐尸恶臭，

饥饿野狼躲避人尸走，

所流河水已染成红色。

犹如雄狮的北方国王，

即使有鬃毛亦陷泥潭，

四肢利爪凝固于冰面，

绿色鬃毛最终被吹乱。

长着火焰翅膀的青龙，

风吹乌云无法降暴雨，

象岭之战

欲用雷电冰雹慑大地，
无奈寒冷疾风满高空。
象雄国王扎巴伦珠他，
威震四方权势比天高，
兵强马壮将领更勇猛，
桀骜不驯自诩不死身，
岭国君臣如天雷降落，
顷刻剿灭象雄之兵马，
北方外围四个部落中，
所有成年男儿皆充军，
所有骏马良驹当战马，
所有甜美吃食当兵粮，
最终失去宝贵的性命，
除此再无其他的去处。

你若不识我乃何许人，
乃北方鲁赞王之大臣，
乃尊父古达杰之子孙，
勇士南卡扎巴就是我，
乃部众九万户之首领，
乃是精兵十万之统帅，

乃是格萨尔王的噶伦。

今日岭国大王格萨尔，
被三十名勇士围绕着，
各部各宗之有福男子，
均是格萨尔王的臣子。
恶业未尽誓言被破众，
所聚财物从来不归己，
妻儿不明善恶枉送命，
黑暗妖魔统辖百姓中，
不分男女老少无福禄。
大乐之境白岭之噶伦，
行走骑马端坐毛毡上，
所说豪言所行利众事，
食物丰盛威名震四方。
行军之时战马齐赛跑，
欢乐之时众人齐座毡，
所言皆是利乐众生事。
天下再无如此幸福事，
即使死去不可坠恶道，
有着千佛的加持慈悲，

即使死去也不可惧怕。

你北方外围妖魔之子，

恶咒幻术道高也无用，

游走中阴之时无帮助；

残酷凶恶首领的治下，

百姓幸福终身无希望，

公平法度从来不执行，

祸福同享挚友从无有。

黑暗妖魔手下众喽啰，

我手中所持锋刀利剑，

是地神黑色泰让铸造，

从下界龙妖之地所取，

莲花生从宝藏中取出，

赐予吾王雄狮格萨尔，

如今已归扎巴吾所有，

乃是屠妖斩魔的屠刀。

举向高空如彩虹高照，

刹那斩断身躯无痛痒，

你这妖魔是否想尝试。

歌毕，南卡扎巴一边松着缰绳一边亮起宝刀，向对方额头砍去，霎时将那人劈成两半，掉落在马的两侧，鲜血溅在马臀上，五脏六腑散落一地。扎拉托赞看到搭档也被南卡扎巴砍死，便豁出性命跑去与南卡扎巴拼杀，虽未能伤及南卡扎巴性命，却将其胯下战马严重砍伤，马匹前蹄失足，南卡扎巴从马背上坠落至地。这时，鲁杰噶玛顿丹骑着蛟龙腾跃飞奔而来，用长枪刺向扎拉托赞的前胸，扎拉托赞当场落马而亡。他又刺杀了二十名象雄兵勇，主仆二人并肩作战，犹如袭击羊群的野狼般，片刻之间杀死了一百多名象雄兵勇，西边军营被北岭军占领。象雄其余残兵看到大军战败，便举械投降。岭军战胜后，大军便返回驻扎军营处。军营中各色军帐如天空悬挂彩虹、大地鲜花盛开，人群如夜空繁星璀璨，半空中飘荡着各色军旗，场面甚是壮观。到黄昏时刻，驻守在狮子山垭口军营中的象雄大臣西庆尼玛沃丹、达热郭杰、楚米巴沃托赞、赞钦雍仲南杰、秀钦沃玛等人率领剩余一百多名兵勇仓皇逃至王宫。象雄王宫里外被六千精兵包围着，城墙上堆着许多羊羔大小的石块，用来抵御岭军。西庆尼玛沃丹等余下百人来到王宫，与大王商议接下来如何应敌之事。

此刻，岭国军营内众勇士齐聚大帐之中，按辈分之长幼、官位之高低依次入座。总管王坐在大帐中央，花白的头发如羔羊皮毛，佝偻的身躯如水中芭蕉，深邃的双眸如沼泽泥坑，布满皱纹的双手如秃鹫的爪子。他犹如死尸喘着人气，乍看让人作呕，坐在身旁使人心生恐惧，两根细小的金筷顶着松弛的眼皮，青色无光的双目环顾着四周，缓慢地说道"呀呀，富足花岭天神部落的国王、大臣和众勇士们，依照上界天神授记和战争时机，有几句话向诸位说明。"便用缓慢悠长之调唱起了这首命令之歌：

　　　　唵嘛呢呗咪吽！

　　　　阿拉乃是歌曲的供养，

　　　　在头顶莲花宝座之上，

　　　　有永恒皈依处三宝尊，

虔心祈祷请加持于我。

倘若不识此地乃何处，
乃是森东岩山之下方，
乃是白岭天神部大帐。
吾乃何许之人理应知，
乃是总管王戎擦查根，
乃岭国八十勇士之首，
乃是历经沧桑的老者，
乃是胸有计谋的智者，
走遍天下杀敌无数人，
与天地同龄日月同辉。

富足花岭天神之部落，
在从诞生格萨尔王后，
岭国勇士威名震四方，
南瞻部洲诸部皆占领。
总管我王想法乃如此，
明日清晨天亮的时候，
玉拉嘎德和丹玛强查，
巴拉达杰桑达等四人，

霍尔辛巴梅乳孜为五，
女勇士阿达鲁姆为六，
赛巴部尼奔达雅为七，
鲁杰旺青扎巴为其八，
率领八千精兵攻王城。
明日清晨黎明破晓前，
随身携带大王长寿丸，
长寿佛等熏香之物品，
口服药物身要披法衣，
福运寿禄尚未衰竭时，
任何兵器无法伤其身。

古人谚语说得非常好：
开垦挖洞会惹怒龙族，
筑墙造屋会踩死地虫，
起兵打仗会死伤兵马，
宴会之中会胡言乱语。
白岭部落的兄弟男儿，
前生业缘所致赴沙场，
从不惧怕死亡流鲜血，
上阵齐赴相互要助阵，

明日清晨前攻克王宫。

今日之前岭国士气猛，
立下赫赫战功敌军畏。
三夏百灵鸣声树木绿，
众人心情舒畅想高歌，
大地鲜花烂漫草木盛，
昆虫花蜜常在勤劳作；
水草肥美牛羊牲畜壮，
白乳牛奶犹如无边海，
白岭骏马奔赴象雄国，
不分白昼黑夜斩强敌，
军功显赫威名震天下，
悦耳话语犹如青龙鸣，
甘霖润泽大地之征兆。
昨夜三更天之睡梦中，
至尊莲花生大师亲临，
预言勇士切莫要畏惧，
胜利就在岭军手掌中；
语言骏马不可停前行，
上山下坡皆要稳步走。

明日黎明破晓之时刻，
王宫城墙里外围三层，
派遣精锐兵马去攻破，
岭国骁勇善战的猛将，
命定之日切莫生惧念，
东南西北城门要围攻，
岭国大王雄狮格萨尔，
四母超同和首领嘎德，
去降伏象雄王寄魂物；
倘若不知寄魂物所在，
象雄国君将会成妖魔。
在象雄国南山之下方，
如一簇胡须的森林中，
口喷毒液的巨大蟒蛇，
乃象雄王第一寄魂物；
此处往东行走数里地，
雪山下端白色岩石中，
有头巨角白色的犏牛，
赤色粗毛如红色火焰，
乃象雄王第二寄魂物；
续往北方红色沼泽中，

有头长铁角的野牦牛,

乃象雄王第三寄魂物;

在往西方行走数十里,

红岩顶上有条黑鸱鸮,

巨型双翼遮盖着山峰,

乃象雄王第四寄魂物;

最后象雄北方圣湖中,

有条巨大的金色鱼儿,

乃象雄王第五寄魂物。

若不降伏以上寄魂物,

象雄王有成妖魔之险,

莲花生大师预言如此。

诸将速去占领那王宫,

根据天神授记来行事。

岭国叔父兄弟且商议,

所行何事皆要心知晓。

倘若歌有错意请谅解,

若觉得是空话我忏悔。

白岭勇士如此铭记心。

歌毕,岭国众勇士异口同声称赞总管王所言甚是。众人回到各自大营中，身穿铠甲，马匹备鞍，手持兵器，各自率领一千精兵，天刚刚擦亮就往象雄王宫方向走去。

这时，嘎德曲绛贝纳和珠米噶柳乌桑珠、噶米久曲吉旺秋、阿噶南卡扎巴、珠巴白玛旺杰、文布达拉赤赞等人率部向象雄王宫的南门走去。他们看到那城墙高耸巍峨，非常坚固。岭军向城门射去无数支利箭，却无法射穿。此刻，从城墙上抛下许多礌石，围在城门口的一百多名岭国兵勇当场被砸死。嘎德曲绛贝纳口中念诵咒语，向天神和鲁神祈祷，从地上举起两块巨石向大门砸去，那两扇门随着一阵声响，顿时粉碎。珠米噶柳乌桑珠和木雅曲吉旺秋、贡巴普叶查嘉等首领们即刻率军向城内冲去，嘎德部兵勇紧随其后，冲入城内四处砍杀敌军。这时一名发辫浓密的将领挡住嘎德的去路，长枪指着天空，用威武雷声之调唱起了这首谩骂嘎德歌：

歌唱蔚蓝广阔的天空，

犹如罗睺星耀的勇士，

有那黑色乌云来助阵；

在高耸入云的山峰顶，

犹如雪山雄狮的勇士，

有绿鬃般的兵马助阵；

在蔚蓝深邃大海中央，

犹如巨型鲨鱼的勇士，

有皮纹般的军马助阵；

在象雄王宫的南城门，

犹如斑斓猛虎般勇士，

有虎豹般搭档的助阵。

犹如索命阎王的勇士，
胜似赞神泰让神之臣，
皆为视死如归之死士。
此处乃图日多宗城堡，
青龙腾跃般的南门处，
王宫外围城墙边沿处。

倘若不识我乃何许人，
乃象雄大军首领之人，
乃百名勇士之统领人，
乃手握日月星辰之人，
乃徒手抓起雷电之人，
乃拳打致死青龙之人，
乃赤手空拳击石之人，
横渡河流无需桥梁人，
纵越高山无需山路人，
行走天地间无障碍人，
蔚蓝天空当衣穿在身，
无垠大地当毡踩脚下，
洁白云朵当带系于腰，
五大元素任由摆布人，
赞钦南卡托松就是我。

骑着棕色马匹青面人，
听吾道来有话要询问，
尔乃岭国大力士嘎德，
倘若你我徒手肉搏回，
实在不信制伏不了你。
山间饿狼吃过无数羊，
高空大雕食兔难计数，
江边渔夫钓鱼数不尽。
在北方超喀奔塘壤姆，
勇猛武威的象雄勇士，
定知如何与岭国交战。

加持无碍之高僧大德，
倘若未能解救将死人，
即使供养护法也无益；
犹如高山巍峨宫殿内，
威高权重三界的主人，
若不能保护所属百姓，
即使富裕也徒劳无益；
统辖数万部众的首领，
四方征战天下大乱时，

倘若不懂得用兵之道，
即使年迈体衰也无用；
上等饲料精养的马匹，
远途行走之时脚力弱，
即使皮毛艳丽也无用；
善于家计的姑嫂姐妹，
倘若家中无食物财富，
即使心灵手巧也无用；
容颜美丽的妙龄少女，
倘若未能在婆家立足，
即使容颜美丽也无益。

犹如乞丐的岭国军队，
无需招惹竟前来挑衅，
今日来到象雄城堡前，
力大无穷的勇猛将士，
岭国大军之独秀魁首，
曲绛嘎德威纳名气大，
今日清晨你我做较量，
吾手中所持这把神枪，
倘若抛向蔚蓝的天空，

天空亦如风轮随意转，
绝非肆意妄为划天空，
只因罗睺星耀在运行。
倘若指向中端的云层，
冲散云雾如爬梳羊毛，
绝非无端冲毁那云阵，
欲想斩断青龙焰翅故。
倘若指向下方无垠地，
能毁巍峨峻岭之高山，
绝非无端摧毁那山梁，
欲想制伏凶恶的山神。
统辖千军万马的将领，
勇气相当男儿对峙时，
手中长枪犹如风轮转，
试看谁人豪迈为其一，
试看谁有智慧为其二，
再看谁能取胜为其三，
倘若今日不能取胜你，
即使活着也无颜立足。
倘若不能用长枪取胜，
还有吾这把玄铁宝刀，

象岭之战

若还无斩杀强敌之缘，

还可赤手空拳做较量，

试看勇士力量之悬殊，

同为母亲挚爱之男儿，

同为威猛血肉之躯体，

同为豪气冲天之勇士，

只看寿命短促死期临。

听懂歌曲嘎德铭记心，

未懂之曲不会再重唱。

歌毕，南卡托松在枪柄上吐了口吐沫，猛力向嘎德刺了三下，但嘎德是曲绛贝纳护法真身，未能被兵器刺伤。由于他随身携带着千佛发丝、格萨尔王的法衣，所以那三枪只刺断几条甲绳。南卡托松甚感诡异，仔细打量了几番后，抖动双臂肌肉，闭着气拔起大刀向嘎德冲过去。嘎德说道："呀！你这胆小的狐狸，先用长枪刺我，又拔大刀砍我。你要竖起耳朵听我说，睁开双眼仔细看清楚，如焚心情且要放平静。漫长春季之日，可驻足亦可行走；豪气相等勇士相遇时，可对话亦可较量，否则妄称英雄男儿。智慧叔父度过漫长人生时，需要辨别行事之时间，德高喇嘛超度亡灵时，需要超度和解救之时间；如此莫急胆小的懦夫。身穿白色的铠甲，乃是勇士之装束；利刃斩断强敌的头颅，乃是男儿气力之大小，是否如此黑暗妖魔，切听我有话要说。"便唱起高山穿孔之歌：

唵嘛呢呗咪吽！

阿拉乃是歌曲的供养，

在头顶日月的坛城上，

天神白梵天王请明鉴；

额顶白海螺不变发髻，

身穿白色云雾之衣裳，

右手持着水晶的宝剑，

索取敌人性命在刹那，

左手端着莲花聚宝盆，

宝藏财富加持如甘霖，

今日前来助佑勇士我；

巍峨高山之巅虹光中，

朱红宫殿各色旗帜飘，

灰色鹰鹞盘旋于头顶，

赤色斑纹猛虎走右侧，

青色斑纹花豹行左侧，

鸟禽走兽之声震天空，

十三头雄壮的野牦牛，

奋力奔跑相互耍角戏，

肋下粗毛抖闪赛脚力，

甩动赤红牛舌吐火焰，

切勿散逸来助佑勇士。

蔚蓝深邃大海之中央，

青色宝石城堡如明珠,
在赤色红玉宝座之上,
额顶青玉发髻的男儿,
身穿青色透明的水衣,
腰系蓝色宝石之带子,
胯下青色水纹之龙马,
身随十万龙族之兵将,
矿藏财运福禄之主人,
赐予祖护加持并助佑。

倘若不识此地乃何处,
乃森卡查姆城堡下方,
四方围墙有四个城门,
铁门铜门玄铁之门等,
四方城门坚固如金汤,
外围城门用黄金打造,
内墙城门用玄铁打造,
即使天地颠覆摧不毁,
即使天雷击中也无碍。
矿藏宝物自然具此地,
城堡之巅高耸入天界,

坚固根部植入龙族界，
乃非人非神类聚集处，
真乃如此已被辨明了。

你若不识我乃何许人，
乃噶珠赛巴部落首领，
名字叫嘎德曲绛贝纳，
乃护法曲绛贝纳转世，
乃正道佛法之守护者。
力大无穷高山能托举，
乾坤挪移日月换方位，
西边玛杰奔热向东移，
东面格祖念波往西挪，
南边念青唐拉移北方，
北方戎拉坚赞挪南边，
此乃并非诳语是事实。
你这贪婪无耻的妖孽，
雄狮绿鬃莫与狗毛比，
猛虎斑纹莫与狐毛比，
南卡托松莫与嘎德比，
试看勇士懦夫之区别。

听懂歌曲妖魔铭记心，

未懂歌曲不会重复唱。

歌罢，嘎德松了缰绳，扑向托松抓起他的铠甲上下甩动三次，便杀死了那妖人。这时，旺青扎巴南杰、班典雅美、多杰扎丹、拉赞雍仲、辛巴梅乳孜、阿达鲁姆、隆拉君丹、多杰扎巴等人率五千兵马向北门走去。旺青扎巴南杰犹如赤色旋风、滚石陨落般走到北城门前时，城中象雄大臣西庆尼玛沃丹、米郭辛都东让、扎巴多布丹雅美、巴桑达雅珠嘉等将领率部从城墙上抛下石块，霍尔部和鲁赤部五十八名兵勇被巨石砸中身亡。旺青扎巴向城墙上射去十五支箭，射杀了十五名象雄兵丁；辛巴用一对板斧砍碎城门后，霍尔部和鲁赤部大军冲进城内射箭挥刀，顷刻间斩杀了无数象雄士兵。这时，米郭辛都东仁骑在赤红火花旋风马上，如阎王鬼卒般，挡住鲁赤旺青扎巴的去路，用刀指着对方唱道：

歌唱颂扬北方象雄神，

在这象雄军马之国度，

阳神珠拉念波为其一，

战神索朵玛波为其二，

地神森布夏森为其三，

天神若有今日来助我，

若无天神供养也无意。

炽热太阳绕行于四洲，

倘若天气时节无变化，

即使绕行高空也无意；

青龙腾跃蔚蓝湖水中，

倘若不能鸣雷降冰雹,
即使展开焰翅也无意;
北方象雄军马之君王,
供养阳神战神和业神,
此生有缘命定三业神,
若得不到诸神之庇护,
时常礼供岂非是徒劳。

倘若不识此地乃何处,
乃北方强日纳宗之地,
犹如神龟傲立的城门,
乃龙妖聚集的城门前,
乃威猛勇士聚集之地,
乃是象雄大臣炫武地。
倘若不识我乃何许人,
在扎玛赞之故土之中,
乃不惧饥寒生存之人,
在龙妖故乡大海之中,
乃从不惧怕死亡之人,
乃是降雨闪电的天神,
乃是索取人命的阎王,

象岭之战

人称勇士辛都东仁巴,
乃是象雄国王的大臣,
乃是六十勇士之精华。
犹如飨宴之上的肉酥,
胜似百骏之中的良驹,
恰似大海中央的鲨鱼。

骑着青马的青面之人,
身佩三军旗帜在飘逸,
精神抖擞如火焰燃烧,
胯下坐骑健硕如龙马,
看装束如北方霍尔人,
如今名存实亡霍尔国,
谁人敢称英雄速到来;
或是是北方魔国之人,
到底何处之人速速报。
深林野猴四处乱窜逃,
乃是火烧森林之征兆;
高空青龙无端鸣雷声,
乃是乌云被风吹散兆;
水中鱼儿无端纵身跳,

乃是夏季河水泛滥兆；

斑纹猛虎纵越丛林中，

乃火烧森林边缘之兆；

尔等岭国狐辈之大军，

如此狂傲不羁实可笑。

青面男儿如草地雪鸡，

被那高空盘旋灰鹞叼，

鸣翠叫声从此远离去；

动听百灵鸟雀鸣叫声，

胆颤心惊枝头啾啾叫，

乃雀儿羽毛散落之险；

粗毛山羊走在半山腰，

不幸险遇凶残的豺狼，

乃是鲜血四溅之征兆。

吾乃手中所持之宝刀，

此刀称高空雷电之舌，

乃泰让神铁匠所铸造，

乃是斩杀强敌的屠刀，

今日用来取你老儿命。

勇士辛都东仁超赞我，

若是食言权当无魂尸。

听懂歌曲请铭记于心。

歌毕，二人在马上来回打斗，几个回合后辛都东仁的刀落在鲁赤的马头，鲁赤当场落马倒地，他起身跑前几步后转身说道："呀！在这南瞻部洲之地，没骑战马的勇士很多，男儿是否勇猛，待到杀敌之时方能见分晓，即使战死也无悔。没有坐骑也能用脚跑，国无君王大臣也能守业，即使没钱也能守住祖业。你这位贪婪的长脸之人，今日你我可做一番生死较量。倘若有事未说清楚，即使生身父母也不信任；倘若双足不行动，即使低矮的门槛也迈不过，"便唱道：

唵嘛呢呗咪吽！

歌曲乃是高空的雷声，

青龙腾跃天空之时候，

天降甘霖大地被润泽；

狂风骤起风沙漫天时，

劲草唱起飕飕之哀曲；

森林植被根深叶茂时，

百灵神鸟丛林中歌唱；

天神上师遁入空门时，

明辨宣讲上善之佛法；

官员首领主持法度时，

秉公分辨真伪百姓事；

骏马良驹行走远途时，

疾驰神速堪比那狂风；

勇士男儿奔赴沙场时，

立下赫赫战功扬威名。

祈祷自家业神请明鉴，

护佑佩带三械赴沙场。

倘若不识此地乃何处，

乃象雄王宫外围城墙。

莫说象雄勇士立战功，

自家城墙已残损破败，

吃食财物被血水冲走，

象雄故地遍野是死尸。

你若不识我乃何许人，

乃北方鲁赤南卡扎巴，

麾下之大臣古鄂达杰。

早年白岭大军到鲁赤，

三年之战鲁赤国败亡，

君王战死魂灵游无间，

古鄂达杰替王掌大权，

乃古鄂长子旺青扎巴。

古人谚语有如此之说：

最惨莫过贫穷一辈子，

哪知事实却远非如此，

大雕无食客寻野鹿肉，

无马男子双脚如疾风，

无首部众自己能自足。

男儿无胆乃是真懦夫，

官员无道乃是真无赖。

漫长人生需要有伴侣，

行走远途需要有骏马，

如此尔等无胆的懦夫，

莫说挥剑奋力坎敌首，

挥刀之姿犹如打门犬。

今日我用宝刀砍头颅，

将你劈成两半立战功。

若听懂歌曲铭记于心，

未听懂不再重复歌唱。

歌毕，旺青扎巴挥起大刀将辛都东仁的左脚连同马镫一起砍落至地，辛都东仁欲想勒马转身逃跑，旺青扎巴又砍去战马前腿，辛都东仁当场落马，旺青扎巴连忙砍去，将辛都东仁头颅劈开，脑浆四溅。这时班典多杰、鲁赤巴沃托赞、鲁赤达玛奔图、鲁赤赞杰雅美等勇士冲入城内，砍杀数百名象雄兵勇。阿达鲁姆犹如护法神女班典拉姆亲临，骑马冲来，身后紧随着辛巴梅乳孜、塘泽玉叶珠杰、唐纳扎巴多丹、巴雅珠嘉、辛擦隆拉君丹等勇士，他们杀死了无数象雄兵勇。达图普噶扎巴被阿达鲁姆用长枪从背后刺死，兵勇拾取其铠甲和战马。曲拉鲁都珠纳看到搭档被杀，异常愤怒，便策马飞奔而去。他身穿黑色双龙对视图纹的铠甲，身躯高大如山丘，四肢粗大如南部森林中的柏树，他走到辛巴面前，与他相比，辛巴像一个八岁大小的孩童。他用长枪指着天空，唱起这首辱骂辛巴之歌：

供养天神向阳神祈祷，

天神珠拉念波请明鉴，

战神索朵玛布请明鉴，

今日指引勇士之枪头。

坚硬岩山中央之黑湖，

瘟疫疾病肆虐之湖水，

蛙身蛇头的凶恶龙妖，

鲁都督瓦纳布请明鉴，

散布各种瘟疫之龙族，

切勿散逸今日来助吾。

倘若不识此地乃何处，

乃象雄王宫之北城门。

此门有十三丈之长度，

高度约九人身躯之长，

象岭之战

里外皆用铜铁来建造，
犹如乌合之众的岭军，
这座天雷难毁之大门，
有黑白花三色泰神守，
乃驻守城门天兵神将，
门神乃天神珠拉念波，
今日诛杀来犯之强敌。
白岭部落狐辈之大军，
不惧死亡硬头闯王宫，
斩杀兵勇抢夺象雄财，
嗜杀成性男女皆不分，
妄想岭军天下无人敌，
不论有形无常之生命，
岭贼刀下皆成为冤魂。

听闻岭国威名震四方，
所辖疆域日月照不全，
国政稳固犹如土地坚，
财富权势犹如大海广，
贤能大臣犹如星辰多，
称那觉如是世界精华，

乃是所有男儿的战神，

乃天神上师的额顶宝，

犹如护法战神威尔玛，

天兵神将终日围周身，

乃如八十勇士的双眼，

人言宛如疾风不可信，

如今看来全都是谎言。

岭国八十名无赖男儿，

杀人抢劫已成为秉性，

为了财富送命也不惜，

强吃他人食物嗓眼大，

离开故土行走于他乡，

抛弃发妻随意找床伴，

天下奇事尽被你做完。

听闻早前在霍尔国度，

那位白帐王天神之王，

被辛巴里应外合出卖，

随意击打鼓声震耳聋，

犹如手鼓双面人辛巴，

恰如毒蛇的双舌辛巴，

黑色毒舌四处喷毒液，
一心两用心性不稳定，
还在这里逞英雄好汉。

古人谚语说得非常好：
老马赛跑不可能夺魁，
恐有四蹄骨折之危险；
老女嫁人不可能立足，
恐有浑身尿骚之危险；
老夫不易去打家劫舍，
恐有丢掉性命之危险。
早前霍尔双手奉献敌，
自由权势皆送给他人，
人马财富皆成为靶子，
如今心中是否甚不悦。
沦为身无自由的奴隶，
来世恶业缠身的本质，
黑暗地狱之中已显明，
除此之外无其它益处。
我如野狼命定要杀生，
所到之处皆被当口食；

犹如雄鹰展翅的勇士，

荆棘丛中野兔成口食；

犹如斑斓猛虎的勇士，

斑纹显现纵越深林中。

今日手中所持之长枪，

指向天空击碎日月双，

指向高山击穿岩峰顶，

刺向大海水中起猛火，

今日用来索取你性命。

曲拉鲁都珠纳歌毕，用长枪刺了辛巴三下，刺中辛巴的铠甲。但那铠甲上有黑白花三色泰让的神力，枪刺在铠甲上枪头顿时断裂，铠甲上还有护法神的加持，未能伤及其性命。辛巴乃是文殊赤阁王转世有着千佛的加持和祈愿，不能被兵器伤到。这时，辛巴梅乳孜骑在马上，手举大刀，五彩盔旗如彩虹当空飘荡，以威严阎王鬼卒之势向对方唱道：

唵嘛呢呗咪吽！

阿拉乃是歌曲的供养，

在头顶日月坛城之上，

天神白梵天王请明鉴，

对头顶盔旗赐予加持。

中端风云密布殿堂中，

战神美达玛布请明鉴，

自成斑纹璀璨的身躯，

迅速食用黑暗妖魔肉，
对白色铠甲赐予加持。
流淌坚固大地河流中，
龙王祖纳顿君请明鉴，
财神龙王和各矿主神，
护佑财运福禄莫衰竭。
阳神战神诸地方神祇，
食神索朵和生神三种，
保佑业力运气常旺盛，
护持寿命福禄常倍增。

倘若不识此地乃何处，
在象雄大军的中央地，
在纳隆纳玛雍仲之地，
在巍峨城堡茹巴姜宗，
坚固铁铜城门之跟前。
若男儿未能立下战功，
无奈占领墙洞和窗户，
自认英雄了得无人比。

倘若不识我乃何许人，

早前白岭霍尔交战时，
前后六年大战之时刻，
阿钦霍尔天神白帐王，
天神白泰神之子的他，
英雄盖世天下无人敌，
威名享誉南瞻部洲地。
坚硬城堡雅泽噶姆中，
尊父窦巴热杂有五子，
长子乃是辛巴梅乳孜，
次子乃勇士琼拉米布，
三子·勇士朗布查巴尔，
四子乃勇士热沃邦喀，
幼子乃勇士阿阿图珠。
白岭霍尔两国交战时，
辛巴善心回避了战争，
向天神起誓不再杀人，
骏马四蹄皆用铁掌包，
与其供养外道之护法，
不如自食其力讨活路，
与其同床异梦做伴侣，
不如各搭炉灶分家财；

老马脚力差劲只扬尘，
不如旷阔大路留安宁。
弓箭藏于筒中刀入鞘，
即使霍尔大军死伤重，
辛巴依然无心去参战，
无奈命中业缘赴沙场。

如今乃是岭国的主人，
去往何处君臣同步行，
喜乐之事也似奶茶甜，
土地黄金融合在一起。
并肩作战威武齐相当，
策马奔腾一同赴战场。
你之所言实在令人笑，
心中深感恶心又可怜。
中阴之路艰难又崎岖，
地狱阎王业缘之明镜，
善恶黑白之业常分明，
今日善恶因果轮到你。
在我手中所持之宝刀，
汉地西宁铁匠铺子中，

> 九种不同玄铁锻三刀，
>
> 雅司西赛刀在奔巴手，
>
> 古司古图刀在玉拉手，
>
> 阿司图热刀在辛巴手，
>
> 宝刀所挥之处无生还，
>
> 临死且口诵六字真言。
>
> 听懂歌曲请铭记于心，
>
> 今日丈量寿命之长短，
>
> 无处可逃击中在头颅。

歌罢，辛巴举起阿司图热宝刀，天空中出现了众护法和空行母，辛巴挥起大刀，斩断鲁都珠纳头颅，头盔如鸡毛飞出，嘴中"嗯嗯"两声便落马而亡。隆达君丹、唐赛玉珠、唐纳巴杰速来拾取盔甲和兵器。霍尔部兵勇士气大振，高声呼喊着向象雄军队冲杀过去。不久，北城门被霍尔、魔国和鲁赤部军队占领。

这时，噶伦曲珠、姜子玉赤贡杰、顿君达拉赤噶、大食协噶丹巴、拉普阿奴协噶等人率部走到东城门前。城墙上的士兵抛下石块，砸死了玉拉军队中十五名兵勇、曲珠军队中五十多名兵勇。勇士们连射几十支箭将城墙上的象雄兵勇射下来，城墙内外四处是鲜血和尸体。岭国大军无论用什么方法都无法攻破那城门，于是玉拉、顿君、协噶、曲珠、玉赤贡杰等人将枪杆杵地，抓起枪头，立在马背上撑着枪杆跳跃至城墙。赶杀城头之人，霎时间尸体堆满城墙之上。他们用大刀砍断了三根粗大的横木门栓，打开城门后岭国军队如洪水般涌进城来，拼命厮杀，刹那间象雄兵勇的尸体布满城中。象雄人看到敌军如此强悍,口喊救命求饶,便弃械投降,岭军占领了东城门。此刻,象雄将领托赞辛都沃纳骑着一匹黑马,赤红着脸,如红色云霞飘荡在半空,如鲜血流淌在水渠中,他手持大刀来到玉拉托杰面前,用黑熊醉血恶言之调唱道:

  立下功名是诸事之果,
  在那头顶九重天界内,
  天神珠拉念波是将帅,
  护持勇士立命之天神,
  刀枪弓箭之下护吾命,
  索取仇敌性命食血肉,
  今日前来助佑勇士吾。

  倘若不识此地乃何处,
  乃是象雄王宫东城门。
  犹如猛虎发威的大臣,
  麾下显露斑纹的兵马,
  乃是吞噬血肉之地方;
  犹如索命阎王治理下,
  嗜杀成性之人极凶残,
  乃勇士丢弃性命之地;
  自家堆砌坚固城堡中,
  象雄百姓安乐过日子,

岭国乌合之众临城下，
杀人无数鲜血积成海，
无端挑事两国损失重，
从此埋下仇恨之种子。

你若不识我乃何许人，
在上部达隆纳扎之中，
象雄六十勇士之精华，
人们称雅美托拉索达，
乃是象雄大王的近臣。

尔等屠杀象雄人在先，
所带财物尽数被抢去，
捣毁炉灶营地留空名，
只剩孤儿寡母度苦日。
岭国盗贼心中无悲心，
嗜杀成性蚯蚓也不放。
翼力炫劲的大雕秃鹫，
兔子狐狸灌木丛中物，
不分大小皆当口中食，
如此岭国无耻的军队，

来到他乡把命当箭靶，
死亡生还皆无苦乐感，
何日死去从来无区别，
不顾家人痛苦送性命，
从无怜悯悲心不信佛，
不分男女老幼皆屠杀，
从无放生性命的历史，
犹如罗刹白岭之军队，
即使昆虫也要碾压死。

今日岭国的乌合之众，
城墙内外堆满了死尸，
贪婪无耻还觊觎财富。
倘若未能报得此仇恨，
托赞隆拉并非真英雄，
从此可列入狐胆之辈。
你这无耻的青面男儿，
今早要论寿命之长短，
待看谁能杀敌立战功，
倘若宝刀未能砍杀你，
象雄大臣真乃如死尸。

听懂歌曲青面人谨记，

未懂之曲不会再重唱。

歌毕，托赞辛都沃纳连砍三刀，砍碎玉拉托杰胸前铜镜，玉拉险些从马背上掉下来，但他被众护法和战神威玛护持，因此未能伤及性命。玉拉在马背上左右躲闪，顺手从右侧斑纹虎皮箭筒中取出天雷箭，搭在弦上，拽满弓说道："呀！你这条野狗，且莫逗英雄。势均力敌的勇士相逢，要么拼刀、要么赛箭、要么较臂力，倘若从清晨到黄昏之际，依然未能分出胜负，那实在不配称英雄。"遂以姜国呼啸之调吟唱这首赞箭之歌：

唵嘛呢呗咪吽！

用呼啸之声唱首歌曲。

向那姜国阳神做祈祷，

阿尼米甘索朵请明鉴，

在纳宗古扎神山之上，

多钦米甘沃纳请明鉴，

玄青虎犬围绕在周身，

手端巨蟒头颅之珍宝，

鲁都纳布白巴请明鉴，

今日前来助佑勇士吾。

倘若不识此地乃何处，

乃是象雄国王的故地，

乃王宫外围的东城门。

倘若不识我乃何许人，

在那富庶东部之姜国，

乃是姜王子玉拉托杰，

乃是格萨尔王的噶伦，

乃八十位勇士之精华，

乃是姜国军队的首领。

且听我说来托赞之子，

巨型蟒蛇头顶之珍宝，

欲取之人虽多不可得；

驯服雄狮沦为看门狗，

妄想之人虽多世间无；

威严君王手中的法鞭，

领受之人虽多耐不住；

心怀三界喇嘛的佛法，

听取之人虽多修行难；

世间勇士之间的争夺，

战斗之人虽多难取胜。

白岭部落与黑暗妖魔，

心中所欲所想皆不同，

夜半三更深睡梦不同，

威望权势福禄皆不同,
尔等所欲之事难达成。
威望权势无法相比较。
贪婪无耻象雄国君臣,
掠夺达戎部落的财物,
斩杀手无寸铁的百姓,
白岭天神部落之军队,
抵达象雄国境之日起,
依稀期望能够做和解,
良言诤语相对皆无用,
不愿无端杀人增冤魂,
祈求归还达戎部财物,
象雄客商财物尽数还。
杀人命价赔偿为其一,
做贼行凶积恶为其二,
相互不再追索为其三,
期盼两国修好无战事,
期望百姓安宁生活富,
希望吃食财富得维护。
象雄君王善于说谎言,
象岭大战血流成江河,

象岭之战

两败俱伤死亡更惨重，
最终岭国大军围王城，
里外三层围墙之守卫，
被千万大军彻底包围，
整整一日惨烈的激战，
四方城门即将要攻破，
是否痛苦难耐心悔恨。
象雄勇士威名震四方，
今日即将死在利刃下，
是否绝望入尘感哀痛；
部众多年集聚之财富，
无耐被那强盗匪人劫，
是否饥饿难耐肠胃空。
今日岭军围攻象雄城，
死伤最多乃象雄兵勇，
守城勇士如狼豺虎豹，
无奈遇到阎王般对手，
如此乃喜乐还是痛苦。
托拉珠嘉且听我说来，
尔等统领军队之主帅，
只有今日可存活人世。

姜子·玉拉托杰的利箭，

　　能够射断强敌的脖颈，

　　斩断头颅犹如切土豆，

　　象雄国王后悔为其一，

　　百姓部众痛苦为其二，

　　老幼妇孺哭丧为其三，

　　射出此箭倘若未能达，

　　玉拉托杰并非真英雄。

　　听懂歌曲妖魔铭记心，

　　未懂之曲不再做解释。

　　歌毕，玉拉射出那玄铁天雷箭，无分毫之差地中在托拉珠嘉的后颈上，他的头颅像被斩断的土豆叶子一样掉落在地，无首躯体在马背上颤抖了几下便缓缓掉下马来，在场库秋奔波、木雅赞布、达孜珠嘉等人拾取铠甲和马匹。余下象雄勇士和兵丁吓破了胆，当场投降。城中人马尸体拖至外面，就地焚烧。玉拉部军士占领东城门。第二天，岭国攻破城堡的四方城门，守城的九千三百名象雄兵勇有两千多名战死，其余尽数投降，兵器和所聚财物全数归岭国。此刻，王宫中端城墙和内侧城墙依然被象雄君臣占领着，外围城墙被岭军占领，十余天之内两军未发生战事。

六

  在岭国大营中，雄狮大王格萨尔、四母超同王、嘎德曲绛贝纳、丹玛强查、巴拉达杰桑达、赛贝尼奔达雅、珠米噶柳乌桑珠、贡巴普叶查嘉、阿达鲁姆等勇士，依照总管王的命令，率部去降伏象雄王扎巴伦珠的寄魂物。他们来到南部森林中，看到一座形状似鸟禽羽毛的红色岩山左侧有滩湖水，湖水中有一条三头巨蟒。巨蟒起身至半空，如青龙腾跃，蛇尾摇动时搅动着湖水。巨蟒口中喷洒着毒液，露着两排毒齿，挡住了岭国君臣的去路。这时，格萨尔王看了一眼超同，超同心想：呀！看来此番轮到我来降伏这孽畜。超同便傲慢地理了理发辫，骑在马上，穿着铠甲，佩带弓箭，唱起降伏寄魂物的死亡恶咒之歌：

  唵嘛呢呗咪吽！

  歌唱咒语三声连呼唤，

  咒语之声降伏妖魔魂，

  魑魅魍魉鬼神非人等，

  乃是六道众生的公敌，

  乃白岭天神部之私敌，

  也是善法上师之死敌，

  更是释迦佛法之公敌，

  今日正乃一举降伏时。

倘若不识此地乃何处，
乃黑色毒湖之左岸边，
毒液腾空毒岩入云端，
毒刺荆棘丛生毒蛇猛，
乃妖魔安乐享福之地。
在灰暗坚硬岩山之下，
一簇胜似铁圈的树林，
红岩犹如女性之私处，
乃是罗刹妖魔聚集地，
乃象雄国王雌寄魂物，
乃扎巴伦珠心系之地，
乃是君王宝座的命脉，
象雄国王寄魂圣湖中，
巨型蟒蛇盘踞之地方。

倘若不识我乃何许人，
在玛纳周松宫殿之中，
降伏罗刹妖魔的佛陀，
护法马头明王之化身，
守护佛苯二教之天神。

向上界天神祈祷明鉴，
三十三重天界宫殿内，
洁白无瑕青色的发髻，
右手持着水晶的宝剑，
降伏强敌索妖魔性命；
左手端着莲花聚宝盆，
加持甘霖抛撒于大地；
身躯犹如巍峨弥须山，
南瞻部洲之境得安乐；
伟岸高大灵动的身躯，
战神威玛随众簇拥着，
众神之王白梵天王神，
今日前来收伏黑魔王。
东南清凉寒林尸地中，
黑发满地的咒师之神，
今日前来降伏妖魔魂。
在白色莲花坛城之上，
天然生成甘露泉水处，
福禄之神海生金刚鉴；
雪山上端傲立的雄狮，
向莲花生狮子吼祈祷；

在坚硬红岩金刚城中，

向莲花多杰卓罗祈祷；

耀眼光明之子之化身，

向莲花尼玛沃赛祈祷；

潺潺河水之中鱼儿游，

向莲花白玛杰布祈祷；

矿藏物资财富和珍宝，

向莲花白玛桑巴祈祷；

甘露加持全方显现处，

向莲花释迦狮子祈祷，

向八号幻化莲花祈祷。

今日来此助我降妖魔，

寄魂毒蛇降伏之日即，

助我斩断寄魂之毒蛇。

歌罢，超同将三顶天杖在空中旋转三圈，击打巨蟒，蛇头被打到三谷之口，蛇尾留在湖中，霎时间哀嚎之声响满山谷。妖魔第一寄魂物巨蟒当场被降伏。

岭国君臣绕着湖水右行，遇到一座黑色山峰，峰顶直插云霄，乌云绕着山体，一丝阳光也照射不进来。白天有狐狸穿行、夜晚鸱鸮叫唤，周围聚集很多鬼神和恶道亡灵。他们君臣来到此地，看到一头巨型鸱鸮，正扑闪扇着双翼，看到岭国君臣前来挡住去路，双翼覆盖着两侧的大山，用人类语言唱起这首黑色龙妖饮血食肉之歌：

象岭之战

此曲乃黑鸟不变之歌,
饮血食肉额顶长珍宝,
风吹双翼之声飕飕响,
禽王大鹏神鸟请明鉴,
今日到此助吾降强敌。
巨禽大雕秃鹫翼力劲,
高空展翅飞翔众禽羡,
助吾飞行纵越高山间。
翼力赛过疾风的灵鹫,
力大无穷能划破长空,
宛如闪电神鸟请明鉴。
双羽矫灵如潮的灰鹞,
饮血食肉翼力倒高山,
今日前来助佑老禽吾。
丛林柏树枝头常叫嚣,
划动双翼飞翔的乌鸦,
今日前来助佑老禽吾。

倘若不识此地乃何处,
乃象雄杂玛扎隆之地,
乃黑鸟鸥鸮修行之地。

山顶积雪常年不融化，

乃雪山狮子傲立之地；

山腰乌云密布常降雨，

山下之水鱼儿水獭游，

鸥鹗鸟禽果腹口食多，

乃是黑鸟鸥鹗之乐乡。

倘若尔等不识我乃谁，

北方象雄天神之君王，

兵马精良勇士皆骁勇，

吾乃象雄国王寄魂鸟。

去年山顶积雪已融化，

中端山腰被天雷击碎，

下部黑土被洪水冲毁，

象雄全境被岭魔占领，

贱母所生贱种觉如儿，

率领数万大军到象雄，

杀人劫财诬陷象雄国，

我乃大王寄魂之神鸟。

扇动翅膀利爪已亮出，

　　　　吞噬人骨畅饮红鲜血。

　　　　尔等少数兵马到此地，

　　　　此乃大饱魂鸟之口福，

　　　　这巍峨黑山峻岭之中，

　　　　唯有鸱鸮神鸟的飞路，

　　　　湍急飞流奔腾江河中，

　　　　唯有鱼獭水族行游地；

　　　　峰顶积雪的巍峨高山，

　　　　唯有绿鬃雄狮可立足。

　　　　尔等兵马不幸临此地，

　　　　唯有死亡别无他去处。

　　　　听懂歌曲妖魔铭记心，

　　　　未懂之曲不再重复唱。

　　歌毕，妖鸟扇着两大巨型翅膀，伸出铁爪，差点扇走岭国君臣的头盔。那妖鸟四处飞行时天空乌云密布，大地尘土飞扬，一时间山谷一片昏暗，众人无法看到彼此。这时，阿达鲁姆从右侧虎皮弓筒中取出野牦牛角弓，从左侧豹皮箭筒中拿出一支天雷箭，搭在弓弦上，拽满弓瞄向鸱鸮鸟，将降伏鸱鸮之歌用火力幻化之调唱起：

　　　　唵嘛呢叭咪吽！

　　　　阿拉乃是歌曲之供养，

　　　　额顶所向上界众天神，

阳神战神地方众神祇，

护教赤红护法之神灵，

向佛法众护法神祈祷。

倘若不识此地乃何处，

黑岩黑山黑水邪恶地，

夜行鸱鸮神鸟飞翔地，

矫灵狐狸四处觅食地，

凶残饿狼哀嚎哭丧地，

黑暗幽冥鸟禽栖居地。

尔等倘若不识吾乃谁，

前世出生富裕的龙族，

天地初成之时护法神，

守护释迦佛法的勇士，

百千劫数供班典拉姆，

中间投身血肉之人体，

无父无母出生于湖中，

元神出自胡莎草蕊中，

尊北方纳木措湖为母，

尊神山念青唐拉为父，

魔国鲁赞君王为主人，
家宅落在茹西曲噶地。
白岭部落格萨尔大王，
亲临北方黑暗妖魔国，
降伏魔王鲁赞之时刻，
前世所修业缘之因果，
格萨尔王麾下做臣子，
如今乃白岭部落将领，
抑制鬼魅妖魔之勇士，
此乃实有实无之结合，
实有乃勇士阿达鲁姆，
实无乃是班典拉姆神。
吾手中所持这对弓箭，
本无诚心射你命中定，
蔚蓝天空的日月星辰，
乃运转南瞻部洲之物，
乃天地形成时之命运；
洁白巍峨雪山之幼狮，
长着浓密绿鬃是命运，
此乃天下群兽之君王，
乃天地形成时之命定；

额顶珍宝巨翼之大雕，

展翅飞翔于无边天际，

栖居高山岩峰间筑穴，

鲜血生肉皆可做事物，

虽知脏污此乃命定故；

北方阿达鲁姆生湖中，

如今列入白岭勇士行，

今日用此神箭立战功。

珊瑚发束之上戴白魁，

柔软绸缎衣裳配铠甲，

白银腰带之上佩三械，

男装女饰皆聚吾之身。

命定之事此生不可躲，

今日射穿大鸟羽毛撒，

降伏妖魔国君寄魂物，

邪恶外道之境皈佛法，

天神助佑射杀鸱鸮鸟。

歌毕，阿达鲁姆射出箭去，恰好中在鸟颈上，顿时鸟头落地，鸟身掉在河谷中。象雄国王扎巴伦珠的寄魂鸟在此被伏。岭国君臣接着向前赶路，越过一座马鞍状垭口时，不知从何跑出一头野牦牛，袭击岭国君臣。那野牛长着一对赤红色角，足足有几丈长，浓密粗毛的尾巴胜似乌云，甩动双角向岭国人奔袭而来。众人向野牦牛抛石，那牛竖起尾巴攻击辛巴梅乳孜，

象岭之战

  辛巴连射三箭，未能伤及其性命。唐泽又连射五箭，依然丝毫未伤。野牛用角力将辛巴连人带马甩下山去，马儿翻身滚地，辛巴好久才能立足起身，铠甲甲绳断裂，几枚铁环散落在地上，头盔已被摔坏。

  这时，阿达鲁姆、珠米噶柳乌桑珠、贡巴普叶查嘉三人列队战野牛，牛角冒着火焰，辛巴在左侧向野牛抛出套索，用浑身之力将其拉住后，阿达鲁姆立即抓起左角，珠米噶柳乌桑珠抓起右角，贡巴普叶查嘉抓着牛尾。辛巴勒紧套索，其余四人使足力气将其压在身下，野牛顶不住三人的力气，倒在地上，四脚朝天，无法动弹，四人见状立即各抓一肢，辛巴压着牛头，拔起佩剑刺穿牛鼻，索绳从鼻孔穿来，阿达鲁姆举起一块公羊大小的石头砸了三下，野牛被制伏。于是超同王向野牛放咒，那牛突然起身变得异常温顺。辛巴将马鞍背在牛背上，骑着野牛与众人继续赶路。走到一片石林中，石块突然变成身穿黑衣、头戴黑帽的人，举着大拇指央求众人放了野牛，说牛是此地财主，众生灵衣食住行皆要依靠他。格萨尔王道："呀！留给子孙的宝藏今日要带走。"说着手指朝向天空，空中空行母击鼓奏乐、摇旗、吹海螺、摇手铃、吹着唢呐来到半空降伏各种鬼魅，这时辛巴梅乳孜唱起这首降伏妖魔之歌：

    唵嘛呢呗咪吽！

    歌唱高空向天神祈祷，

    亘古不变乃是故乡语，

    黑白花三色之泰让神，

    阳神地神生神等众神，

    阿钦霍尔国诸护法神，

    霍尔辛巴梅乳孜业神，

    今日已到加持护佑时。

倘若不识此地乃何处，
乃象雄国之杂拉昂青，
乃是巍峨岩山之上端，
岩山中端犹如野人立，
宛如马鞍的岩山垭口，
乃是野牦牛行走之路，
岩下花草茂盛景色美，
犹如肥沃水田长庄稼，
乃大地赐野牛之奖励。
今晨在黑崖降伏妖魔，
此乃为后世藏地佛法，
天神喇嘛修行之依处，
佛法善行之精髓要义，
世间人类口耳传承事，
促成此三件重要事宜。

倘若不识我乃何许人，
高空无垠蔚蓝天空中，
彩虹架桥天兵神将临，
手持五彩云霞举旗帜。
俯瞰地界白岭国军队，

不分老少壮幼皆从军，
大军步履之声满大地，
断崖山谷辟出道路来，
草山沼泽踩踏成荒漠，
此处生存的人形妖魔，
身穿黑色衣服戴黑帽，
央求诸君放生野牦牛。

古人谚语有如此之说：
江河泛滥之前筑堤坝，
否则双手难易抵挡住；
火烧山梁之时下暴雨，
否则烧尽森林无法灭；
骏马赛跑之前配鞍子，
否则华美金鞍也无用；
话语说出之前细思量，
否则口出之语难收回。
如此妖魔示弱在央求，
是想留住黑暗的势力。

倘若不识我乃何许人，

在阿青黄霍尔之部落,
在普隆多杰扎岩山处,
祖穆热宗城堡之中人,
乃斗巴热杂父之长子,
人称勇士辛巴梅乳孜,
乃雄狮格萨尔的近臣,
乃岭国八十勇士精华,
是十五万精兵之将领。

雄狮大王乃是真上师,
魑魅魍魉也会求灌顶,
若叩头向格萨尔王叩。
我等君臣来降伏妖魔,
来索取扎巴伦珠之命。
从今往后无处可逃窜,
天神龙族护法众地祇,
虔心向格萨尔王祈祷。
是否听懂众妖魔鬼怪,
辛巴从无信口开河时,
决不放过妖魔守魂牛。
一生相伴战马被撞死,

若未偿还罪恶之业果，

辛巴怎能称为降魔人？

在白岭部落的大帐内，

牛皮铺在地上当坐垫，

牛肉成为众勇士美餐，

立下军功威名留后世。

听懂歌曲乃耳的供养。

歌毕，众鬼神和魑魅魍魉欣喜如狂，向格萨尔王祈祷叩头。这时，大王祈祷此地所有恶道生灵皆能得宝贵人身，并口诵咒语。刹那间所有岩石变成人形，所有虫类变成牛羊，该地方就成了一个富有的游牧村落。

岭国大军接着往东走，当晚留在一座岩山下扎营。次日清晨，格萨尔王还在入定之时，天神南曼杰姆来到寝帐上空敦促格萨尔道："速速起身，有强敌正往此处赶来。东面雪山之巅的神鸟，扎赞楚曲河中的两大巨石以及三头毒蛇齐聚一起，不久会天降冰雹、山崩地裂、江河泛滥、野兽袭击人群。雪山狮子怒吼，高山野狼奔袭，林中猛虎纵越。尔等速速起身，前去降伏妖魔。"说完天神便消失不见。格萨尔王结束修定，派米琼去传唤其他人，接着玉杰、诺桑等前后进帐，大王命他们迅速准备膳食，叫醒其他勇士。三位仆人烧火做饭，并唤醒其他众人。诸人用完膳，大王命他们虔心向护法天神祈祷。桑达阿顿向业神、阳神、战神和藏地各路护法煨桑祈祷后，众勇士骑马继续行走，来到一处高山峡谷间，山峰高耸入云，森林如浓云密布，突然一只斑斓猛虎从右边冲过来，一只花豹从左边跑来，一只黑熊挡在前方，君臣发现乃是象雄妖魔护法的妖术。大王、超同和嘎德三人口诵咒语，向猛兽抛撒食子后，野兽消失，前路变得异常平坦。君臣继续赶路，走到一座巍峨的雪山脚下，格萨尔一行人发现山顶有一团宛如人形的白云。未过多久，那云人冠戴白帽、身穿白衣、下跨雄狮、右手持剑、左手持枪，左身侧佩戴豹皮弓筒、右身侧挂虎皮箭筒，本是邪恶妖魔之身，但优美体态宛如白岭天神部护法。云人身躯高过雪山，四肢堪比柏树粗壮。双脚踩着雪山，双手握着日月，全身光芒四射，以雄狮发吼调吟唱这样一首威镇雅魔之歌：

　　　　向天神珠拉念波祈祷，

　　　　向战神索朵玛布祈祷，

　　　　向龙神鲁都纳布祈祷，

　　　　敬用生肉鲜血来供养，

　　　　献祭生肉堪比那高山，

　　　　赤红鲜血胜似那汪洋，

　　　　从至高护法噶饶旺秋，

　　　　到下界龙族鲁都白巴，

　　　　中端人间众雌雄罗刹，

　　　　赞神泰让食肉索命众，

　　　　今生向众神进献血肉，

　　　　赐吾力量助佑杀强敌。

　　　　颠覆三界之转轮勇士，

　　　　敬请黑暗罗睺来护佑，

吞噬日月天地顿时暗，
星辰光耀从此不再有，
拥有强大护持黑暗神，
切勿散逸今日来助吾。

倘若不识此地乃何处，
乃岗拉昂钦雪山之顶，
乃象雄国王寄魂白山，
犹如太阳光照在雪山，
耀眼光芒能刺穿双目，
雪山狮子·绿鬃又茂密。
我乃是天神扎嘉色波，
乃赞神和泰让神之首，
乃象雄国王的寄魂山。

你等犹如黑虫的生灵，
来到此地到底为何事。
象雄全境满是岭国人，
生灵涂炭血流成江河，
鬼魅横行妖魔在作祟，
天神妖魔龙族众生灵，

哀嚎嘶吼之声如雷鸣，

巍峨群山皆被大军围，

坚硬岩山之腰凿道路，

奔流江河之上架桥梁，

山顶挂满尸衣随风飘，

山下横尸遍野腐味浓，

即使秃鹫灰鹞嫌臭恶，

行径何故如此之残酷。

此地乃是我统辖之地，

上至山顶下方至草地，

我乃凶恶残暴的地神，

乃大王寄魂物守护神，

与天地同成日月同辉，

凶险之地处处是白岩，

白色雪山之巅镶白雪，

黑色岩山之上住鸱鸮，

黄色岩山好比黄水鸭，

红岩之巅老鹰筑巢穴，

檀香神林之中有猛虎，

吾乃金刚白岩之守门。

象岭之战

肥美草山之魁乃动物，
洁白雪山之魁乃雪狮，
北方荒漠之魁乃野驴，
草山沼泽之魁乃羚羊，
江河流水之魁乃鱼儿。
蛙身龙妖身伏麻风病，
河流巨石草木均归我，
尔等眼中皆无形妖魔，
实则乃自然山石树木。
尔等来到此地是寻死，
天降星耀闪烁之神兵，
青龙雷鸣闪电击山石，
大地黑风骤起双眼遮，
所有生灵今日无生还。
入云高山之顶强力压，
山涧峡谷洪流巨石挡，
下趟河水皆要返上流，
摧毁所有道路成洼地。
妖魔觉如从未畏惧过，
吾乃山水草木之主人，
何故此地不再归吾管，

天地初成至今之时日，

　　从无生灵来挑衅招惹，

　　各路护法神祇皆尊吾。

　　岭军屠杀象雄无数人，

　　今日若未偿还此血仇，

　　我赞都色波非真英雄。

　　歌声刚落，四方天空突然乌云骤起，雷鸣闪电，如铁丸大小的冰雹从天而降，岩山被击碎，江河倒流，雪山突然坍塌，挡住了去路。四母超同吓得浑身瑟瑟发抖，忘记向天神祈祷，根本想不起任何咒语来。这时，雄狮大王格萨尔向上界天神、中界念神和下界龙神，以及战神、阳神、皈依神和守护神等祈祷。突然天降神兵、念兵和龙兵，高空出现五彩云霞，护法空行歌唱舞蹈，野兽猛禽嘶吼之声响满天空。嘎德曲绛贝纳身穿黑色衣裳，冠戴黑色毡帽，犹如黑云骤起，像威纳黑护法亲临般，徒手举起山崩碎石扔在河中，道路突然肃清。大王看了一眼丹玛，丹玛心想：呀呀！黄金是珍宝之首，倘若不在人群中炫耀，即使珍贵也无益；龙凤双戏的绸缎衣裳，倘若不用来抵御寒冷，即使珍贵也无益。我丹玛强查是格萨尔王的近臣，乃岭军中神箭手，今日定要做一番利益众生之事，让白岭君臣心安。便从右侧虎皮箭筒中取出箭，从左身豹皮弓筒中拿出弓，箭搭在弦上，拽满弓，用塔拉六变之调唱道：

　　唵嘛呢呗咪吽！

　　阿拉唱在蔚蓝天空中，

　　日月星辰相聚之日唱，

　　温暖气候润养这大地；

慈爱之曲乃是父母恩，
悲悯佛法乃是喇嘛恩，
维护真理乃是正法道，
甘甜美味乃是富户食。
白岭之歌世间无人仿，
塔拉乃是出世得道歌，
中阴无间路上无碍歌，
毫无邪念笃实菩提心，
唱首慈悲怜悯之歌曲，
向天神祈祷护持于吾。
估量宝贵生命之价值，
洁净无暇之心如海螺，
斩杀邪恶之人无罪孽，
所说之言从无有谎言，
世间所有为母之众生，
脱离苦海投身大乐界，
只为此事生命到尽头。

倘若不识此地乃何处，
乃是昂青姜宗雪山下，
乃绿鬃雄狮出没之地，

乃耀眼阳光普照之地。

藏着金银铜铁的矿山，

无人估量珍宝之价格，

巍峨雄壮黄色岩山间，

唯有鸟禽兽类动物行。

奔流江河与天地同齐，

艰辛苦难与罪业同行，

未行善业杀生造罪业，

抑制佛法守护众妖魔，

嗜杀成性罪孽已深重，

此乃黑暗妖魔之行径。

出生象雄已过六十年，

大小昆虫皆为口中食，

野兽猛禽水獭和鱼儿，

世间存活之所有生灵，

吾要饮其鲜血食其肉。

汉地藏区霍尔三境中，

富甲一方精明的商人，

通过威逼强势之手段，

开辟一条劫匪之行路。

北方象雄兵马之王国，

自诩英雄了得无人敌,
男儿皆为盖世之英豪,
女子皆是食肉之罗刹,
排斥信仰佛法的大臣,
重要持外道邪念之臣,
所遇生命皆成刀下魂,
此乃北方象雄之国王。
尔等还敢口出狂妄语,
消灭东方白岭天神部,
实则尔等将赴黄泉路,
除非再次投胎轮回中,
否则此生再难见光明。
象雄国王扎巴伦珠他,
只有数月阳世之寿命,
此地护法神祇细思量,
皈依佛法内心感善念,
否则降伏尔等无自由。

吾乃何人尔等真知否,
东方印度佛法之国度,
得道者萨热哈巴转世,

遁入轮回法体虹化时，

受封降伏妖魔之勇士。

为抑制黑暗妖魔鬼魅，

丹玛隆日珠卡城堡中，

投身于丹玛部落王子，

人称勇士丹玛强查尊，

乃雄狮格萨尔之法臣。

白岭丹玛手持之神箭，

来自三十三重天神界，

白梵天王亲赐之圣物，

在下界水晶岩山之巅，

战神玛杰奔热开矿门，

雄狮格萨尔掘于矿藏，

为射杀妖魔造福众生，

赐予白岭丹玛强查吾，

今日射杀妖孽成大业。

此箭射法规则难描述，

日月乃是光明持有者，

温润滋养南瞻部洲地，

此箭不射高空之日月。

夜间璀璨明亮之星辰，

南瞻部洲之地绕右行，
此箭不射星辰如兄弟。
中央弥须神山之草木，
形成南瞻部洲之根本，
此箭不射巍峨之高山。
倘若不射黑暗之妖魔，
白岭男儿岂能称英雄。

古人谚语有如此之说：
话语须长利箭射程远。
今日射出索命之利箭，
尔乃幻化之术的赞魔，
吾乃血肉之躯之神子，
待看谁是勇猛真男儿。
青龙口水与荡女泪水，
雄狮绿鬃与狗儿脏毛，
猛虎斑纹与狐狸毛色，
白岭勇士与无形妖魔，
咋看相似实际无法比。
箭簇所指倘若无法破，
乃是射技不佳需勤练。

神箭射向蔚蓝高空中，

箭簇指向坚硬的大地，

射断江河两岸的高山，

铸造众人行走的道路，

死尸遍布狮泉河两岸，

威名留在藏域后世间，

丹玛强查今日立战功，

勿认此曲乃是错误意，

临死之际向天神祈祷，

口诵六字真言之咒语。

　　丹玛强查歌毕，射出利箭，霎时间，天神、念神和龙神，护法空行等众神降临牵引着箭头，射在云人的后脑上，云人头颅像被砍断的芋头般断落下来，山顶被鲜血染红，那云人尸体变成一座桥。因众神灵和护法之威，此地妖魔鬼怪等纷纷前来向格萨尔王叩头祈祷。大王命他们在此守候他七日，他拯救完三界众生后便回来见他们，在此之前需保持原形，一切待回来之时再做打算。于是人群和牛羊又还原成石头，暂候雄狮大王归来。格萨尔王和君臣继续前行，走到一个三岔路口，突然山顶刮起旋风，人和马匹都无法睁开双眼。这时象雄国王寄魂山的主人女罗刹雅夏达米化身成一个美丽的女人，手持金剑、佩戴青玉弓箭，拿着玄铁长枪，以江河沸腾、山崩地裂、尘土飞扬、山石滚落之势来到他们面前，挡住去路，用地主神显首之曲唱道：

唱飕飕烈风般的歌曲，

山崩地裂江河也断流，

坚硬大地成为沼泽地,
天地之间自由之乐园。
向天神珠拉念波祈祷,
向战神索朵玛布祈祷,
向凶残森姆哈夏祈祷,
向玛扎美扎玛布祈祷,
向索命妖魔龙妖祈祷。

倘若不识此地乃何处,
乃是珍珠湖岩石旁边,
岩石红黄之光如太阳,
光芒照射天地闪双目,
火烧大地浓烟四处起,
乃是五行混乱之地方。
山崩地裂海水沸半空,
天空骤起赤风烈声响,
大地碎尸飞在半空中,
天降暴雨平原成洼地,
今日前来挑衅的妖魔,
犹如黑虫的贱种觉如,
此地乃是尔等葬身地,

助佑神女降伏白岭者，

护法天神前来杀强敌。

倘若不识我乃何许人，

守卫赤黄珍珠山之人，

乃保护四方山门之人，

此山乃是黄金的宝藏，

有财神多闻子驻守着，

西山门乃红色珊瑚门，

东山门乃是白银之门，

北山门乃是青玉之门，

乃象雄国王宝藏之门，

我乃守卫八方城门人，

吾乃是罗刹赤面雅夏。

尔等如蝼蚁般黑头人，

来到此处乃自寻死路，

天空雷鸣闪电降冰雹，

火烧大地浓烟滚滚来，

湖水沸腾青龙当空震，

高山坍塌大地在震动，

我乃此地宝藏之主人，
白岭贱种觉如的部队，
即使来也无法得宝藏。

古人谚语说得非常好：
野牦牛乃自然的家畜，
歹人射杀野牛吃牛肉；
无耻仆从会暗杀主人，
无耻岭人抢他人之财。
妄想击碎藏宝的岩山，
岂有如此轻巧之事情？
尔等自不量力逞英雄，
我手中所持幻化套索，
即使高空日月无处逃，
无形狂风暴雨无自由，
今日用来套住岭妖孽，
犹如狗儿拴在家门口，
尔等来到此地无处走，
犹如火势烧尽那山梁，
宛如江河冲毁那沙丘，
否则吾乃绝非罗刹女。

象岭之战

歌毕，女罗刹将套得三千罗睺的套索抛向岭君臣，格萨尔王诵念咒语，那套索折返到女罗刹前落地便烧了起来。女罗刹愤怒难耐，举剑拼杀过来，格萨尔王弹指间，女妖倒地身亡。这时罗刹之子诺布拉嘉，冠发如白雪，身跨白驹，颈挂白色绸缎，双手端着一只白海螺，里面盛满动物奶水，双手进献给格萨尔王，并祈祷叩头。格萨尔王邀请各路天神、念神、龙神、战神威玛、护法空行、地祗到此地，命令他们将作为后世藏地的饰品、天神上师之供品，宝库镇殿之宝珍珠宝石原封不动地留着，并用震慑三界之调唱到：

嗡嘛呢呗咪吽！

歌唱阿拉母亲上师歌，

领悟佛法要义的喇嘛，

所依拥有加持之僧侣，

授记预言显明之空行，

守护持有宝藏的矿主，

身佩三械的勇士护法，

众人拥戴高位之首领，

头戴各色饰品之姑嫂，

呼喊各方空行护法神。

位于东方金刚空行母，

位于南方珍宝空行母，

位于西方莲花空行母，

位于北方羯磨空行母，

位于中央佛陀空行母，
敬请护持赐予功勋业。
位于此地的矿主地神，
白黄红绿各色众财神，
乃矿藏和财富的主人，
听从授记命令能恩遇，
吃食衣物用度永不尽，
财运福禄犹如江河流，
后世藏人生活能富足。
北方财主神女业之神，
此地主人从此尔担任。
穿行岩山石缝之野牛，
行走草地高山之野鹿，
北方赤色荒漠之野驴，
灌木丛中豺狼兔鼠等，
此地所有存活之生灵，
生命衰竭之前请主宰。
谨遵君王命令和授记，
充当守护后世之慈母，
摒弃胆怯懦弱之心性，
向恶运道众生赐布施，

向佛祖菩萨进献供养，
众人修行善业之佛法，
青年男子要祭祀战神，
妙龄女子要供养生神，
主宰所有高山之矿脉，
享用海底龙族之财富。
上界五部空行母之首，
生神度母护佑财富旺，
吉祥福禄寿运莫衰竭，
祈愿战神护法护持高，
天神上师加持永不衰，
为叔父长辈赐予智慧，
为姑嫂妇女赐予食运，
给如母众生赐予吉祥。
寂静佛母阿西曲珍尊，
三界之母班典拉母尊，
位于中央佛陀空行母，
此地矿脉尽属您所有。
这所依黄色珍珠宝石，
白岭勇士奖品为其一，
上界天神供品为其二，

财产福禄所依为其三，
留在后世藏人子孙间。
故此莫要心中生妒意，
平心静气打开宝库门，
护法地方神等众神祇，
此地所有鬼魅等神灵，
白岭勇士今日彻降伏。

吾手中所持这双板斧，
乃是劈开岩山之神斧，
取自念神格拉格祖境，
拥有万千天神之加持，
中端聚百万念神之力，
百万龙族加持过刀柄，
劈开红岩犹如开大门，
天神切莫散逸来此地，
今日助佑雄狮大王吾，
立下盖世齐天之功勋。
天神上师威望与天齐，
降伏鬼魅妖魔除危害，

颂扬战神护法之武艺，

勇士男儿豪气冲上天，

姑嫂女子财富陪增长，

妙龄少女饰物满周身，

岭格萨尔愿望得实现。

　　格萨尔王歌毕，用神斧劈开山门，山门顿时打开，岭国将领来到山洞中，看到宝藏中有天珠、珊瑚、青玉、玛瑙、貔貅、水晶和珍珠等各种奇珍异宝。有天界、人间、龙宫、南瞻部洲和天地宇宙构造形状的各种珠宝，还有红、白、黄等各色珍珠宝石，大的如大鹏鸟蛋，小的似野鹿粪蛋。另外有珍珠驹、珍珠牦牛、珍珠犏牛、珍珠绵羊等各种奇珍异宝，还有天神、念神和龙神等各种神灵像无数尊。格萨尔王命令守宝神灵，将此地三分之一的珍宝运至岭国，其余留在原地，并命各路神祇日夜守护。格萨尔王降伏此地所有鬼魅神灵，将他们皈依佛法。命此处地祇赞巴山顶拉积雪四季不可融化，八柱神殿交付给莲花狮子吼来管理，命他们向众随从和神仆无间断赐予甘露加持。回来途中，在森曲河边开辟新的渡口，格萨尔超度岭军亡灵，祈愿升入极乐世界；为造福后世，用石块、木材和铁器架起一座长三百丈、宽三丈的桥梁，并给大桥开光，桥的两边立了五色经幡。

　　此刻，象雄军营中君臣齐聚议事大帐之内，国王扎巴伦珠说："我要找贱种觉如报仇，即刻动身去攻打岭军。"以大臣尼玛沃丹为首的达扎、珠扎、赞玛、扎赞、玉郭、托拉、巴杰等人商议，如今王宫外围城墙已被岭军占领，这中内两层城墙我们誓死要守护好。王宫城墙高耸入云，即使鸟禽也无法飞过，倘若谁想走进城里，唯有通过中央的大门才能入城。这城墙是用铁石、银石、铜石混合铸成，宽有八丈之长，高度有十三层，宫顶直插云霄，宫腰堪比高山，地基深入河中，城墙以上所有建筑用玄铁、

象岭之战

岩石、黄金、银石、铝和各种珍宝构成。如此巍峨雄壮的城堡，即使无数日夜耗着，我们也绝不用向岭军投降。扎巴伦珠向天神珠拉念波起誓，唱起这首排兵布阵之歌：

吟曲犹如高天阿拉歌，
智慧之歌和无边天空，
还比日月同行之轨迹。

倘若不识此地乃何处，
乃纳尼琼塘中部地带，
乃是巍峨岩石山之巅，
乃君臣商议国事之地。

古人谚语有如此之说：
痛苦犹如那黑暗降临，
绝望乃身躯消瘦之故，
唉声叹气心中无计谋，
心胸狭隘无法成大事。
君臣心胸要如蔚蓝天，
期望之心恰似无垠地，
威猛豪气犹如天雷鸣。
与其如狐狸哀鸣哭喊，
不如像猛虎显露斑纹。

与其胆小守住那炉灶，
不如勇赴沙场斩强敌，
战死无悔以天神起誓。
此地不宜久留速离去，
吾等君臣兵少将有稀，
残余兵马孩童女子三，
无法抵御岭国之贼人，
否则誓死守围这城堡，
赛宗格姆城堡如铁铸，
即使赤色天雷击不碎，
乃噶饶旺秋佛法宫殿，
熊熊赤色火焰烧不毁，
金银铜铁各种金属铸，
奔流湍急河水冲不毁，
并非泥土石块混垒砌，
锋利尖锐武器摧不毁。
在这近日十来天之中，
白岭象雄之间无战事。
但六十勇士剩五六人，
仆人大臣只剩二十多，
城墙虽高内部却空虚。

古人谚语有如此之说：
能世代富足的富户少，
能超度亡灵的喇嘛少，
能伴其终身的伴侣少，
能纵越山梁的马匹少。
如今我方象雄恰如此，
蔚蓝高空日月和星辰，
运行四洲光照宇宙间，
却难预计何时遇罗睺；
世界大变财富如露珠，
生命犹如风中的残烛，
权势财物一夜尽消散，
此乃前生业缘之结果，
无法躲闪也不可退去，
如今父辈留下的王宫，
能否留住尚未也可知。

古人谚语说得非常好：
花草树木长在草地上，
冬季寒冷霜气彻败落，
行走远途贪婪的客商，

不幸路遥劫匪被抢空；
温润大地腾起的热雾，
漂到高山之巅欲落地。
北方象雄大国众君臣，
或者逃离流亡到朱古，
向那朱古兵马之国君，
进献珍宝虔心做祈祷，
相互起誓两国结联盟，
祈求派遣援兵驱岭军。
或者逃离到中原汉地，
携带无数名贵的珍宝，
祈求汉地法度之国王，
和平谈判或无力征讨，
待其给予何种之援手。
白岭天神部落之军队，
浩荡磅礴难以计其数，
犹如北方荒漠之细沙，
北国象雄之境满军帐，
即使军队骁勇也无益，
毕生所集财物皆劫空，
城堡外围之墙已占领，

如今只好去投降和解，

老朽不才可以去岭营，

如何是好君臣请思量，

暂可舍弃故地和城堡，

所积金银珍宝驮马背，

城中财物尽数需打包，

无论何地皆需要财宝，

君臣投靠何人需本金？

几位大臣明日到城堡，

收集城中珍贵之宝物，

做好随时逃窜的准备。

倘若要继续守卫王宫，

是否能消耗漫长时日，

是胜是败不可做预测，

除外再无其他之思绪。

大王听后异常愤怒地说："看来你这老头真是昏了头，与其向敌人投降，还不如战死沙场，怎可有如此荒唐的想法！"接着他身穿铠甲、佩带兵器，骑上旋风黑驹，说："我们要严守王宫，与岭国大军决一死战，那些犹如我心脏的大臣，像昨夜梦境般离我而去，倘若不能血债血偿，还有何脸面活在这人世间。众人佩带军械，准备与本王一起出战，若有违抗命令者，绝不轻饶。能否守住城堡不可知，真如疾病要医治，妖魔要降伏，今夜大家一起赶去王宫。"

天黑后，国王、王妃、太后等骑着马准备赶去王宫时，岭国军营中，格萨尔正在入定修行，天空中一朵朵白云飘荡着，青龙当空雷鸣，云雾腾空而布，下起沥沥细雨，天神南曼杰姆冠戴五部空行帽，右手持着檀香手鼓，左手持着白银摇铃，坐在雄狮背上，侧身牵着青龙，十万空行绕在周身，以大雕落地之姿来到大王寝帐之内，用坚硬寿命之曲向大王唱道：

唵嘛呢呗咪吽！

歌唱阿拉塔拉是塔拉，

向那三世佛陀做祈祷，

涅槃虹身光芒射四方，

心智无误拥有慈悲心，

皈依佛法悲心度众生。

四面八方的众空行母，

时刻助佑姑母赐预言。

倘若不识此地乃何处，

乃上部天界彩虹之路。

且听我说姑母之贤侄，

雄狮大王格萨尔王尊，

切莫懈怠速速做准备，

岭国叔父兄弟众勇士，

身穿战甲佩戴那三械，

降伏强敌贼首未斩杀，

矿藏珍宝即使得于手，
赞神泰让罗刹虽降伏，
象雄国王扎巴伦珠他，
正在赶往险境王宫中，
若占领王宫险要之地，
再想取胜恐是很艰难。
城堡乃坚固珍宝所铸，
宫顶直插云霄入天宫，
拥有上界天神之保护，
豪气威武犹如火焰猛，
中端有赞神泰神守护，
下端有黑色龙妖守卫，
财富珍宝终身享不尽。
岭军如若迅速不攻破，
难有战胜强敌的时机，
切勿懈怠即刻就启程，
速去堵截扎杂辛布路，
守卫王宫的象雄将领，
勇士赞拉南杰为首领，
赞拉扎巴沃噶为其二，
南拉托杰珠拉为其三，

赞拉玛波都孜四勇士，

　　谁去攻打城门自安排，

　　大军即刻启程去降敌。

　　倘若歌有错意请谅解，

　　若觉得是空话我忏悔，

　　上界天神授记乃如此。

歌毕，天神南曼杰姆便消失在空中。雄狮大王心急如焚，命玉杰、唐泽和米琼三位仆人，立刻召集群臣到大帐议事。三位仆人击鼓摇旗，片刻功夫，白岭军中十户长、百户长、千户长、万户长等所有将领齐聚大帐，依次入座。大王将天神南曼杰姆之预言悉数告知大家："倘若河水先流，能消除火灾；倘若先点燃烈火，河水就能煮沸。诸将领迅速前去占领红岩坡到王宫之间所有地，不然象雄国王一旦进入城堡之中，白岭军队即使耗尽毕生之力呆在北方也无济于事。"总管王查根道："大王所言甚是，老朽也是如此考虑的，众将要即刻启程。"于是巴拉桑达、丹玛强查、嘎德曲绛贝纳、赛巴尼奔达雅、珠米噶柳乌桑珠、辛巴梅乳孜、阿达鲁姆等勇士各率一万精兵前后排列，往象雄王宫方向赶去，恰逢象雄王扎巴伦珠和王后等人返回王宫，象雄大臣赞拉南嘉扎巴拔起宝刀，骑在一匹黄骠马上，立了立身，对着尼奔唱起这首谩骂侮辱之歌：

　　唵嘛呢呗咪吽！

　　唱地祇黑泰让神之歌，

　　唱冰雹打压庄稼之歌，

　　唱勇士降伏强敌之歌。

象岭之战

勇士立下战功之时刻，

天神珠拉念波请明鉴；

护持男儿助佑杀仇敌，

战神命主索朵请明鉴；

索取敌人赤红的心脏，

禽王夏嘉平措请明鉴，

保护北方象雄之教法。

倘若不识此处乃何地，

乃象雄国仲隆玛嘉地。

倘若不识我乃何许人，

乃勇士赞拉南杰扎巴，

乃是犹如青龙的男儿，

与敌交战如天降雷电。

肥沃田地庄家长势好，

可惜秋末霜打干旱重；

犹如阎王鬼卒的勇士，

切莫炫耀过人之胆量，

山顶经幡终会被风倒，

山下江河血染成红色，

山体崩塌河床变断崖。

赞拉乃是象雄王近臣，

端坐虎皮坐垫的勇士，

率领上万部众的将士。

你这身穿黄甲黄面人，

黎明之前星辰未退去，

司晨公鸡尚未鸣叫时，

行走夜间的无赖小偷，

乃是身陷绝境之危险；

疾恶难耐穿行荒漠中，

可怜恶狼被利箭射穿；

鸱鸮大雕未能叼鱼蛙，

清晨盘旋活水上空中。

你这贪婪的黄面之人，

何故挡住吾等之去路，

妄想骑马疾驰岩山上，

妄想金刚山腰凿道路，

妄想尖峰山顶立经幡。

我象雄国五个大部落，

岂能尔等随意可攻破，

自不量力行军到北方，

象岭之战

　　有饥寒交迫死亡之险。

　　吾手中所持玄铁宝刀，

　　乃天神辛拉沃噶铸造，

　　斩断天下妖魔和鬼怪，

　　今日黄人献血来祭刀，

　　言多无益待吾来索命。

　　听懂歌曲黄面人铭记，

　　未懂之曲不再重复唱。

　　歌罢，南嘉扎巴松了马匹缰绳，举刀奔向尼奔达雅，正对其头顶砍了一刀，斩断了尼奔的白色盔旗，但未能伤及其性命。二人又打斗三个回合，斩断了几条甲绳。尼奔心想：此人并非我命中能降伏之人，从天神授记来看，岭国有七位不死勇士，我也位列其中，但今日恐怕杀不了他，也不知道到底谁能降伏此人？便勒马转身退去。赛巴阿杰珠嘉看到尼奔退去，害怕叔父被扎巴追杀，便策马向扎巴跑去，扎巴猛力挥刀，砍去其头颅，赛巴阿杰珠嘉当场落马而亡。扎巴紧跟着跑到达戎部众杀死十五名兵勇。拉郭奔鲁前来应战，扎巴砍死了他的马匹，拉郭徒步与其交战。超同王看到拉郭徒步与扎巴拼杀，大喊："我的拉郭要死了，丹玛速来帮忙。"丹玛急忙连射三箭，一支箭射中扎巴的战马，一箭射在他的胸前，另一箭射杀了七位象雄兵勇。超同王看到扎巴被伏，高兴地大喊拉郭速回，拉郭跑来斩断其首级。

　　那日，超同、拉郭和丹玛三人立下军功，高兴地继续前行，遇到象雄王扎巴伦珠骑着青龙驹，手持斩铁宝刀向他们跑来，超同王迅速转身逃跑，走到远处往回看时丹玛正与扎巴伦珠交战。二人打斗均未能伤及性命，丹玛斜侧着身体斩了丹卡热顿图挪郭的头颅。丹玛无法敌过扎巴伦珠，便向格萨尔王祈祷并打马追赶而去，但扎巴伦珠疾速逃去，丹玛未能追上，只看到他顺手杀死了二十多名赛巴部兵丁，又遇到顿君达拉赤噶，二人拼了许久的刀，也未分出胜负。象雄王看到此人无法被兵器所伤，并认定是觉如的幻术。

这时，门巴玉沃巴杰骑马跑来与他打斗，不料被象雄王当场杀死。扎巴伦珠高喊尼玛沃丹、珠拉南杰、多钦扎赞等人，三人在其后方率领一百多名骑士如疾风般赶来。此刻，雄狮大王格萨尔面容赤红如珊瑚，身穿黄金铠甲、戴着头盔、右身虎皮箭筒中装着三界索命神箭，左侧豹皮弓筒内放着野牦牛白角弓，如护法战神亲临，弓弦发出空行歌唱声，宝刀所挥犹如护法临，鲁神、赞神如火苗攒动，他骑在赤兔马上，威风凛冽地挡住扎巴伦珠的去路。象雄王扎巴伦珠看出此人是格萨尔，便举起大刀，用雷舌自降之调唱起这首歌：

歌唱高空蔚蓝的天空，

闪电雷鸣天降暴风雪，

江河沸腾铁水满天空。

向天神珠拉念波祈祷，

狂风骤起风沙满天飞，

向战神索朵玛布祈祷，

湍急江河冲走白岭人，

向龙族鲁都纳布祈祷。

北方象雄国三尊阳神，

岩山赞神赤面罗刹女，

黑白花三色泰让神尊,
赞魔恶魔和龙魔三种,
食肉索命的雄魔众仆,
切勿散逸今日来助我。

倘若不识我乃何许人,
湛蓝天空主人乃日月,
罗睺星耀追赶也无益,
依然能自由运行四洲;
无垠大地主人乃地祇,
坚硬岩山之峰居赞神,
身怀六艺的威猛勇士,
乃是象雄王扎巴伦珠。

长着青玉眉毛的男儿,
胯下骑着赤黑的骏马,
虽未眼见早已有耳闻,
乃贱母所生贱种觉如。
若是天助扎巴伦珠王,
那贱母之子贱种觉如,
攻打四面八方之大洲,

专抢权势盛极的君王，
乃是贪婪无道的贼人。

象雄自给自足过日子，
岭军无端起兵压全境，
抢劫毕生所积之财宝，
残忍屠杀无辜的百姓，
摧毁遮风挡雨的房屋，
横尸遍野血流成江河，
觉如所行罪恶未还击。
狐狸炫毛斑斓猛虎前，
黄牛炫角野生牦牛旁，
长耳野兔与马赛脚力，
肮脏狗毛与狮鬃相比，
象雄王前觉如施幻术，
此乃性命将死之征兆。

我手中所持断天宝刀，
用泰让神寄魂铁铸造，
天神珠拉念波亲赐予。
最初来自上部天神界，

象岭之战

　　黑暗妖魔十五位大神，
　　每人一把天铁火焰刀，
　　乃天神赐予扎巴伦珠，
　　此刀人间仅一无其它。
　　北方象雄兵马之国王，
　　身穿铠甲腰束各军械，
　　非人生灵锻造之幻刀，
　　所挥之处无人敢不从，
　　能够斩杀天下所有敌。
　　此刀砍山岩石也断裂，
　　砍向森林烈火熊熊起，
　　砍向江水河床变断崖，
　　魑魅魍魉也无处可逃。

　　食用鼠肉的贱种觉如，
　　率部来到北方象雄国，
　　无端摧毁祖辈之城堡，
　　屠杀百姓还抢劫财宝，
　　恶语中伤象雄为其一，
　　栽赃陷害象雄为其二，
　　屠杀象雄百姓为其三，
　　此等罪孽今日做了断。

你我犹如河水与烈火，

做番你死我亡之较量，

断天宝刀今日砍觉如，

切莫幻想能够有活路。

听懂歌曲觉如铭记心，

未懂之曲不再重复唱。

歌毕，扎巴伦珠松了马匹缰绳，举起断天宝刀向格萨尔王连砍三刀，但格萨尔王被众护法空行保护着，未能伤及丝毫。扎巴伦珠见格萨尔王不能被兵器所伤，将大刀重放鞘中，赤手扑向大王，但格萨尔王的身体像彩虹般突然消失。扎巴伦珠甚感无奈，心想：看来今日无法俘获这贼人觉如，还是迅速逃走为好，便策马飞去。扎巴伦珠飞到半空中回头一看，见到他的母亲、妻子和女儿在大声哀嚎。扎巴伦珠心生悲心，心系妻儿臣下，于是勒住马匹，待在半空。这时，格萨尔王骑着赤兔马从踏着彩虹走到高空中，以千手千眼观音之姿，手持角弓，搭起神箭，拽满弓弦，向扎巴伦珠说道："呀呀！象雄国王扎巴伦珠，倘若你想入菩萨道就向我祈祷。且看前方，一条生路就在你眼前。"天空上，云霞间，护法神和空行母齐聚于此，格萨尔王用自声金刚道歌之曲唱道：

唵嘛呢呗咪吽！

歌唱阿拉如无边天空，

高天广阔无垠又清凉，

日月运行轨迹要平坦，

唱起智慧深谋的歌曲。

象岭之战

从宇宙中心弥须山顶，

下界十八层苦难炼狱，

混沌初开之时的人间，

如母众生之今生来世，

业缘各异祈求渡六道。

高空无碍天界宫殿内，

犹如白色海螺宝座上，

天神白梵天王请明鉴，

今日助佑男儿降妖魔。

中端巍峨山峰之颠上，

九万战神阳神之主帅，

念神格拉格祖请明鉴，

今日助佑男儿降妖魔。

下界深邃无边海洋中，

青色宫殿玉发之男儿，

龙神祖拉仁青请明鉴，

今日助佑男儿降妖魔。

佛法公敌黑暗之妖魔，

妄想无因行走于天界。

岭国天敌十八大宗中，

北方象雄军马之王国，

乃是统辖南瞻部洲人，

乃是释迦佛法之公敌，

乃是六道众生之敌人，

乃是白岭勇士之私仇，

定要降伏且不可留存。

倘若不识此地乃何处，

乃高空云端宫殿之内，

比试法力高低之地方。

北方国王扎巴伦珠你，

乃是六道众生之公敌，

降伏时机今日已成熟。

理应知晓我乃何许人，

早前燃灯佛在世之时，

释迦牟尼转法轮之时，

印度八十位得道圣人，

转世投胎降临人间时，

千佛祈祷拥自由法力，

此后出生白岭天神部，

在玛麦玉龙松多之地，
前半生乃食鼠肉觉如，
中年乃是降敌的勇士，
如今已是三世之佛陀。

白岭天神部落之地方，
降伏四方妖魔之时刻，
犹如黄沙堆砌的房屋，
一边筑墙一边又倒塌。
今年又与象雄国交战，
众生事业慈悲心来做，
不了残酷的鬼魅妖魔，
肆虐人间散瘟疫灾祸，
轮回世间犹如那苦海，
傲慢嫉妒似大海波涛，
苦乐犹如海上之波纹，
难以计数无人能推算。

今日吉祥天日之时刻，
降伏象雄扎巴伦珠王，
不然则会飞到天界去，

前有噶饶旺秋的迎接，

赞魔萨都阳神泰让神，

黑暗妖魔皆会来相助。

地方神祇黄色鸟禽形，

嫉妒傲慢之心异常强，

即使献祭供养也无益，

乃是释迦佛法之公敌，

乃是黑暗妖魔之护法。

今日降伏妖魔之时刻，

守护正道佛法之天神，

天神龙神念神众神祇，

包围扎巴伦珠莫让逃。

象雄王莫散逸听我讲，

不可心急如焚要逃跑，

巍峨雪山唯雄狮傲立，

茂密森林唯猛虎纵越，

蔚蓝大海唯鲨鱼翻腾，

南瞻部洲唯觉如主宰，

超度亡灵唯雄狮大王。

吾乃手中所持之宝箭，
乃镇压三界命主之箭，
五大元素皆自由驾驭，
所射之处皆能迅速达，
拥有千佛之祈祷加持，
箭羽如风箭簇乃金刚，
弓弦乃是三界镇压弦。
游走中阴无间道路中，
不能骑马炫耀武力行，
来世欲得宝贵之人身，
且向我雄狮大王祈祷，
可允诺你不坠入地狱。
汝之阳寿今日将要尽，
倘若知晓诵六字真言，
向正道护法众神祈祷，
犹如轻盈羽毛的灵魂，
向西方极乐界做祈祷，
莫要贪婪象雄国荣华，
那终身伴侣美朵玉珍，
及亲身女儿拉吉贡宗，
富丽堂皇的王宫城堡，

>　　容纳千人的黑色帐篷，
>
>　　无边无际的象雄疆域，
>
>　　切莫留恋今日就死去，
>
>　　此箭用来索取你性命。

　　歌毕，格萨尔王射出利箭，扎巴伦珠感觉自己仿佛和城堡、王妃和女儿一起飞入天界，神志模糊之时，那箭射穿心脏在其后背露出箭簇，他的魂魄升入极乐界，尸体从高空缓缓落下来。因平日未能舍弃王位、妻儿和荣华富贵，那尸体恰好掉在母亲和众人眼前。众人看到从天降落了一副精美铠甲和兵器，赶去察看时发现是国王的尸体，王妃和公主嚎啕哀哭起来。大臣西庆尼玛沃丹心中万分痛苦、怒火中烧，心想：如今大王已死，我等有何颜面活在这世上，便举起大刀向岭军冲过去。格萨尔王化身一只猛虎，走在奔巴军队边上。尼玛沃丹认出那猛虎是格萨尔，勒马转去奔巴军中，一刀砍杀了奔巴仁青达杰，又杀了木姜南卡多杰，接着冲到赛巴部军队中，杀了赛巴阿杰拉旺扎巴。这时，达戎米郭超赞前来挡住他的去路，二人交战一个回合，超赞因被开膛破肚，导致肠子外流而死。格萨尔王化身一只大鹏鸟，去追赶西庆尼玛沃丹，尼玛沃丹仓皇逃到辛巴军中，杀死几十名士兵，霍尔日巴雍仲达杰和白帐阿杰平措二人也被他杀死。他又转马到曲日军中，杀了达玛多杰，并袭击阿扎军营。这时，王子扎拉泽杰、姜子玉拉托杰、达色东赞沃玛三人赶来齐攻于他，尼玛沃丹感觉抵不过便往北方逃去。这一片刻，尼玛沃丹杀死岭国七名勇士和二百多兵勇，他想着去东北方向的朱古国求救，若能求得援兵甚好，若没有即使死去也无憾，便策马往东北方位逃去。

　　此刻，总管王命令近侍索南达杰和欧珠云丹击鼓摇旗，通知岭国勇士急速到议事大帐中商议。不久，岭国君臣来到大帐内依次入座，静候总管王发话。他说道:"众勇士不可懈怠,那象雄大臣西庆尼玛沃丹已逃走,此人绝非普通人,若不速去追赶,白岭部落将难以得安宁,即使杀了国王扎巴伦珠也没用。达戎阿奴东赞、巴拉达杰桑达、王子扎拉泽杰、丹玛强查、嘎德曲绛贝纳、尼奔拉野达杰、珠米噶柳乌桑珠等诸勇士,速去追赶西庆尼玛沃丹。"众勇士甚赞总管王所言,便随王子扎拉泽杰给战马备鞍,身穿铠甲,佩带军械,以疾风赛跑之势策马往东北方向飞去。西庆尼玛沃丹正在阿玛琪雄荒漠中单枪匹马地赶着路,扎拉泽杰看到后,骑着来自大食国的鹏翼神驹,如飞鹰般急速追赶而去,其余众人紧随其后。跑到象雄和朱古边境时,尼玛沃丹想着只懂跑路的男子心中无智慧,还不如与他们来个生死较量,便勒马驻足等着追兵赶来。这时扎拉泽杰将莲花生大师掘藏献给格萨尔王,又将大王转赐给他的水晶宝箭从箭筒中取出,搭在弓上,向天神和护法祈祷着射出,恰好中在尼玛沃丹的马鞍上,那鞍裂成两半,尼玛沃丹从马背滚落至地,他又举起大刀向前跑去,被阿奴东赞一刀斩断头颅,但西庆尼玛沃丹是妖魔之子,即使人首分离,也还未断气,巴拉达杰桑达猛力抛摔尸体,直到两只手臂摔断后尼玛沃丹方才彻底气绝身亡。这时珠米嘎柳吾桑珠、赛巴尼奔、嘎德、丹玛等人陆续赶来,拾取他的兵器和铠甲。众人休息片刻,吃了饭后决定找一匹马驮他的尸首和兵器,于是去了象雄外围一个部落中去寻找。尼奔说:"我白岭国律法和习俗规定要善待俘虏,行军途中不可烧杀劫掠,我们去这部落寻马匹只能用欺骗手段,切不可抢夺百姓的财物。"丹玛说:"这方法甚好,今日只能如此。"于是他们去了附近一个游牧村落中,村边搭着一顶巨大的帐篷,门口拴着一条黑熊大小的藏獒,村中之人相互不搭话,形色匆忙,每顶帐篷中走出一位身穿铠甲、手持兵器的军士,骑着马来到他们面前,其中名叫赞玛森布拉仁的妖子抓着刀柄说:"你们这些贼寇来自何方,去往何处。"遂以黑熊钦血之调唱起这首询问之歌:

威武勇猛之曲似龙啸，

赤色雷电划过天际时，

此乃天降冰雹之征兆；

赤色火焰熊熊燃烧时，

花草树木植被皆烧尽；

夏季江河泛滥山谷间，

冲散沙丘土堆成泥洼；

威猛勇士出征杀敌时，

断命男儿从此无法活。

天神索朵玛布请明鉴，

天神珠拉念波请明鉴，

上中下三部象雄境域，

北方广阔无垠大地上，

无不供养珠拉念波人；

象雄勇士显露威武时，

胆小懦夫无处可逃窜。

倘若不识此地乃何处，

北方岩山脚下沼泽地，

岩石山峰犹如野人怒，

象岭之战

居于黑色山峰之财神，
乃赞巴拉神阿雅财主，
乃守护寿禄福运之神。

栖居此地五游牧部落，
从未欺压弱小之百姓，
也未献媚全倾之强人，
部众齐心对敌共患难。
尔等游荡至此似乞丐，
冠帽衣着不同象雄人，
胯下良驹驰骋如疾风，
身穿铠甲佩戴着兵器，
身强立状犹如真勇士，
或是杀人越货的匪寇，
或是白岭部落之贼军，
否则何故来到北方地。
尔等来自何处有何因，
不可隐瞒如实在相告，
吾乃是赞玛森布拉仁，
乃北方六十部落首领，
乃是率领部众之将军，

乃是拼杀强敌之死士，

乃是象雄大王之武将。

北方象雄卡隆日希地，

从无强敌贼人之行路，

尔等七人七马至此地，

到底何故何因速道来。

赞玛森布拉仁歌毕，手持大刀的五名勇士，纵马过来挡住他们的去路。这时岭国能言会道的老者，智慧之宝库，白岭丹玛强查，面目黝黑、双目赤红、胸膛开阔、四肢粗大、身躯高大、额头饱满，犹如腾跃半空的青龙一般，骑在马背上，立了立身唱到：

唵嘛呢呗咪吽！

歌唱阿拉塔拉和阿拉，

塔拉乃是白岭部歌曲。

倘若不唱三句真言曲，

即使亲生父子难信任；

倘若双足不迈出三步，

即使低矮门槛难越过；

倘若不唱歌曲颂天神，

即使强敌迎面难制伏；

倘若话语未说藏心底，

事情根本要义难断定；

倘若食物不用齿舍进，

即使甘甜美味难品尝；
骏马赛跑之时松缰绳，
否则难以取胜夺魁首；
上师悲心加持之甘露，
虔心祈祷方能获佛法；
官员辨别真伪断事公，
方能赢得百姓之爱戴；
智慧叔父布事用神机，
部落村庄方能得安宁；
勇猛男儿制敌靠战术，
方能立下功名成英雄；
美丽女子持家靠节俭，
方能赢得婆家的赞誉。
如此北方象雄男儿们，
即使不识此地是何处，
老朽早前也有所耳闻，
此地乃是扎玛亚隆山，
垭口乃是野驴行走地，
雪山乃是雄狮栖息地，
平原乃是骏马赛跑地，
强者乃是财富守护人。

倘若不识吾乃何许人，
青龙腾跃雷声当空响，
若说未闻乃是耳聋者；
赤色闪电划破长空时，
若说未见乃是失明者。
北方象雄短命之男儿，
未能斩杀岭人如狐狸，
绝非诳语乃是真言语。
东方白岭天神部落中，
统辖十八大宗之主人，
岭国雄狮大王格萨尔，
理应有所耳闻心知晓。

古人谚语有如此之说：
布谷鸟鸣方知春季临，
两军交战方知分胜负。
如今象岭战争已停息，
雄狮王与扎巴伦珠王，
二人已签订停战协议，
象雄白岭犹如水乳融，
白岭天神部落之勇士，

象岭之战

　　北方象雄虎尾之英雄，

　　如今并肩协同无彼此。

　　扎赞托赞达赞三勇士，

　　不幸虽被岭国人斩杀，

　　岭国将领残损也严重，

　　今日吾之所言皆真语，

　　象雄大臣铭记于心间。

如此，老者唱了一首欺骗之歌。但象雄赞玛森布拉仁想着，此人说话不可全信，象岭交战已有三年，倘若岭国取得胜利，现在又何必和解呢？上个月我驱赶牛羊到城堡交付兵粮时，象雄外围部落的大军抵达城堡已三日，毫无停战和和解之迹象。白岭与象雄两国，已如树木玄铁、烈火江河，永远也不可能有和解的一天。于是拔刀出鞘，用狂风呼啸之调吟唱道：

　　狂风骤起黄沙满天飞，

　　飕飕烈风之声满大地，

　　歌唱北方呼呼声之曲。

　　向天神珠拉念波祈祷，

　　向战神索朵纳布祈祷，

　　向妖神鲁都纳布祈祷，

　　敬请享用仇敌之血肉，

　　今日前来助佑勇士吾。

　　倘若不识此地乃何处，

乃北方幸福游牧部落。
倘若不识我乃何许人，
象雄国王扎巴伦珠他，
麾下有六十虎威勇士，
吾乃千户部落之首领，
乃是六十勇士之精华，
乃象雄国王座下近臣，
人们称勇士赞拉玛布。

蓝面之人话语不可信，
既然象岭开战三年久，
倘若一方未能得利益，
何来双方停战做和解。
若未能够分清敌我时，
象雄君臣岂轻信敌人，
今日前来的七位盗贼，
莫说施舍吃食和马匹，
只用利刃宝刀来接应，
誓死将强敌碎尸万段。
除非今日我等皆死去，
否则绝不给食物马匹，

象岭之战

也莫要妄想俯首称臣。

如妖魔般的赞拉玛布，

乃是守卫父母的孝子，

即使部落首领败于敌，

决不轻言大势已去话，

自家部落兄弟姐妹间，

缺少酒肉相互可馈赠，

针线短缺彼此可赠送，

对付妖魔白岭之盗贼，

何故进献茶酒来伺候？

倘若强取唯有亮宝刀，

听懂歌儿青面人谨记。

歌毕，赞玛森布拉仁像狂风般冲过来，砍了丹玛几刀，但未能伤及其身。珠米噶柳乌桑珠射出一箭，射中森布拉仁右侧脸颊，使其当场倒地身亡。在森布拉仁身后的雍仲丹巴拉杰看到此状，怒火冲天地拔起大刀冲杀过来，巴拉达杰桑达便松了马绳向他冲去，猛冲之余大刀从丹巴拉杰头顶砍去，将其当场杀死。达拉美巴赤赞看着自家兄弟被岭人所杀，誓死要报仇雪恨，跑去与尼奔打斗，这时丹玛忽射一箭，飞箭射中达拉美巴赤赞的后背，此人当场落马而亡。接着多丹雍仲拉赞和穆达辛杰巴沃二人向岭勇士们冲来，扎拉泽杰一箭射中在雍仲拉赞的额头上，他的头颅像盛有酸奶的容器般，脑浆四溅而亡，扎拉又用长枪刺穿辛杰，辛杰也当场丧命。看到五位勇士被杀，村落中人不分男女老少，人人手持武器向丹玛他们跑来，其中一个身材壮硕、面容赤红、头发蓬松凌乱的女人，手持着木棍跑来击打尼奔，尼奔无法呼吸，这时珠米噶跑来一枪将她刺死在地。村中妇孺有人持小刀、有的抛石块、有的撒灶灰，弄得七位岭国勇士不知所措。过了片刻那些人丝毫没有停止，丹玛便喊道："这些人皆是妖魔鬼怪，无需慈悲怜悯，男女老少皆要斩杀。"说完拔起宝刀胡乱砍杀一阵，杀死六七名男女，将营中酥油和奶酪等吃食驮在五匹马上，赞拉的首级驮在另外一匹马上，七人不分昼夜朝着岭国军营奔去。

七

象雄王宫的外围和中部城墙已被岭军占领，国王、大臣和众勇士已被降伏，如今王宫里再无能够承担大任的勇士。十几个女仆手持着白色哈达来到岭国军营中祈求格萨尔王放条生路，并将王宫中所有财宝和部众百姓的财富全部进献给大王。象雄扎西塔措双膝跪地，以野狼嚎哭之调向格萨尔吟唱了这样一曲求情歌：

  唵嘛呢呗咪吽！

  疾风吹起劲草声飕飕，

  天空大地布满疾风声；

  潺潺河水流至山谷口，

  涌起浪花河水声哗哗；

  草地长满树木与花草，

  勤劳蜜蜂采蜜声嗡嗡；

  北方草山牛羊成群走，

  游牧姑娘山歌声嘹亮。

  哀叹如此痛苦之事情，

  有的祈祷天神做善事，

  今生前世皆能得喜乐；

有的终日沉浸于苦难，
痛苦犹如黑暗驱不散；
头顶帐篷与门前牲畜，
皆如山顶行走的野兽，
好似无主终须被猎走，
所积财物尽数充军资，
男女老少死于利器下，
骏马良驹用来做战马，
天下再无如此苦难地。
临死之际祈求岭勇士，
请给予慈悲怜悯之心，
请分辨善恶黑白之业，
幼子少女食物不果腹，
房屋空荡心灵更空虚，
苦难百姓所积之财物，
尽数耗在象岭战争中，
如今日子难熬命难续。
有些死于残酷战争中，
有些死于彻骨苦难中，
有些死于饥饿和寒冷，
此地已成十八层地狱。

象雄黑暗妖魔之君臣，

黑白颠倒善恶从不分，

最终国破家亡百姓苦，

此乃命中业缘无法避，

尔等慈悲善良的君臣，

对象雄北方游牧部落，

赐予吃食和遮体衣物，

善待弱小百姓和部众，

此乃我等民女之请求。

倘若歌有错意请谅解，

若觉得是空话我忏悔。

　　歌罢，岭营中嘎德、辛巴、阿达鲁姆等守着大营门口。辛巴认为女性入帐很不妥，还是向大王禀报比较妥当。于是将那些女人挡在营门外，让她们等着回音，并命南卡拉杰、年贝阿郭嘉米、珠嘉扎巴三人送去肉、酥油、茶水和糌粑等食物。隆拉觉丹迅速赶到大王前，向大王禀明此事。大王说道："象雄国王和大臣们已被斩杀，如今无需再动武力了，命象雄百姓七日之内务必齐聚于此。"隆拉将大王之言说与辛巴听后，辛巴来到营门口，命象雄女人们回到王宫召集全国百姓，七日之内聚集于象雄扎西噶巴嘉塘地。于是以达措玛为首的女性向象雄各地派遣一百多名使者，命各地百姓七日之内聚集噶巴嘉塘地。岭国大营迁到扎西白玛雅曲地，各色帐篷如鲜花盛开，人们开始烧茶煮肉，摆好肉、酥油、糖果、水果等美味佳肴，准备举行盛大的宴会。祭祀各路护法神和空行母的桑烟缭绕天空，勇士们呼唤天神，高喊胜利之时，象雄王妃赛萨拉宗、公主诺布拉吉、白玛拉宗等人带着三十多名仆人，十五匹骡马上驮着无数金银财宝，前来拜见格萨尔王。大王看到象雄国王家眷前来，并未发话，辛巴便走到他们前，命他们去噶巴嘉塘地等候发话，七日之内定有大王严令。

岭国君臣在大帐之中依次入座，享用盛宴之时，坐在中间宝座上的总管王戎擦查根说："今日之前我岭国君臣非常辛劳，如今象岭之战取得了胜利。喇嘛咒师中以喇嘛尼奔为首的诸位高僧、卦师和咒师们，请超度战死的亡灵。在战争中立下军功的勇士们要一一嘉奖。"大公证人威玛达拉起身，手持一条白色哈达献给大王，又拿起一条献给总管王，第三条献给丹玛强查后，回到座位上唱起这首嘉奖勇士之歌：

唵嘛呢呗咪吽！

歌唱阿拉塔拉乃阿拉，

塔拉乃是歌曲演唱法。

歌声向阳神颂扬祈祷，

倘若不用心向神祈祷，

谁来护恃英雄杀强敌。

向天神白梵天王祈祷，

乃护佑白魁旗之天神；

向龙王祖拉仁青祈祷，

乃赐财富权势之天神。

倘若不识此地乃何处，

象岭之战

乃象雄国狮泉河边岸，

乃扎西噶巴吉塘之地，

乃白岭国军队大营中。

尔等理应知道我是谁，

乃大公证人威玛拉达，

乃是岭国的叔父长辈。

在座且听我有话要说，

象岭交战已有三年多，

象雄国王扎巴伦珠他，

诸魔之中势力最强者，

麾下扎达托三位大臣，

还有六十位妖魔之子，

如今全被岭勇士降伏。

今日白岭天神之部落，

要为勇士们论功行赏。

首先雄狮大王格萨尔，

嘉奖不敢论大小厚薄；

其次乃巴拉达杰桑达，

岭叔父辈最勇猛之人，

此战中立下显赫军功，
锦缎里子的虎皮大袄，
纹有龙凤双戏的绸衣，
外加十八段上等绫绸，
黄金古尔莫三十余枚，
二百两白银卡巴巴扎，
管辖地再增一个部落。
勇士嘎德曲绛贝纳尊，
大力士赞钦南卡托松，
猛士修钦日沃邦卡三，
赐予数缎白绸和锦帛，
龙凤腾跃的锦缎数匹，
外加三十张上好座毡，
九匹上等的丝绸锦缎，
三十枚黄金古尔莫等，
作为三大力士之奖励。

勇士丹玛强查玉杰他，
斩杀了姜姆雍仲拉赞，
还斩杀达赞托玛南巴，
巴郭东纳雅美等三人，

如此军功无人能堪比,
狮龙双戏绸缎三十匹,
黄金造古尔莫三十枚,
斑纹艳丽之猛兽虎皮,
献给勇士丹玛强查啦。
姜王子勇士玉拉托杰,
斩杀三名象雄国勇士,
此等勇士乃全军楷模,
嘉奖青色花纹的绸缎,
黄金造古尔莫三十枚,
数缎锦帛丝绸和虎皮,
作为嘉奖献给姜王子。
其日国噶伦勇士曲珠,
斩杀象雄人珠拉南杰,
赞都雅美和达郭旺青,
为此功勋奖四马四鞍,
四副铠甲和四支铁鞭,
九十匹龙狮兽纹绸缎,
加四十枚黄金古尔莫,
作为奖赏敬献给曲珠。
木姜氏王子仁青达鲁,

斩杀雍仲赞郭等五人,
此等军工无人能比拟,
无匹骏马和五副铠甲,
五件披风和五支铁鞭,
五十枚黄金造古尔莫,
外加五匹上好的锦缎,
作为奖励献仁青达鲁。
另外女勇士阿达鲁姆,
辛巴顿君和玉赤珠杰,
珠杰雅美和贡巴查嘉,
珠氏族米噶柳吾桑珠,
每人三匹骏马三铠甲,
战场之上缴获战利品,
皆归诸位勇士各所有,
每人赏十三枚古尔莫,
作为奖赏敬献诸勇士。
岭国王储扎拉泽杰尊,
军工显赫犹如青龙鸣,
射发利箭岩石亦击碎,
射杀象雄人尼玛沃丹,
奖励深蓝色铠甲一副,

象岭之战

十八匹上好兽纹锦缎，

一百枚黄金造古尔莫，

骏马铠甲披风皆归有，

职务权利连升九个级。

另外霍尔国隆拉觉丹，

姜国勇士玉赤贡杰，

门国勇士巴沃玉杰，

洛绒勇士班典多杰，

木雅勇士玉泽南杰，

勇士达拉赤赞祖赞，

大食臣子协噶丹巴，

大食臣子达瓦奔图，

蒙古王子噶玛赤烈，

达玛多杰多布庆臣，

阿扎勇士杰达唐色，

其日勇士邦玛昂纳，

勇士拉赞多杰赤噶等，

每人嘉奖三马三铠甲，

三件披风和九缎锦帛，

三十匹上好图纹锦缎，

三十枚黄金造古尔莫，

作为奖赏敬献诸勇士。

有名号职位各部首领，

骏马披风铠甲和锦缎，

每人一套绝不漏一人，

加十枚黄金造古尔莫，

作为嘉奖敬献诸勇士。

依次百户长和千户长，

每人一匹马一副铠甲，

一件披风和九缎锦帛，

嘉奖十枚黄金古尔莫。

白岭众勇士皆有嘉奖，

十户长每人一匹战马，

一件披风和一副铠甲，

两匹绸缎和十两黄金，

用来鼓励杀敌的兵勇。

喇嘛卦师算师和咒师，

每人三十黄金古尔莫，

马蹄银十枚十匹锦缎。

其余百户千户万户等，

百姓部众无法逐一说，

九匹锦缎和十两黄金，

各部首领亲自来发放。

诸部落和各联盟邦国，

回到故地可再次嘉赏。

北方象雄珍珠宝藏国，

大王严令不可再掠夺，

百户千户万户十万户，

各大部落首领回岭国，

回到家乡另外有赏赐，

矿藏宝藏分发在后期，

战地不兴分宝之习俗。

倘若歌有错意请谅解，

若觉得是空话我忏悔，

岭国君臣如此铭于心。

　　歌毕，岭国众勇士盛赞大公证人威玛拉达所言，并尽情地享用着美食。这时，雄狮大王在红岩珍珠宝藏中降伏妖魔寄魂物后，守卫宝藏的天神、非人、魑魅、野牦牛、野驴、鹿、羚羊、大雕、鸱鸮等各类飞禽走兽，依照大王的命令，六月十五那天驮着珍珠、天珠、珊瑚、玛瑙、水晶、绸缎、白绫、黄金和白银等各种奇珍异宝，走到噶巴嘉塘之地，如狂风暴雨般围着岭国大营停歇下来。岭国勇士们举行盛大的煨桑仪式，祈祷百姓富足、六道众生得安乐，再无战争疾病瘟疫等各种灾难肆虐人间。此刻，各路护法、空行母飞到高空，天降甘霖，润泽大地之上的草木植被，天空悬挂着五色彩虹，就连黑色妖魔也向天神祈祷，流着感动的眼泪，皈依佛教正法。各类动物鸟禽把珍宝放在岭国大帐前，足有三座小山之高。

六月十五日，象雄国护法、地祇、山神等各路神灵把所有珍宝送到岭营中，向雄狮大王起誓，从此不再保护外道黑暗之法，不迫害佛法及众生性命后便回原地。岭国众勇士又回到大帐中，享用美酒美食，尽情欢乐着。

这时坐在黄金宝座上的雄狮大王格萨尔，向上师、护法神、空行母用茶、酒、奶、水果、糖、蜂蜜等美味食物供养，虔心祈祷后唱起这首威震三界之歌：

  唵嘛呢呗咪吽！

  菩提之心歌唱阿拉曲，

  佛法要义嘛呢呗咪吽，

  加持犹如雨水沥沥下，

  财运福禄犹如高山巍，

  吃食衣裳胜似草木盛，

  牲畜无灾风调又雨顺，

  天神病灾莫降凡人身，

  法身洁净天神威望高。

  向那天神祈祷请明鉴，

  敬请消除无明和无知。

  倘若不知此地乃何处，

  乃象雄国森塘嘉姆地，

乃是扎西纳热央宗地，
乃是噶巴嘉让崖下方，
乃花岭天神部落军营，
乃是容纳无量之神帐，
乃是训令非人鬼魅地，
乃供天神布施恶道地。

吾乃何人尔等理应知，
乃是释迦佛祖护法神，
乃是黑头藏人之君王，
乃是护卫正道佛法人，
乃是降伏黑暗妖魔人，
吾乃清晨是索命屠夫，
傍晚变成度灵之喇嘛，
所愿之事皆能够达成，
自由得道大乐之界人，
前世业缘投身到白岭，
父系乃兽王白色雄狮，
母系乃富贵汪洋龙族，
吾乃三世佛之真化身，
上半辈子称无赖觉如，

中间是制伏强敌将军，
如今是解救众生之佛，
人称雄狮大王格萨尔。

且听被伏各路众神祇，
此前破坏佛法之罪恶，
尽已忏悔不再做惩罚，
从今往后守护正法道，
谨封众神为佛教护法，
心怀慈悲多行善益事，
天灾瘟疫恶事不可散，
守护各自领地相安事，
不可相互侵占挪方位，
还有各路天龙八部众，
返回故地不可行恶事。
其次黑头人类之事宜，
国王扎巴伦珠虽已伏，
王妃公主王子等亲眷，
王宫随从和众多仆役，
赦其性命可以自由活，
所属财产依然归其有，

尽可享受荣华无抑制。
如今苦难黑暗已驱散，
阳光普照大地被润泽，
昆虫鸟兽皆已得自由，
宝贵人身岂能做惩罚，
所携财宝尽数归还去，
王宫里外陈设原封留，
奴仆随从依旧可使唤，
无人可以强迫和压榨，
有福同享有难需同挡，
王宫主子奴仆有阶品。

心怀善念则世界和平，
守护佛教正法之要义，
所拥私产皆要守护好。
天神龙族众无有神祇，
驮到白岭天神部落去，
留给后世藏人享财运。
白岭雄狮大王格萨尔，
吾乃明示无碍如佛陀，
犹如虹化之神的男儿，

无需财富宝藏和吃食。

在此聚集白岭众勇士，

固执自我嫉妒为其一，

心生疑虑烦恼为其二，

所行祸害众生为其三，

易走十恶不归之道路。

如今白岭部落众叔父，

骨血相近氏族之兄弟，

盟誓联结各大小部落，

相互微有芥蒂生隔阂，

十八大宗与四十小宗，

争夺利益相互有矛盾，

不可怀恨在心生事端。

归属白岭天神部落者，

不分男女老少和壮幼，

天地摧毁之际降妖魔，

各地福禄财运之宝藏，

虽归白岭实则属藏地，

惠及南瞻部洲之境域，

造福后世子孙享太平，

北方象雄国珍珠宝藏，

象岭之战

虽归在坐君臣众勇士，
却不以地位高低分配，
行军勇士和居家百姓，
白岭所属百姓均分配。
位于东南西北四方位，
白岭各部军队回故地，
首领将军咒师和法师，
百户千户万户十万户，
各部首领随我回白岭，
需分配珍珠矿藏之宝。

象雄国勇士达姆赤赞，
担任象雄首领当主政，
且要听从噶伦曲珠命，
鲁赤其日阿扎象雄等，
北方四国相互要支援，
同仇敌忾祸福同享尽，
亲如兄弟上阵杀强敌，
倘若四国内讧生事端，
白岭国法绝不轻饶恕，
君王一言九鼎从不改。

不可欺凌弱小的乞丐，

不能劫掠富户之财物，

此乃白岭国法不可违。

象雄王妃公主和亲眷，

哀丧时日莫长无益处，

皈依佛法祈愿度亡灵，

供养天神布施众恶道，

金银珠宝绸缎等财物，

尽数归还尔等可带回。

并非白岭敛财心急切，

业缘所致成为降魔人；

吾乃扶植弱小的父母，

安定众生大乐之境人，

尔等须知大战之根因。

白岭天神部落众将士，

栖居此地的神祇龙族，

天神鬼魅之众吾来降，

后世所需带回白岭国，

后世造福藏地益众生。

　　　　　倘若歌有错意请谅解，

　　　　　若觉得是空话吾忏悔，

　　　　　白岭天神之众铭于心。

　　格萨尔王歌毕，白岭众君臣叔父和勇士们开始尽情享用着美酒美食，沉浸在一片祥和欢乐的氛围之中。

　　过了十日后，象雄举国百姓齐聚于噶巴嘉塘地，其中有些哭嚎、有些嬉笑、有些无感知地认为：今日为何要我们聚在此地，食鼠肉的觉如已经杀了国王、大臣和众勇士们，所有财物和牛羊也被他夺去了，难道他还有别的要求不成。有些人听说抑强扶弱、除恶扬善乃岭国的宗旨，早前耳闻岭国用佛教善法治理百姓，倘若我等也能听闻佛法那是三生有幸。他们洗漱干净后，穿着盛装，骑着骏马去拜见岭国君臣。象雄百姓在嘉塘森顿壤姆地像蚂蚁般窜动着，他们烧水煮茶，正在吃饭时岭国大军从四面围过来，守住道路和垭口，雄狮大王格萨尔王身穿萨霍尔王服、头戴莲花生大师的帽子、胸前挂着一尊大悲观世音菩萨像，端坐在宝座上，双侧有护法神、空行母以及岭国众勇士守护着。他将三怙主灌顶之歌用六变神曲之调唱道：

　　　　　唵嘛呢呗咪吽祝祈愿。

　　　　　慈悲之心吟曲阿拉歌，

　　　　　六字真言乃佛法根本，

　　　　　祈愿三界能得到安宁，

　　　　　祈愿三界能解脱痛苦，

　　　　　祈愿炼狱无恐惧之苦，

　　　　　祈愿福禄寿运皆昌盛，

　　　　　祈愿众生识得真佛法，

祈愿黑白善恶得分辨，
祈愿善法之业得兴盛，
祈愿黑暗妖魔能降伏，
祈愿众生皈依于佛法。

古如莲花大师请明鉴，
法身幻化无边请明鉴，
报身大慈大悲请明鉴，
心之中央虔心做祈祷，
上界天神请保佑加持，
佛教护法请做我后盾，
空行护法众神请护恃，
守卫藏地各路护法神，
能够和平安宁守故土。

在座众人听我有话说：
天兵神将如狂风暴雨，
高空之中舞蹈有歌唱，
摇旗击鼓铃铛声满空，
乃是幸福吉祥日到来，
福祉寿禄加持自然高，

如今妖魔昌盛的世道，
此地又是降妖之地方，
众生适才皈依我佛法，
黑白善恶之业尚未分。
岭国叔父兄弟众勇士，
十大联盟之宗的英雄，
三年浴血奋战于象雄，
并非恋战停留于此地，
乃为六道众生之事业，
今日我等班师回岭国，
八月之初能够抵达岭。

在座象雄国众位百姓，
今起幸福太阳照象雄，
可尽情歌唱跳舞欢乐，
忏悔从前所行之恶事，
一心皈依释迦之佛法，
早起晚睡之时做祈祷，
十恶不善之业皆抛出，
莫说妄语离间语恶言，
莫行杀生奸淫之恶事，

上至高空飞禽走兽等，

下至水中鱼虾等生灵，

切莫随意杀生取性命。

山顶挂起五色之经幡，

山腰洞中垒玛尼擦擦，

大川江河架起桥梁来，

村落谷口要建造佛塔。

世界雄狮大王格萨尔，

从不强压弱小的百姓，

也未放生黑暗之妖魔，

善恶黑白之业能分辨，

此生从未失言于百姓。

象雄王妃公主和仆人，

所带财物尽数归自己，

所辖疆域依然归尔等。

听懂歌曲请仔细分辨，

未懂之歌不会重复唱，

在座众人如此铭于心。

歌毕，大王向象雄百姓赐予同样净戒笃实的身语意灌顶，众百姓感觉身心惬意，众人双目含着泪水、双膝跪地向格萨尔叩头祈祷。象雄王妃将用红白相间珍珠做成的财神像、辛拉沃噶像、苯教顿巴辛饶佛像、大鹏神鸟、野牦牛雕像、公鹿雕像、青龙和雄狮雕像等许多奇珍异宝端放在一口盆里，手持哈达来到大王前，双膝跪地，泪如雨下地唱起了这首祈求吉祥之歌：

　　唵嘛呢呗咪吽！

　　阳光普照之时唱欢歌，

　　身心温暖惬意满胸腔。

　　向天神念神鲁神祈祷，

　　向生神业神地神祈祷，

　　向蒙古亚拉泽杰祈祷，

　　向蓝色宝藏之湖祈祷，

　　向蒙古达赤杰布祈祷。

　　倘若不识此地乃何处，

　　乃是象雄国王的故地，

　　森曲河右岸森东壤姆，

　　乃白岭天神大营门口，

　　乃诉说百姓苦乐之地，

　　乃诉求众人苦难之地，

　　乃君王下达严令之地。

　　倘若不识我乃何许人，

　　乃鲁赤国达扎王之女。

早前鲁赤骏马象雄劫，
勇士追讨劫匪到象雄，
回劫无数牛羊和牲畜，
象雄国王扎巴伦珠他，
犹如青龙腾跃雷声鸣，
疆域稳固犹如弥须山，
财富权势能与龙王比，
南瞻部洲之地无人敌，
鲁赤勇士惧怕其淫威，
君臣商议将我嫁象雄，
嫁时两国大战十二日，
最终象雄献财于鲁赤，
鲁赤国将我嫁于象雄。
如今已过十五个年头，
天神护法众神已忿怒，
男儿行为无状说狂语，
勇士无端勇猛生是非。
我膝下育有一双儿女，
此乃女子远嫁之目的。
并非自吹自擂夸自己，
自家男儿勇猛仇敌夸，

自家马匹急速他人赞。
如今承担这巨大痛苦,
幸好如上师的格萨尔,
乃是慈悲怜悯之主人,
降伏黑暗妖魔怎可留,
乃是六道众生之事业。
请用悲悯之心宽恕我,
请赐予正道佛法加持,
请指明来世中阴之路。

白岭天神部落众君臣,
寡女临死前欲求佛法,
拜见天神佛祖为其一,
心生慈悲怜悯为其二,
寻得佛法加持为其三,
终得圆满乃吉祥之兆。
我母子三人同这老者,
一并带到白岭天神部,
祈求大王用慈悲之心,
祈求岭国大臣莫生气。

倘若歌有错意请谅解，

若觉得是空话我忏悔。

王妃歌唱央求着，便把所有珍宝献给大王，双膝跪地叩着头等待大王发话。大王双目仰视着天空，未说一句话。四母超同心想：这种寡妇母子不可带去岭国，不然则成为兄弟相争、军政混乱、上师破戒之因，不过我达戎若能得到此女，一切会相安无事，于是说道："呀呀！国王当然以慈悲之心待百姓，但你这寡妇似乎不知道自己的地位，大王岂能做那样的事情。倘若你能去我白岭国，在我管辖的琼部黑白黄之地，苯教和佛法同在，你可以留在那儿。如果你想去即刻去准备，不然稍迟则什么都来不及。"在座岭国勇士笑呵呵地看着超同，王妃心想：这位超同王像双面手鼓，是一个口蜜腹剑之人，且所言不可信。但大王未发话，只要能去岭国就可以，就对超同说："叔父无区别、子侄无差异，犹如双目般珍贵。您是格萨尔王的叔父，对我孤儿寡母如此厚爱，我等感激不尽。"便后腿三步走出帐篷去做准备。丹玛和嘎德众人想着，寡妇之言不可信，大王尚未发话，也不知道大王是怎么考虑的，于是未能下断。

这时，象雄国众百姓带着无数金银珠宝和绫罗绸缎，堆在大王座前，向大王叩头祈求加持。岭国军队和象雄百姓欢聚七天七夜后，象雄国各部落首领、宫廷内侍等有的保留原位，已去世的重新任命，立曲日国噶伦曲珠为象雄总管，立达姆赤赞为曲珠麾下象雄全军统领，并将象雄百姓遣回各处。

八

　　象雄国神、念、鲁等各路护法和地祇，依照雄狮大王的命令，将象雄国的各类宝藏运送到岭国。白岭部军队依照大王命令回到各自部落中，岭长、中、幼三系军马也班师回朝。八月十五日岭国驻守大将尼色多赞扎巴、达隆班典丹巴、嘉罗顿巴坚参等人，在玛玉第塘查姆搭帐篷等着迎接凯旋大军；岭国百姓煨桑祭祀、烧茶煮饭等着大军归来。

　　八月十日，岭国妇女果萨拉姆、嘉萨拉嘎、梅萨奔吉、丹卡仁萨叶赛措、木萨达杰措姆、嘉罗森姜珠姆、俄罗奴琼擦雅、卓罗白噶拉孜、赛萨尼玛曲珍、文萨美多拉孜、姜萨白玛玉珍、戎萨美朵嘉聪等每人手持白绸、切玛、哈达等前去迎接大军。森姜珠姆被九个女仆簇拥着，手中端着盛满美酒的金瓶，还带着各种美食，迎接大王和众勇士们。马夫康巴沃玛和王子扎巴等人牵大王的马绳，将众勇士请到大帐中依次入座。世间女子之首、朵康女王珠姆身穿华丽的衣裳，发辫上戴着六种绿松石、六种珊瑚、六种珍珠的头饰，一条发辫值一百匹骏马、一百头犏牛、一百头骡子，脖子上带着一串九眼天珠，皮肤白里透红，如雪山上的火焰，如湖中燃起大火，微笑之时红口如涂黄丹，手持白色绸缎，女仆尼琼和巴噶挽扶着来到大王前，举起金樽向大王献美酒，并用九狮六变曲唱起英雄凯旋的吉祥之歌：

　　　　唵嘛呢呗咪吽！

　　　　歌唱阿拉喇嘛请明鉴，

　　　　在璁叶庄严刹土之境，

　　　　青叶燃烧的宝座之上，

长寿命神度母请明鉴。

业缘祝福吉祥得圆满，

天神佛祖请加持于我，

空行母之加持如甘霖。

世界雄主格萨尔王尊，

行军打仗之时来践行，

降敌所得福运之财物，

送至白岭天神部落时，

人之功勋业绩为其一，

上界天神护佑为其二，

前世业缘所致为其三，

欲想之事皆能得圆满，

歌唱乃祈祷吉祥之事。

倘若不识此地乃何处，

乃玛域第塘查姆之地，

勇士赶赴沙场践行地，

班师回朝兵马迎接地，

终身伴侣欢乐相聚地，

祈祷诸事吉祥圆满地。

天神白帐嘎姆之精华，

九十九列座次之中央，
长辈总管王戎擦查根，
绝非凡人乃智慧宝库，
慧识犹如花草树木密。

理应知晓小女乃何人，
噶珠赛三氏族之地方，
宛如掌心之纹很清晰，
我乃嘉罗顿巴家小姐，
乃王妃嘉罗森姜珠姆，
乃天神白度母之化身。

白岭天神部落之君臣，
勇士奔赴象雄国之日，
遇到何种艰险和困难，
死去将士兵勇多少人，
象雄国王麾下之勇士，
扎达托三人武功如何，
懂得何种法力和幻术，
百姓部众是否真富足，
矿藏珍宝到底有多少？

古人谚语说得非常好：

得道高僧管辖之寺庙，

众僧皆懂佛法之禅修；

世界雄狮大王格萨尔，

无一魑魅魍魉不降伏；

白岭天神部落之勇士，

皆为天下无敌之英雄。

今日君臣勇士齐聚此，

欢乐相聚相互诉衷肠，

众人唱歌跳舞庆胜利，

优美唱词弹曲之伴舞，

空行护法众神在舞蹈。

手持一条洁白的绸缎，

献给雄狮大王格萨尔，

乃我心忠贞坚定之意，

乃夫妻携伴终身之瑞，

乃献给勇士的嘉奖礼。

右手金壶之中的新茶，

用汉地花茶北方精盐，

甘甜清泉之水熬制成，

象岭之战

金黄酥油点缀如黄金；

左手银壶所盛之美酒，

精选九种不同的谷物，

酿造时日不同之美酒，

今日献给格萨尔大王，

祈愿权势齐天威名震，

祈愿宝藏财富用不尽。

倘若歌有错意请谅解，

若觉得是空话我忏悔，

尔等君臣如此铭记心。

  珠姆歌毕，众人入座。岭国妇女们献上美酒美食，为勇士接风，为他们献白缎，众人欢聚庆祝其乐融融，突然天空中出现五色彩虹，神子神女击鼓摇旗，唱歌跳舞，出现圆满祥瑞之兆。岭国众人向天神祈祷，举行了盛大的煨桑仪式后，野牦牛、野鹿、羚羊、公鹿等很多动物驮着宝物，从北山垭口洪水般往岭国大营方向赶来，象雄国的年、鲁神，各类神祇带着象雄国的宝藏，来到大帐前卸下宝物又回到原地。那宝物中有大象、野牛、公鹿等各类动物雕像，异常珍贵。所有宝物堆在一起有一座小山那么大。这时，世界雄狮大王格萨尔从中央的宝座上起身，向天神、念神、鲁神和各路护法、空行母祈祷，在供着圣水、朵玛食子、各类谷物、各色鲜花、各种水果的地方，对带到藏地的象雄财宝加持永不衰竭的招运仪式，用大众威武之调唱起这首歌：

唵嘛呢呗咪吽！

阿拉乃是歌曲之供养，

在那蔚蓝天空之中央，

温暖日月绕着四洲行，

南瞻部洲大地被温润，

唱起吉祥圆满之歌曲。

歌唱塔拉在大乐之界，

轮回六道众生皈佛法。

上部天界的宫殿之中，

居住着天神白梵天王，

右手持着水晶的宝剑，

左手持着聚宝如意盘，

双目注视着蔚蓝天空，

对于三界为母的众生，

庇佑财宝加持用不衰，

我等虔心供养之食物，

尽情享用上界天神众。

在中部的弥须山之巅，

住着念神格拉格尔祖，

象岭之战

威武勇猛穿金色铠甲，

十万年仆围绕其周身，

乃白岭部落阳神战神，

切勿散逸到此来助佑。

下界汪洋大海之龙族，

头顶青玉珍宝的龙王，

身穿青色铠甲显青光，

双手各持宝剑和铜镜，

桌上供着酸奶和酥油，

享用无尽的龙族财富，

今日能够赐予我岭部。

上界天神福气与悉地，

中端念神福气与悉地，

下界龙族福气与悉地，

尽数赐予白岭天神部。

印度国王锦缎之福运，

汉地国王茶叶之福运，

尼泊尔国青铜之福运，

卡其国王青玉之福运，

大食国王财宝之福运，

姜域之地精盐之福运，

南部门隅谷物之福运，

朱古国王兵器之福运，

木雅国王黄金之福运，

擦瓦戎地竹子之福运，

黄霍尔国犏牛之福运，

曲日国王黄金之福运，

阿扎国王天珠之福运，

象雄国王珍珠之福运，

均无衰竭今日招此处。

祈愿福运如高山稳固，

祈愿福运之水滚滚来，

祈愿福运能开枝散叶，

祈愿福运能结出果实，

祈愿风调雨顺民幸福，

祈愿福运聚此不外流，

祈愿人无祸殃畜无疫，

祈愿药师佛加持此地，

祈愿财神护佑白岭国，

祈愿白岭人种永世存，

祈愿白度母加持藏地，

财宝福运从此留白岭，

祈愿万世之中能长存，

祈愿所愿之事得圆满，

祈愿日夜能够享安乐，

圆满祥瑞之兆满天空，

美好祈祷之声满大地。

大王虔心祈祷，举行了神圣的招运仪式，众人皆欢喜。

此刻大帐之中，坐在上排的王父僧伦卡玛、嘉罗顿巴坚参、米钦嘉瓦隆智、总管王戎擦查根四位老者，正在谈论此番战役中象雄国王如何残暴、勇士如何威猛等事，细聊了一番后，总管王说："白岭天神部落之百姓们，如今象岭之战我军已取得了巨大胜利，但下一个仇敌，下一次战役在何处，在何时，如今谁也不知晓。因此，安排岭国百姓暂时返回各部各邦，调整军马稍作休息，待到强敌出现时我们再赴沙场。"于是用缓慢长调唱到：

唵嘛呢呗咪吽！

阿拉乃是歌曲的供养，

在那头顶日月悬挂处，

面容洁白发髻似海螺，

白色绸缎衣裳穿其身，

右手持着水晶之宝剑，

降伏威胁三界之强敌。

左手端着莲花聚宝盆,

召集三千大千世界财;

双足踏着日月之足轮,

天神白梵天王请明鉴。

高耸入云巍峨山峰间,

住着念神格拉格尔祖,

身穿黄色云霞之衣裳,

今日前来助佑老朽我。

下界汪洋海水之龙族,

端坐青玉宝座之龙王,

身穿青色宝玉之水衣,

祖那仁青龙族之君王,

今日来此助佑老朽我。

象雄白岭交战已三年,

最终岭国全胜凯旋归,

黑暗妖魔送入大乐界,

尔等象雄护法众神祇,

格萨尔所掘珍珠宝藏,

宝库福运留在白岭国,

矿藏珍宝献天神鲁神,

尔等天神念神鲁神众，
各有一金盆珍珠赏赐，
一匹锦缎和一盆清水，
以此供养象雄众护法。

吾乃何人尔等理应知，
上半生身强力壮之时，
母系戎氏吾如秃鹫飞，
英雄了得天下无人敌，
印度汉地藏地威名震。
高空落入九天的银河，
乃是衡量天际之标尺；
亘古不移的北斗星耀，
乃是满天星辰之中轴；
冬氏总管王戎察查根，
乃是白岭部落之智囊。
今年降伏北方象雄国，
开启珍珠宝藏之矿门，
福运招致后世藏人间。
白岭天神部落之众人，
雄狮大王格萨尔为首，
王父僧伦卡玛茹杰尊，

嘉罗顿巴坚参,

大公证人威玛拉达,

米钦嘉瓦伦珠,

今日召集众人分赏赐,

守护营地的叔父老者,

每人分得一银盘珍珠,

岭勇士不分出生高低,

每人亦分一银盘珍珠,

用于嘉奖勇士之威猛,

祈愿勇士所欲皆达成。

天降祥瑞吉祥圆满日,

白岭勇士凯旋回故乡,

父母妻儿团聚享天伦。

何时再赴沙场不知晓,

还须静候天神之预示。

平日行善积德益众生,

祈愿福禄寿运常相随,

祈愿权势威望与天齐,

祈愿儿孙满堂人丁旺,

祈愿骏马驰骋疆域广,

祈愿吃食衣着享不尽,

祈愿中年之人福运旺，

祈愿老人康健寿命长，

祈愿男子威猛如虎豹，

祈愿姑嫂少女容颜美，

祈愿白岭财富享不尽，

祈愿白岭勇士无人敌，

祈愿白岭举国得安宁，

所愿之事皆能得圆满。

明日雄狮大王回王宫，

入定修行超度亡故人，

众人静听老朽之所言，

铭记犹如坦诚之心间，

倘若歌有错意请谅解，

若觉得是空话我忏悔。

  总管王如此唱到，白岭驻守营地的叔父、姑嫂、媳妇等众人，给大王、总管王和众勇士进献哈达。那天众人齐聚玛域第塘查姆，尽情享用着美食、美酒。翌日清晨，众勇士备好马、穿戴整齐，向大王告别，回到各部营地去了。世界雄狮大王格萨尔，坐在黄金轿撵里，由十万个仆从抬起走进狮龙虎城堡之内，入定修行。

  祝福圆满吉祥，积妙善！

整理者说明

  这部《象岭之战》以著名格萨尔说唱艺人桑珠 2003 年的说唱录音为原版，参照雅卓先生抄录的文字整理而成。《象岭之战》不仅有前人整理的古本，也有许多当代艺人的说唱版本，是一部具有鲜明特色的部本，属于史诗《格萨尔》十八大宗之一。

  艺人桑珠说唱本从结构和情节上看，都与古本有较高相似度，但在文中人物歌唱时的起诵、供养护法神、介绍人物和地方的方式等诸多方面，都进行了具有自身特点的艺术加工。本人在整理期间，对故事内容不明确、情节冲突和缺失的地方，均向说唱艺人进行了请教，并进行修改和增补。词汇处理上均根据藏文正字法要求，克服错别字的出现，对不符合藏文文法的文字叙述和语言表达部分，进行删除修改，尽量做到表述顺畅、表达完整、语言符合语法逻辑。然而，鄙人学识浅薄，书中尚有许多不足之处，敬请广大读者批评指正！

整理者：仁增

译后记

　　《象岭之战》是重大文化工程项目中我接手的第二个子课题，如今已全文翻译完成，喜悦之情油然而生。《象岭之战》同《格萨尔》其他分部本一样，以程式化结构模式讲述了一部结局欢喜的战争故事：象雄国王扎巴伦珠残暴邪恶，麾下有六十名勇士和一支强大的军队，称雄于周围诸国。象雄国信奉外道，不尊佛法。在汉地和象雄之间运送各种货品，进行大宗商品交易，从中牟取暴利。象雄国一支商队从汉地回国途经达戎部落时，强暴了四位达戎少女，达戎部落得知后袭击象雄商队，杀人抢货，与象雄结下仇怨。岭格萨尔大王亲自率十多个联盟部落军队出征象雄。象岭两国在曲日和象雄交界处大战三年，最终格萨尔征服象雄国，杀死国王扎巴伦珠，象雄全境归属岭国。

　　我谨以此译本纪念已故老艺人桑珠先生，并向所有《格萨尔》艺人表达我最诚挚的敬意。他们是《格萨尔》文化的传承者、活载体。一代代艺人的口耳相传、毕生唱诵，才使这部伟大史诗流传至今。同时，我要感谢西藏自治区社会科学院，感谢《〈格萨尔〉桑珠艺人说唱本》汉译丛书总编白玛朗杰院长、苟灵常务副院长、次仁平措老师、白扎同学、王彦杰以及阴海燕先生。能够与你们一同参与这项重大文化建设项目，我倍感幸运。

　　愿《格萨尔》事业蒸蒸日上！

仁欠卓玛